Der Herzmuschelmörder

Von

Ulrike Busch

Das Buch

Ein Popkonzert am Ostseestrand. Studentin Annika Ketelsen und ihre Freundinnen wollen in dieser Nacht ein Abenteuer erleben. Am nächsten Morgen wird Annikas Leiche in der Nähe des Niendorfer Hafens gefunden. Ihr Kopf ist von einem Herzen aus Muscheln umrahmt.

Die Polizei ist sicher: Dies ist die Tat eines Serienmörders, der seit Jahren in der Lübecker Bucht sein Unwesen treibt. Molly Bleck, Chefin der gerade erst gegründeten Soko Mysterious mit Sitz in Timmendorfer Strand, übernimmt den Fall.

Was die Kommissarin erschüttert: Alle Opfer entsprechen einem Beuteschema, das auch auf sie selbst zutrifft. Bei den Ermittlungen wird Molly wiederholt mit Fakten konfrontiert, die sie an ihren Mann Ole erinnern. Der gilt seit zehn Jahren als verschollen.

Die Autorin

Drei Herzenswünsche hat die gute Fee der gebürtigen Ruhrpottpflanze Ulrike Busch erfüllt: Erstens, in Norddeutschland zu leben, und zweitens, als Autorin von Büchern tätig zu sein, die drittens an Nord- oder Ostsee spielen.

Seit 1986 wohnt die ehemalige selbstständige Texterin in Hamburg. „Dreimal hinfallen, und ich bin an meinen Sehnsuchtsorten: Amrum, Sylt, St. Peter-Ording, Travemünde, Niendorf, Timmendorfer Strand. Überall da, wo es viel Meer, Wind und Wetter und eine salzige Brise gibt."

Bereits ihr erster Krimi, der 2015 erschienene Bestseller „Der Pfauenfedernmord", etablierte sich als Longseller. Seitdem arbeitet die hauptberufliche Autorin ständig an neuen Bänden ihrer erfolgreichen Cosy-Krimi-Reihen „Ein Fall für die Kripo Wattenmeer", „Anders und Stern ermitteln" und „Ein Fall für Molly Bleck".

Der Herzmuschelmörder

Von

Ulrike Busch

Umschlaggestaltung:
Jan Klaas Mahler
Mahler Kommunikationsdesign
www.mahler-design.de

Umschlagmotiv:
Shutterstock #1610934583
© Tesas1978
iStock #1277666636
© Antagain

Herstellung und Verlag:
BoD – Books on Demand, Norderstedt

ISBN: 978-3-75-260894-6

Das Stammpersonal

Molly Bleck

Kriminalhauptkommissarin. Mitte vierzig, verheiratet, keine Kinder.
Nach vielen Jahren bei der Kripo in Hamburg ist sie heute Leiterin der Soko Mysterious mit Sitz in Timmendorfer Strand an der schleswig-holsteinischen Ostseeküste. Mit ihrem kleinen Team klärt sie Mordfälle und Entführungen, sucht nach verschollenen Personen und übernimmt Cold Cases – alte, ungelöste Fälle.

Janna Tönissen

Beste Freundin von Molly Bleck. Mitte fünfzig, früh verwitwet.
Janna war in Hamburg Mollys Nachbarin. Nach dem Tod ihres Mannes zog sie an die Ostsee. Im Zentrum von Timmendorfer Strand betreibt sie seitdem eine Buchhandlung mit angeschlossenem Lesecafé.

Malte Graf

Kriminalhauptkommissar, Mitte vierzig, ledig und nach eigener Einschätzung kinderlos. Geboren und bis heute wohnhaft in Travemünde.
Als Kind träumte er davon, Tierarzt oder Flugzeugpilot zu werden. Am Ende blieb die Wahl zwischen Cowboy und Kriminalpolizist. Die Entscheidung fiel zugunsten des sicheren, wenn auch kniffligen Beamtenjobs aus.

Willem Wichmann

Als Kriminaldirektor im Landeskriminalamt Kiel zuständig für den Bereich Lübeck-Travemünde.

Wichmann ist der Chef von Molly Bleck und Malte Graf. Der Spitzname Willy Wichtig, den Malte Graf ihm zu Beginn der Zusammenarbeit verlieh, wird seinem Charakter nicht gerecht. Willem Wichmann ist ein väterlich wirkender, sachorientierter Teamplayer mit Führungsqualitäten.

1

Timmendorfer Strand an einem Samstagabend im Mai

»Die Wette gilt!« Annis Stimme zitterte, ihre Hände waren wie Eisklumpen.

Am Rand der Strandpromenade, nahe der Seebrücke beim Maritim Seehotel, stellte sie sich mit Tina und Sabrina im Kreis auf. Alle drei fassten sich an den Händen, so wie damals im Kindergarten, wenn sie auf dem Rasen spielten, mit Gänseblümchen in den Zöpfen. Nur dass sie jetzt zwanzig Jahre älter waren, im Haar keine Blümchen mehr trugen und das Spiel, um das es ging, ein anderes war.

Sie drückten fest zu.

Dieser Tag sollte mit einem Abenteuer enden, für jede von ihnen. Der Gedanke daran verursachte Anni ein Prickeln wie Himbeerlimonade mit Schuss.

»Die Wette gilt«, riefen auch Tina und Sabrina.

Von der Strandbühne dröhnten die letzten Soundchecks vor Beginn des Programms zu ihnen herüber.

Sabrina, die immer den Ton angeben musste, hielt ihr Handy in die Luft wie eine Startpistole. »Also los. Und denkt an die Spielregeln, die wir aufgestellt haben. Wer nach dem Konzert nicht zum vereinbarten Treffpunkt kommt, sendet die Nachricht an die anderen: ›Fisch im Netz‹. Wer Hilfe braucht, funkt ›SOS‹. Jede von uns hält sich daran, ist das klar?«

Die Worte rauschten an Anni vorbei. Blicke aus stechenden Augen fixierten sie.

»Dahinten steht der Typ aus dem Kunst-Workshop«, raunte sie ihren Freundinnen zu.

»Dein Picasso?«, fragte Tina.

Annika strahlte. »Mein Picasso. Ich geh dann mal.«

Picasso hatte sich dort postiert, wo die Strandpromenade in den Seebrückenvorplatz mündete. Er winkte wie jemand, der unter all den vielen Menschen einen guten Bekannten entdeckt hatte.

Unsicher drehte Anni sich um. Nein, es bestand kein Zweifel, er meinte sie.

Seine Blicke waren wie Pfeile, die mitten in ihre Eitelkeit trafen.

»Du hier?«, fragte er. »Und ganz allein?« Er machte einen Schritt auf sie zu und hob die Hand leicht an, sodass er beinahe ihren Ellenbogen berührte. Eine Geste, die sie eindeutig dazu aufforderte, ihn zu begleiten.

»Die Sitzplätze kannst du vergessen.« Er zeigte auf eine Stelle zwischen Dünenrand und Bühne. »Am besten gehen wir da vorne hin. Von da aus sieht man wirklich gut.«

Sie folgte ihm. »Du kennst dich aus?«

»Ich wohne hier im Ort. Auf diesem Strand bin ich zu Hause.«

Annika wandte sich kurz um. Wo hielten Sabrina und Tina sich auf? Keine der beiden war zu sehen. Sie hatten wohl die anderen Himmelsrichtungen unter sich aufgeteilt, so wie sie es gestern vereinbart hatten. Jede sollte ein Revier für sich haben, und jede würde ab und zu einen Blick auf die anderen werfen. Sie kannten sich lange genug, um selbst auf größere Distanz an der Körperhaltung zu erkennen, wenn eine von ihnen sich in einer brenzligen Situation befand.

»Wie heißt du noch mal?«, fragte Picasso.

»Annika, aber alle nennen mich Anni.«

Die erste Band wurde angekündigt. Poppige Klänge dröhnten gleich darauf über den Strand.

Picasso beugte sich zu Anni herab. »Ich freu mich wahnsinnig darüber, dass wir uns hier über den Weg gelaufen sind. Geht dir das auch so?«

Annika nickte. Ihr wurde heiß. Sie wies mit dem Kinn zur Bühne hinüber. Jetzt lieber nicht reden. Einfach die Musik die Regie übernehmen lassen.

Die Sonne ging unter. Der Himmel färbte sich orangerot, und die nächste Gruppe lud mit ihren Schmuse-Songs die Stimmung unter den Konzertbesuchern mit noch mehr Sommerabendromantik auf.

Anni wiegte sich im Takt der Musik. Scheinbar unbeabsichtigt berührte sie die Schulter ihres Begleiters.

Er verstand das Signal und legte einen Arm um sie. »Magst du mit mir ein Stück den Strand entlang gehen? Dann können wir ungestört klönen. Ich will mehr über dich wissen als nur deinen Namen. Du gefällst mir. Ich möchte dich richtig kennenlernen.«

Der Form halber wartete sie zwei, drei Sekunden, bevor sie antwortete. »Okay, meinetwegen.«

Er nahm Annis Hand und lotste sie zwischen den vielen Menschen hindurch, die auf die Bühne starrten und sich ebenfalls sanft zur Musik bewegten.

»Da runter?« Er zeigte in Richtung Niendorf.

Sie nickte. »Du weißt, wo es am schönsten ist.«

Keine hundert Meter von der Bühne entfernt blieb er am Dünenrand stehen. »Setzen wir uns hier in den Sand? Dann hören wir die Musik noch gut und können trotzdem miteinander reden.«

Er wartete ihre Antwort nicht ab. Aus seinem Rucksack holte er ein Strandtuch, das er auf dem Sand ausbreitete. Er machte eine galante Geste, und Anni glitt in den Schneidersitz.

Er hockte sich dazu, als wären sie ein vertrautes Paar, hielt aber Abstand. Ihre Körper berührten sich nicht.

»Welche Stimmung an der See magst du am liebsten?«, fragte er unvermittelt. »Sonnenaufgang, Sonnenuntergang? Strandwetter, Nebel oder Nieselregen? Mir persönlich gefallen Dunst und Sprühregen am besten. Dann hat man den Strand für sich allein.«

Wann hatte sie jemals einen Mann kennengelernt, der erst einmal mit ihr reden wollte?

Sie antwortete nicht auf seine Fragen. »Warum hast du ausgerechnet mich ausgeguckt?«

Auch er verweigerte ihr eine Antwort. Er streckte den Arm aus. Seine Finger spielten mit ihrem Haar. Er lächelte verträumt. »Ungewöhnliche Farbe.«

Anni entzog sich ihm. Sie schüttelte die ungebändigte Krause nach hinten und strich fest mit der Hand darüber. Eine sinnlose Aktion. Sofort kringelte das Haar sich wieder. »Gefällt sie dir?«

»Und wie. Ist die echt?«

Anni spielte ihm Empörung vor. »Ja, was denkst du denn? Glaubst du etwa, ich lass mir die Haare färben?«

Er hob entschuldigend die Hände. »Hätt' ja sein können. Der Farbton ist schon ungewöhnlich. Irgendwo zwischen Erdbeere und Weizen.«

Anni wickelte verlegen eine Strähne um den Finger.

»Du.« Er rückte näher an sie heran und legte ihr einen Arm um die Schultern. »Magst du noch ein Stück weitergehen, zum Niendorfer Hafen?«

Seine Stimme war sonor wie die eines Opernsängers. Sie brachte etwas in Anni zum Schwingen.

»Was willst du am Hafen? Ist da was Besonderes los?«

»Das nicht«, erwiderte er. »Es ist nur meine Lieblingsecke. In der Gegend ist es spätabends schön ruhig und immer ein bisschen romantisch. Da sind wir ganz für uns.« Seine Hand strich sanft ihren Rücken hinab.

Anni zog den Kopf zwischen die Schultern und genoss die Gänsehaut, die er ihr bereitete. »Klingt irgendwie gut. Nehmen wir uns was zu trinken mit? Da drüben an den Ständen gibt es Limo und Sekt.« Sie deutete auf die Imbissstände, die auf dem Vorplatz und an der Promenade aufgestellt waren.

»Nicht nötig.« Er zeigte auf seinen Rucksack. »Ich hab alles dabei, was man für einen netten Abend zu zweit braucht. Wir machen es uns richtig schön.«

Sie überlegte kurz. »Gute Idee. Ich geb nur schnell meinen Freundinnen Bescheid, dass ich noch was unternehme. Sonst warten sie nach dem Konzert auf mich und machen sich Sorgen, wenn ich nicht zum vereinbarten Treffpunkt komme.« Sie stand auf.

»Das wollen wir nicht. Schreib ihnen ganz in Ruhe.« Auch Picasso erhob sich. Er faltete das Strandtuch zusammen, verstaute es im Rucksack und ging ein paar Schritte voraus.

Anni öffnete ihre Nachrichten-App und wählte die ›Goldfischfängerinnen‹ aus. So hatten Tina, Sabrina und sie sich als Gruppe in der App benannt. Eilig tippte sie ein: ›Fisch im Netz.‹

Sie wartete einen Moment und überlegte: Fühlte es sich richtig an? – Ja, es war richtig. Sie sandte die Nachricht ab, schloss die Anwendung und stellte das Gerät lautlos. Nichts sollte sie stören in dieser Nacht. Euphorisch und gleichzeitig angespannt vor Aufregung klappte sie die Hülle über das Smartphone, steckte das Gerät in ihren pinkfarbenen Rucksack und folgte Picasso.

Jetzt begann das Abenteuer.

Hand in Hand spazierten sie den Strand entlang. Im Mikado Teehaus auf der Seebrücke beim Grand Hotel Seeschlösschen gingen die Lichter aus. Die letzten Mitarbeiter verließen das Gebäude.

»Wir können auch erst mal hier bleiben«, sagte Picasso. »Der Blick zum Ufer ist so schön, wenn man die Lichter all der Häuser und der Laternen sieht.«

»Warum nicht?« Anni betrat die Brücke. Feucht und kühl war die Luft hier draußen. »Schade, dass das Restaurant geschlossen hat.«

»Ja, das ist schade«, sagte Picasso. »An manchen Stellen im Gastraum ist Glas in den Fußboden eingelassen. Da kann man bis auf den Meeresgrund gucken.« Er drückte Anni sanft an sich. »Wir können morgen hingehen, wenn du magst. Ich lade dich ein.«

»Das machen wir.« Er wollte sie also wiedersehen.

Er zeigte auf den Schiffsanleger, über den man auf die Passagierschiffe gelangte, die zu Tagesausflügen einluden. »Komm, wir setzen uns da hin.«

Sie hockten sich auf die Rampe.

Anni holte ihren Pulli aus dem Rucksack und zog ihn sich über.

Aus einer Thermoskanne goss Picasso ein Kaltgetränk in einen Becher und reichte es ihr. Er selbst nahm eine Dose Bier. Es zischte, als er den Verschluss aufriss.

Anni schnupperte an ihrem Drink. Orangenduft stieg ihr in die Nase. »Was ist das?«

»Orangenlimonade. Nach einem uralten Familienrezept hergestellt.« Er stieß mit ihr an, trank aus der Dose und wischte sich den Schaum von der Lippe.

Sie verspürte Durst und nahm ein paar Schlucke.

Er holte gesalzene Erdnüsse und eine Tüte kleiner Laugenbrezeln aus dem Rucksack.

Anni staunte. »Du bist wirklich gut ausgestattet.«

»Hab ich doch gesagt. Ich hab alles dabei, was man für einen romantischen Abend braucht.«

Hatte auch Picasso für diese Nacht ein Abenteuer geplant? Sollte sie jetzt misstrauisch werden? – Nein, das verschob sie lieber auf einen anderen Tag.

Sie langte nach den Erdnüssen. Ihr Magen grummelte laut, und auf einmal wurde ihr klar, seit wie vielen Stunden sie nicht mehr richtig gegessen hatte.

Sie trank den Rest Limo aus ihrem Becher, und Picasso schenkte noch einmal nach.

»Prost, auf ex«, sagte er. »Es ist noch genügend da.«

Schwungvoll stieß sie den Becher gegen seine Bierdose. Dann tranken sie in großen, gierigen Zügen. Anni nickte sich selbst stumm zu. War das nicht eine symbolische Handlung, mit der sie ihr Abenteuer begossen?

Picasso reckte den Hals und wandte sich nach allen Seiten um.

»Ist was?«, fragte Anni. »Suchst du jemanden?«

»Nein, schon gut. Ich wollte nur mal gucken, ob noch andere Leute auf die Idee gekommen sind, sich an diesen Strandabschnitt zurückzuziehen. In manchen Nächten ist hier ganz schön was los. Aber heute sind wir alleine, du und ich. Niemand wird uns bei unserem Picknick stören.«

»Das ist gut.« Anni legte den Kopf in den Nacken.

Der Himmel war sternenklar.

»Wenn du magst, lass uns noch ein Stück weitergehen«, sagte Picasso nach einer Weile. »In Höhe des Strands kurz vorm Niendorfer Hafen brennen nicht so viele Lichter von Hotels und Wohnhäusern. Da sind die Sterne besser zu sehen.«

Sie nickte benommen. »Okay, das machen wir.«

Er stand auf, packte die Getränke, die Erdnüsse und die Tüte mit den Laugenbrezeln in den Rucksack.

Anni schwankte leicht, als sie sich erhob.

Er half ihr, legte seinen Arm um ihre Taille und führte sie den Strand entlang in Richtung Niendorf.

Der Weg zog sich hin. Anni schwankte in dem tiefen Sand, doch Picasso stützte sie und bot ihr Halt.

Auf dem letzten Stück war es wirklich dunkel. Es gab keine Häuser, ein Wald grenzte bis an den Strand.

»Ist fast ein bisschen unheimlich hier«, sagte Anni.

»Ach was, ich bin doch bei dir.« Am Dünenrand, die Bäume im Rücken, breitete Picasso sein Strandtuch aus.

Er hielt ihre Hände, als sie sich auf den Boden fallen ließ, und hockte sich neben sie.

Wieder guckte Anni in den Himmel. »Fantastisch, die Sterne«, brachte sie mit schwerer Zunge hervor.

»Sag ich doch. Und hier sind wir ganz allein.« Er hielt ihr noch einen Becher Limo an die Lippen und half ihr beim Trinken. Dann nahm er sich ein zweites Bier und stierte ebenfalls in den Himmel.

Anni blinzelte. Die Sterne bewegten sich auf merkwürdige Weise. Sie tanzten. Oder schwammen sie?

Picasso drückte die Bierdose in eine Kuhle im Sand. Er nahm Annis Hand und küsste jeden einzelnen ihrer Finger. »Schön, dass wir uns getroffen haben.«

»Das find ich auch«, lallte sie.

Warum wurde sie plötzlich so müde? Ausgerechnet in diesem Moment. So unendlich müde.

Die Augen halb geschlossen, sackte sie gegen Picassos Schulter und kuschelte sich an ihn.

Er legte seinen Arm um sie, strich über ihr Haar und durchwühlte es zärtlich.

»Was für schönes Haar du hast.«

Auf einmal fiel ihr der Zeitungsbericht ein.

Doch da war es für sie zu spät.

2

Molly Bleck war früh aufgestanden an ihrem ersten Tag in der Soko Mysterious. Zwei Stunden vor dem offiziellen Arbeitsbeginn befand sie sich auf dem Weg in die Dienstvilla. Sie hatte nur wenig Schlaf gefunden in der vergangenen Nacht. Die Nachricht vom Mord an Annika Ketelsen hatte ihr Hirn von einer Sekunde zur anderen in ein aufgewühltes Etwas verwandelt.

Dies war die dritte Tat ein und desselben Täters.

Er war nicht der erste Serienmörder, den sie jagte. Doch seit seiner ersten Tat hegte sie einen Verdacht, und ihre Vorahnung nahm immer schärfere Konturen an. Sie fürchtete, dass sie zum ersten Mal in ihrer Laufbahn als Kriminalistin an dem Ergebnis ihrer eigenen Ermittlungen verzweifeln würde.

Molly schloss die Tür zu ihrer neuen Dienststelle auf. Die urige, gelb verputzte Villa mit den braunen Fensterrahmen und den glasierten Dachziegeln hatte nichts von der Nüchternheit und Härte eines Kriminalkommissariats. Sie strahlte die Atmosphäre eines Hauses aus, in dem Großmütter ihren Enkeln an verregneten Sommertagen Märchen vorlasen.

Die Türscharniere quietschten. Molly trat in den Flur, schloss die schwere Holztür und inspizierte die Zimmer im Parterre und in der oberen Etage.

Die Holzbohlen knarzten unter ihren Füßen. In allen Räumen duftete es nach frischer Farbe. Darunter mischte sich der modrige Geruch von feuchten Mauern. Ein Ambiente, wie geschaffen, um Fälle zu lösen, die schicksalhaft waren.

Molly riss die Fensterflügel ihres Büros auf und atmete tief ein. Ab heute hatte sie den wohl reizvollsten Arbeitsplatz einer Kripo-Beamtin in Norddeutschland.

Die zweieinhalbstöckige Villa lag an der Strandallee. Von ihrem Büro im ersten Stock aus blickte sie in den Garten. Auf dem verwilderten Rasen waren mit Backsteinen kleine Beete eingefasst, in denen Blumen in allen Farben des Frühlings blühten. Hinter der halbhohen Thujahecke – Molly liebte den Lebensbaum – führte die Strandpromenade entlang, gesäumt von Koniferen. Dahinter lockten der Sandstrand und die Ostsee, ein riesiger Teich, der in der Sonne glitzerte. In sanften Wellen rollte das Wasser auf den Strand zu.

Was für eine paradoxe Situation: Mit Hamburg hatte Molly eine Großstadt verlassen, in der Kriminalität in all ihren Facetten auf der Tagesordnung stand. Sie hatte die Stadt gegen einen Urlaubsort eingetauscht, in dem Entspannung, Harmonie und Wellness dominierten und den manch ein Millionär sich als mondänen Alterssitz ausgesucht hatte. Und doch begann mit diesem Wechsel der wohl aufregendste, unsicherste und verzwickteste Abschnitt ihres Lebens.

Sie wandte sich von der See ab, und ihr Blick fiel auf die hohen, verschlossenen Aktenschränke.

Bei einem außerplanmäßigen Termin am gestrigen Sonntag hatte ihr Vorgesetzter, Kriminaldirektor Willem Wichmann vom LKA in Kiel, ihr die Schlüssel zu der Villa überreicht. Malte Graf, ihr Mitarbeiter in der Soko, konnte wegen einer Familienfeier nicht anwesend sein.

Wichmann hatte einige Kartons mit Ordnern in Mollys Büro hinaufgetragen. Sie hatten sich an den Tisch gesetzt, und ihr Chef hatte die Soko-Leiterin über die Ermittlungen zu den zwei Morden aus den früheren Jahren in Kenntnis gesetzt.

Sie hatten es wieder mit dem Herzmuschelmörder zu tun. Die Tat, die in der Nacht von Samstag auf Sonntag geschehen war, ging unverkennbar auf denselben Täter zurück wie die Morde, die vor acht und vor fünf Jahren an anderen Orten der Region begangen wurden. Bisher war jede Fahndung erfolglos geblieben.

›Mit Ihnen wird das anders werden‹, hatte Wichmann ihr zum Abschied gesagt.

Den Erfolgsdruck, unter den er sie damit gestellt hatte, hatte Molly wohl registriert. Dabei war der Druck von anderer Seite gar nicht nötig. In diesem Fall ging es um sie selbst, um ihre persönliche und berufliche Zukunft. Sie musste endlich in Erfahrung bringen, ob sie eine indirekte Mitschuld an den drei Morden trug.

Molly ging hinab in die Küche. Der Motor des Kühlschranks rumorte vor sich hin. Versuchsweise schaltete sie nacheinander die Kaffeemaschine, den Wasserkocher und den Backofen ein. Alles funktionierte. Sogar eine Mikrowelle war vorhanden. Das Gerät kam ihr vor wie ein Anachronismus in diesem Gebäude aus dem vorvorigen Jahrhundert. Die Küchenschränke waren reichlich mit Geschirr bestückt. Handgemalte Seemotive zierten das Porzellan. Segelboote, Anker, Muscheln und Seesterne, alles in Blau.

»Okay, Molly, fangen wir an«, sagte sie zu sich selbst.

Sie setzte Wasser auf und kochte Tee. Vorsorglich brühte sie auch Kaffee auf. Dann ging sie wieder in ihr

Büro hinauf. Sie holte den Ordner zum jüngsten Fall hervor, nahm an ihrem Schreibtisch Platz und schlug die Akte auf.

Annika Ketelsen. Fünfundzwanzig Jahre alt. Studentin an der Universität Lübeck. Wohnhaft bei ihren Eltern in Lübeck-Travemünde.

In Begleitung zweier Freundinnen war sie vorgestern nach Timmendorfer Strand gefahren. Am Abend hatten die Frauen sich getrennt, um jede für sich einen Mann zu erobern.

Der Wunsch der drei Freundinnen nach einem pikanten Abenteuer hatte für Annika ein tödliches Ende gefunden.

Nachdenklich hob Molly den Kopf.

Warum hatten diese Frauen so unglaublich leichtsinnig gehandelt? In den vergangenen Jahren war mehr als genug passiert. Die Presse hatte an der ganzen Ostseeküste ausführlich über jeden einzelnen Fall berichtet. Die Morde, auch wenn sie zeitlich weit auseinanderlagen, hatten bundesweit Aufsehen erregt. Sie selbst hatte die Berichterstattung in den verschiedensten Medien intensiv verfolgt. Niemand konnte sagen, er hätte nichts davon gewusst.

Im Lesecafé von Janna, ihrer früheren Hamburger Nachbarin und seither guten Freundin, die vor Jahren an die Lübecker Bucht gezogen war, war jeder der Morde ein großes Thema gewesen. Mehrmals hatte Janna sie bei ihren Treffen darauf angesprochen.

Immer hatte Molly ihren Verdacht verschwiegen und ein maßlos schlechtes Gewissen gehabt. Gegenüber Janna, weil dies das einzige Thema war, über das sie mit ihr nicht reden wollte. Und gegenüber den Opfern.

Aber das war eine andere, eine lange Geschichte.

Noch durfte niemand von ihrem Verdacht erfahren. Doch wenn sie Gewissheit darüber erlangte, dass die Dinge so lagen, wie sie seit Jahren befürchtete, würde sie die Karten auf den Tisch legen müssen.

Molly wurde unruhig. Sie stand auf und stellte sich ans Fenster.

Die See glitzerte in der Sonne.

Drei Möwen ließen sich im Garten auf dem Rand des Zierbrunnens nieder, aus dem ein tönerner Reiher ununterbrochen Wasser in das Becken spie.

Zwei der Vögel segelten einige Augenblicke später wieder davon. Zu dem verbliebenen gesellte sich eine andere Möwe.

Wer hatte sich am Samstagabend zu Annika Ketelsen gesellt? Hatte Annika ihren Mörder gut gekannt, oder hatte sie einem fremden Menschen vertraut?

Ein eiskalter Schauer lief Molly über den Rücken.

Sie schüttelte sich, setzte sich wieder auf ihren Stuhl und konzentrierte sich auf die Akte auf ihrem Tisch.

Sie fand verschiedene Fotos des Opfers vor.

Ein großformatiges Bild aus jüngster Zeit. Es zeigte eine aparte junge Frau, die nicht ahnte, welches Schicksal sie in den nächsten Wochen ereilen würde.

Sanft strich Molly mit dem Finger über das Foto. Sie zeichnete die Konturen nach, fuhr mit der Kuppe über die Wangen und meinte, die samtene Beschaffenheit der Haut zu fühlen. Selbst die Hitze des Körpers dieser Frau, die aufreizend in einem Shirt mit Spaghettiträgern posierte, den Strand im Hintergrund, und sich von der Sonne bescheinen ließ, erspürte sie dank ihrer Einbildungskraft.

Sommersprossen auf der Nase und auf der Stirn, Pigmentfleckchen wie mit dünnem Pinsel hingetupft. Eine fein geschnittene Nase, als wäre sie mit Ton modelliert. Geschwungene Lippen, raffiniert geschminkt wie die eines Filmstars. Augen, die neugierig waren auf die Welt.

Ein Mädchen wie Porzellan.

Wer hatte es zerbrochen?

War ER es gewesen?

Molly schob das Foto wieder in die Hülle zurück.

Diese Ermittlungen kosteten Kraft. Es verlangte sie unbändig danach, die Wahrheit herauszufinden. Doch gleichzeitig blockierte etwas ihren Tatendrang.

Sie zögerte, dann blätterte sie weiter.

Auf das Porträtfoto folgte eine Ganzkörperaufnahme der Leiche, wie der Mörder sie zurücklassen hatte. Ein Bild aus der Serie des kriminaltechnischen Fotografen von Sonntagfrüh, nachdem Annika Ketelsen von einem Hundebesitzer am Strand gefunden worden war.

Muscheln in verschiedenen Größen und Farbschattierungen waren in der Form eines Herzens um den Kopf der Frau herum angeordnet. Herzmuscheln verwendete der Täter dafür. Die Spitze des Herzens endete im Nacken.

Auf dem Bauch der Toten lag ein Briefumschlag. Der Arm des Opfers ruhte flach und schwer darauf, sodass der Wind ihn nicht hatte wegwehen können.

Wie sich später im kriminaltechnischen Institut zeigte, enthielt der Umschlag einen Bogen Papier.

Molly blätterte weiter.

Hinter den Hüllen mit den Fotos befand sich die Kopie der Nachricht, die in dem Umschlag gesteckt hatte und die nun ihre ganze Aufmerksamkeit auf sich zog.

Auf blütenweißem Briefpapier hatte der Täter sich mit blutrotem Filzstift als Dichter verewigt. Ein Poem für das Opfer.

Dieselben Zeilen, wie er sie für seine vorherigen Opfer geschrieben hatte. Für alle – mit Ausnahme des allerersten, das auf der dänischen Insel Bornholm gestorben war, offiziell nicht zu den Opfern des Herzmuschelmörders zählte und das daher in diesen Akten keine Erwähnung fand. Doch Molly war sicher, dass auch diese andere Frau dem Herzmuschelmörder erlegen war.

Innerlich bewegt starrte sie auf das Blatt und las stumm vor.

Die Augen so blau,
die Lippen so rot,
und heute Abend
bist du tot.

›Die Lippen so rot.‹

Warum die Lippen?

Als Opfer hatte der Mörder sich Frauen mit roten Haaren ausgesucht. Immer und ausnahmslos. Krause, wild abstehende, ungezähmte Locken, und immer waren sie von Natur aus rot.

Kirschrot. Kupferrot. Karottenrot. Erdbeerrot.

Alle Opfer waren von mittelgroßer, schlanker, aber nicht hagerer Statur. Sie hatten Rundungen, die weiblich, doch nicht üppig waren. Sie kleideten sich sportlich und leger.

Jedes der Opfer war eine Kopie der Molly Bleck.

Wütend schlug Molly die Akte zu, warf sich gegen die Rückenlehne und presste die Faust gegen die Lippen.

Sie hätte laut aufschreien oder alles kurz und klein schlagen mögen. Verstört blickte sie aus dem Fenster.

Eine voluminöse Wolke schob sich langsam über den Himmel aufs Festland zu. Das Gesicht von Annika Ketelsen hatte sich so in Mollys Augen gebrannt, dass sie es wie einen Schatten in der Wolke wiederfand.

Oder war es ihr eigenes Gesicht?

Das Gedicht ging ihr nicht aus dem Sinn.

Die Augen so blau, die Haare so rot – das wäre der logische Text dieses Reims gewesen.

Warum erwähnte der Mörder die Lippen, warum nicht die Haare?

3

Molly dachte an ihn, er spürte es. Jeden dieser Morde musste sie mit seinem Namen in Verbindung bringen. Sie konnte nicht anders, es war ihr Beruf.

Manchmal malte Ole sich aus, wie sein Leben wohl verlaufen wäre, wenn es Bornholm nicht gegeben hätte und er nicht hätte untertauchen müssen.

Bis ans Ende seiner Tage wäre er die Künstlerseele geblieben, die herumtänzelte, immer dicht an der Abbruchkante des Lebens entlang, und sich auf Molly verließ. Darauf, dass sie auf ihn aufpasste. Dass sie die Aufgaben übernahm, die er für lästig und unnütz befand. Ihm Lasten abnahm, die er nicht tragen wollte. Ihm den Rettungsring zuwarf, wenn er ins Wasser fiel.

Bornholm war für ihn wie ein Vulkan gewesen. So, wie ein ausbrechender Feuerberg mit immensen Kräften Lava aus seinem Inneren warf, so hatte Bornholm ihn urplötzlich aus seinem eigenen Leben herausgespien.

Zuerst war er erstarrt wie ein erkaltender Lavastrom. Aber er war nicht versteinert. Er hatte sich aus der Starre befreit, hatte Ole Bleck zu Grabe getragen und als Godo Willms neu angefangen.

Und heute?

Heute war er selbst ein Vulkan. Unberechenbar, brodelnd und jederzeit zum Ausbruch bereit.

Er nahm das Bild zur Hand, das er zwei Jahre nach Bornholm von Molly gemalt hatte. Nichts hatte er mitgenommen, als er verschwand. Nicht einmal ein Foto von ihr. Es hätte ihn irgendwann verraten.

Aber Mollys Gesicht hatte er nie vergessen, und als er soweit war, dass er in einem versteckten Laden in einem Winkel Dresdens Pinsel, Block und Farbe kaufen konnte, hatte er sie auf Aquarellpapier verewigt.

Im Arbeitszimmer seiner heutigen Wohnung in der Nähe des Travemünder Lotsenbergs hatte er eine Staffelei versteckt, die er nur aufstellte, wenn er sicher war, dass niemand kam.

Um ehrlich zu sich selbst zu sein: Wirklich sicher sein konnte er nie. Doch nicht jeder, der ihn besuchte, interessierte sich für sein Arbeitszimmer, und es gab immer einen Grund, die Tür zu dem Raum fest verschlossen zu halten. Kontoauszüge, die offen auf dem Schreibtisch herumlagen, waren ein Argument, das niemand hinterfragte.

Nur bei Birger zog es nicht. Sein Kümmerer war gewieft wie ein Fuchs, hatte das Gedächtnis eines Elefanten und die Spürnase eines Lawinensuchhundes. Vor ihm konnte er so leicht nichts verbergen.

Es klingelte an der Tür. Das musste Birger sein. Wenn man vom Teufel sprach!

»Moment«, rief Ole.

Rasch schlug er die Mappe zu, in der er das Bild von Molly aufbewahrte, verstaute sie geräuschlos in einer Schreibtischschublade und schlich auf den Flur. Im Vorbeigehen klapperte er laut mit der Badezimmertür. Ein Täuschungsmanöver.

Aufgeräumt öffnete er die Haustür. Er trat zur Seite, verbeugte sich und machte eine schwungvolle Bewegung mit dem Arm.

»Komm rein, mein Freund.« Bewusst straffte er die Schultern und trug den Kopf hoch.

Wie immer taxierten ihn die Blicke des Besuchers.

Beim Betreten des Wohnzimmers klopfte Birger gegen die Türzarge. Ein Tick von ihm.

Ole hatte nie herausgefunden, warum er das machte. War es ein Aberglaube, eine unbewusste zwanghafte Handlung, oder glaubte er, am Klang des Holzes zu hören, ob sich im Raum etwas verändert hatte?

Wie üblich inspizierte Birger den Deckenfluter, zog jede einzelne Schublade des Wohnzimmerschranks auf, öffnete das Sideboard, ging in die Knie und griff hinter das Geschirr, erhob sich und tastete den Platz hinter den Bücherreihen in den Regalen ab.

»Ich hab dich vom ersten Tag an gewarnt«, sagte sein Kumpel. »Auch wenn deine Frau dich bis heute weder an ihre Kollegen verraten noch selbst gejagt hat, ist bei ihr niemals sicher, ob du wirklich unentdeckt bleibst, ob nicht irgendwo im Haus Wanzen versteckt sind und ob nicht eines Tages das MEK vor der Tür steht.«

Ole zuckte gelassen mit den Schultern. »Ich vertraue meinem Schicksal und dir. Bisher bin ich damit gut gefahren.« Er schmunzelte. Von diesem Standpunkt aus betrachtet, hatte er Molly gegen Birger getauscht. Einen weiblichen Kümmerer durch einen männlichen ersetzt.

Trotz des Beschützers stand er heute auf eigenen Füßen und traf seine Entscheidungen. Er befolgte nicht alles, wozu Birger ihm riet. Nur redete er nicht offen darüber, wenn er tat, wonach ihm selbst gerade war.

Birger beendete seine Inspektionsrunde. Er ging auf den Sessel zu, von dem aus er den Garten im Blick hatte, und schlug die Beine übereinander.

Wie immer seit Bornholm kam der Hardliner auch heute direkt zum Punkt. Und wie immer vermied er es, das Thema, um das es ging, konkret in Worte zu fassen.

»Was hast du vor, jetzt?«

Mit der Frage hatte Ole gerechnet.

»Muss ich etwas vorhaben, jetzt?« Bewusst imitierte er Birgers knappe, eigentümliche und gelegentlich provokante Art, sich auszudrücken.

»Die Situation hat sich massiv verändert. Aus meiner Sicht besteht Handlungsbedarf. Wenn nicht heute am Tag, dann in Kürze.« Erwartungsvoll hob Birger das Kinn. Seine Miene drückte Entschlossenheit aus.

»Du denkst, ich soll noch einmal neu beginnen?«

Neuer Name, neues Outfit, neues Leben, neuer Ort. Dreimal hatte Ole das seit Bornholm durchexerziert. Irgendwann musste Schluss damit sein.

»Mein Angebot von vor zehn Jahren kann ich von jetzt auf gleich wiederaufleben lassen.«

Birger fixierte ihn mit seinen Adleraugen. Unverkennbar erwartete er eine Entscheidung, jetzt.

Ole nickte und gab vor, nachzudenken. Unmittelbar nach Bornholm hatte Birger ihm den Vorschlag unterbreitet, nach Argentinien zu fliehen. Doch er war Norddeutscher, Europäer. In südlichen Gefilden, noch dazu auf einem anderen Kontinent, wäre er vor Heimweh eingegangen. Dann hätte er sich auch gleich der Gefahr, die auf ihn lauerte, stellen können.

Die Bretagne, wenn Birger ihm die vorgeschlagen hätte, hätte er vielleicht nicht Nein gesagt. In dem Fall wäre er jetzt weit weg von Molly. Aber würde er sich sicherer fühlen? Wenn sie wollte, würde sie ihn überall finden, eines Tages. Ewig wegzulaufen war sinnlos.

Ole war müde. Sein Entschluss, in der Ostseeregion zu bleiben und es darauf ankommen zu lassen, stand fest.

»Für mich hat sich nicht viel geändert. Nur dass meine Frau jetzt in meiner Nähe lebt.« Er lachte. »Die Situation ist mir nicht neu. Und rückblickend war das Leben mit Molly gar nicht mal so schlecht.«

Birger verstand traditionell keine Späße. In der Hinsicht unterschied er sich grundsätzlich von Molly. Auch wenn sie das Leben manchmal verdammt ernst nahm, viel zu ernst aus Oles Sicht, verfügte sie wenigstens über eine Prise Humor.

»Also gut, wenn du vorerst hierbleiben willst«, Birger räusperte sich angestrengt, »meine Leute und ich, wir könnten dafür sorgen, dass Marlene sich nicht wohlfühlt in ihrem neuen Job.«

»Marlene.« Ole verzog das Gesicht.

»So heißt sie nun mal«, verteidigte Birger sich. »Ist sie nicht nach ihrer Großtante benannt?«

»Das wohl, aber sie hat ihren Taufnamen nie leiden mögen. Schon als Kind hat sie den verkürzt, hat sich Mally genannt. Und da sie so hübsche Pausbäckchen hatte, dass sie für Zwiebackwerbung hätte Modell stehen können, und auch sonst nicht gerade mager war, wurde im Familienkreis Molly daraus. Wenn du sie beim Namen ihrer Großtante rufst«, sagte Ole, »läuft sie ganz von alleine weg. Ihr braucht euch dann nicht mal mehr anzustrengen.«

Birger wischte die ironisch gemeinte Bemerkung mit einer Geste fort. »Ich hatte von Anfang an Bedenken, dich hierhin ziehen zu lassen. Was ist, wenn ihr euch plötzlich über den Weg lauft?«

»Glaubst du ernsthaft, sie erkennt mich wieder nach so langer Zeit und nach all den Veränderungen, die ich vollzogen habe?«

»Ein anderer Haarschnitt, eine neue Haarfarbe, gezupfte Augenbrauen und ein Vollbart – das ist eine hübsche Maskerade, aber sie verdeckt nicht alles. Du bist immer noch der, der du warst, und wer so lange mit dir zusammengelebt hat wie Marlene ...«

Ole ertrug es nicht, wenn jemand Molly ›Marlene‹ nannte. Der Name passte nicht zu ihr. »Machen wir es kurz«, unterbrach er Birger. »Was erwartest du von mir? Soll ich meine Koffer packen und abhauen?«

Birger verfiel ins Grübeln. »Okay, bleib hier«, sagte er schließlich. »Auf deine Verantwortung. Wenn sie dich entdeckt – du bist derjenige, der die Konsequenzen tragen muss, nicht ich.«

Sein Kumpel war sichtlich verärgert. Jetzt musste er diplomatisch sein.

»Birger, pass auf. Mir ist das alles zu plötzlich gekommen. Ich hab nicht ernsthaft damit gerechnet, dass Molly das Ding mit der Soko durchziehen würde. Ich denk drüber nach. Lass mir ein bisschen Zeit.«

Birger schlug mit beiden Händen auf die hölzernen Armlehnen des Sessels und stand mit einem Schwung auf. »Viel Zeit bleibt dir nicht, wenn deine Molly so konsequent agiert, wie ihr Ruf es fürchten lässt.«

Auch Ole erhob sich. Er klopfte Birger auf die Schulter. »Du hast sie gerade zum ersten Mal Molly genannt.« Er geleitete seinen Kümmerer zur Tür.

Birger nickte, hob die Hand und verschwand.

Ole schaltete die Kaffeemaschine ein. Während das Wasser durch den Filter lief, spulte sich vor seinem geistigen Auge ein Film im Zeitraffer ab. Zum ersten Mal hatte er ihn gesehen, nachdem er erfahren hatte, dass Molly den Job in der Soko übernahm. Es war eine Story, von der er nicht wusste, ob er sie gut oder böse fand.

Die Geschichte ging so:

An einem Abend im Sommer in Timmendorfer Strand saß Molly auf einer Bank am Ende der Seebrücke beim Maritim Seehotel. Während die Sonne unterging, beobachtete sie das Spiel der Farben am Himmel. Sichtlich entspannt genoss sie die Stimmung, die an skandinavische Unbeschwertheit und Geborgenheit erinnerte.

Er schlenderte auf die Bank zu, grüßte Molly und fragte sie, ob er sich zu ihr setzen dürfe.

Sie erlaubte es ihm. Sie erkannte ihn nicht. Zu sehr hatten sich in den vergangenen Jahren sein Äußeres, seine Bewegungen und seine Aura verändert.

Er verwickelte sie in ein Gespräch.

Ihrem Blick und ihrem Lächeln merkte er an, dass sie die Art, wie er sie betrachtete und mit ihr sprach, als angenehm empfand. Vermutlich erinnerten seine Augen und seine Stimme sie unbewusst an den Ole, den sie vor zehn Jahren verloren hatte.

Wie unbeabsichtigt legte er den Arm auf der Rückenlehne hinter ihren Schultern ab. Seine Finger berührten leicht ihre Haut.

Sie protestierte nicht und rückte nicht weg.

Angeregt plauderten sie weiter, und als die Sonne hinter dem Horizont verschwunden war, hauchte er ihr ungeniert einen Kuss auf die Wange.

Kurz darauf lud er sie zu einem spätabendlichen Spaziergang den Strand entlang ein, Richtung Niendorfer Hafen, wo es romantisch, still und einsam war.

Arglos nahm sie den Vorschlag an.

Sie ahnte nicht, dass sie beide an diesem Abend mit vertauschten Rollen spielten.

Er war der Jäger und sie das Reh.

4

Kurz vor dem offiziellen Dienstbeginn

Molly horchte auf. Aus dem Erdgeschoss drangen Geräusche zu ihr hoch. Die Haustür wurde geöffnet, jemand trat ein.

Das musste Malte Graf sein. Auch er war zu früh.

Es wäre ratsam, wenn einer von ihnen beiden sein Büro im Erdgeschoss einrichtete, um die Empfangsdame und den Wachhund in Personalunion zu geben. Zumindest so lange, bis das Personal der Soko Mysterious aufgestockt wurde und ein anderer Mitarbeiter den Platz im Erdgeschoss einnehmen konnte.

Nachher würde sie ihren Kollegen mit warmen Worten davon überzeugen, dass er ein überwältigendes Talent für diese vielschichtige Rolle hatte.

Molly verließ ihr Büro und beugte sich über das Treppengeländer. »Hallo?«

Ein überdimensionales Kuchentablett, eingewickelt in Konditoreipapier, wandelte suchend durch den Flur. Der bunte, gut lesbare Schriftzug, der darauf gedruckt war, verriet Molly, wer das Haus gerade betreten hatte.

Sie sprang die Stufen hinab, der Besucherin entgegen. »Janna, das war aber so nicht abgemacht.«

»Es war auch nicht abgemacht, dass du dich in aller Frühe aus dem Haus schleichst.«

Janna stellte das Tablett auf einer alten Kommode ab, die der Vormieter zurückgelassen hatte, und küsste Molly auf beide Wangen. »Guten Morgen.«

»Der neue Fall hat mir keine Ruhe gelassen«, entschuldigte Molly sich.

»Wo ist denn hier die Küche?« Noch nie hatte Janna Scheu vor fremden Häusern gehabt. Ungeniert marschierte sie an der Kommissarin vorbei und inspizierte die Räume.

Molly nahm das Kuchentablett auf. »Hinten rechts. Kaffee steht schon bereit. Tee auch.«

Sie ging in den Raum, packte den Kuchen aus und stellte ihn mitten auf den Tisch.

Janna holte Tassen aus dem Schrank und schenkte Tee und Kaffee ein. »Du hast mich erwartet?«

»Wenn ich ehrlich sein darf: nicht wirklich. Ich habe alles vorbereitet, damit ich nachher, wenn mein Kollege kommt, gleich mit ihm loslegen kann. Der Mordfall von Sonntagnacht brennt mir auf den Nägeln.«

Janna nahm Molly gegenüber Platz und rührte in ihrer Kaffeetasse, während sie ihre Freundin prüfend ansah. »Dass aber auch prompt in der Nacht nach deinem Umzug ein Mord geschehen musste. Als hätte jemand nur darauf gewartet, dass du heute hier anfängst.«

Mollys Unterleib krampfte sich zusammen. Wenn Janna wüsste, mit wie hoher Wahrscheinlichkeit sie den Nagel auf den Kopf getroffen hatte!

Janna legte den Kaffeelöffel auf die Untertasse, verschränkte die Arme und neigte den Kopf zur Seite. »Um das Berufliche mache ich mir bei dir keine Gedanken. Das schaffst du mit links. Aber ich hätte dir wirklich gewünscht, dass du wenigstens in den ersten zwei Wochen in Timmendorfer Strand eine ruhige Kugel hättest schieben können, um erst einmal hier anzukommen und damit du Wurzeln schlagen kannst. Privat, meine ich.«

»Wieso privat?« Molly nippte nervös an ihrem Tee.

»Wieso nicht?« Janna warf einen Blick auf den Brunnen mit den Möwen. Dann stützte sie die Arme auf den Tisch. »Wie lang ist es her, dass Ole sich in Luft aufgelöst hat?«

Demonstrativ verdrehte Molly die Augen. »Was hat denn das mit meinem Umzug zu tun?«

»Wie lange ist Ole fort?«, insistierte Janna.

Molly seufzte. »Also gut. Zehn Jahre.«

Janna schüttelte energisch den Kopf. »Zehn Jahre und zwei Tage, wenn wir genau sein wollen.«

»Warum fragst du, wenn du es so genau weißt? Warum reitest du überhaupt darauf herum?«

»Ganz einfach deshalb«, erwiderte Janna gelassen, »weil man einen Menschen nach zehn Jahren, die er verschollen ist, für tot erklären lassen kann. Ich dachte, dass du das mit deinem Umzug an die Ostsee ins Auge fassen würdest, um die alte Geschichte endlich hinter dir zu lassen und ein rundum neues Leben anzufangen. Eine neue Beziehung würde dir nicht schaden.«

Molly hatte Mühe, sich nicht vor Schmerz zu krümmen. Janna stach genau in die Wunde, die nicht verheilen konnte. Nicht, solange der Serienmörder – wer immer es auch war – ein Phantom blieb.

»Janna, ich glaube, das ist jetzt kein gutes Thema.« Molly sah auf die Uhr. »Außerdem kommt mein Kollege jeden Moment.«

Janna ließ sich nicht abschütteln. »Dich belastet etwas. Es belastet dich mehr, als du tragen kannst. Eine Zeit lang dachte ich, der Ortswechsel und der neue Job werden dir gut tun. Aber jetzt habe ich den Eindruck, das Gegenteil ist der Fall.«

Molly schob den Stuhl zurück, ging ans Fenster und beobachtete die Möwen. Immer mehr von ihnen fanden den Weg in den Garten, als hätte sich herumgesprochen, dass in der Villa eine Möwenliebhaberin residierte. Vermutlich hatten schon die vorherigen Mieter, ein privater Verein, ihnen gewohnheitsmäßig Futter hingeworfen. Molly beschloss, ihnen später die Krümel vom Kuchentablett aufs Fensterbrett zu streuen, auch auf die Gefahr hin, dass sie die Vögel dann nie mehr loswürde.

Sie setzte sich wieder hin.

»Es ist Oles spurloses Verschwinden, das dich noch immer belastet«, stellte Janna fest.

Molly antwortete nicht.

»Er wird nicht zu dir zurückkehren«, sagte Janna eindringlich. »Wann schließt du endlich mit dem Thema ab, machst die Kiste zu und hast Ruhe?«

Ruhe! Mit einem Schlag wurden Mollys Hände kalt. Sie wärmte sie an der Tasse. Ihr Herz hämmerte. Wenn sie Janna jetzt nicht die Wahrheit sagte, wann dann?

Sie schüttelte die Versuchung ab. »Janna, ich erzähl es dir. Heute Abend. Es ist eine längere Geschichte.«

»Gibt's die auch in einer kürzeren Version?« Janna rückte mit dem Stuhl näher an den Tisch. »Ich meine, du willst mich doch nicht bis heute Abend schmoren lassen, ohne mir auch nur einen Hauch dessen zu verraten, was dich heute Nacht fünf Mal aufstehen und im Zimmer umherwandern lassen hat.«

»Du hast mich gehört?«

»Dein Schlafzimmer liegt genau über meinem, und mein Haus ist hellhörig. Hatte ich dir das nicht gesagt?«

»Tut mir leid, das wusste ich nicht. Ich wollte dich nicht wecken.«

»Hast du aber. Und wenn du mich jetzt ohne ein Wort der Erklärung in mein Lesecafé zurückschickst, kippe ich den Gästen Salz statt Zucker in den Kaffee oder bestelle die falschen Bücher, und du bist schuld.« Sie hob die Augenbrauen. »Also, ich höre.«

Molly überlegte, wie sie anfangen sollte.

Nach langen Augenblicken kam Janna ihr zuvor. »Du bist sicher, dass er am Leben ist. Deshalb scheust du davor zurück, ihn für tot erklären zu lassen.«

Molly wich ihrem Blick aus und nickte.

»Ist er etwa irgendwo wieder aufgetaucht?«

»Ich weiß es nicht«, brach es aus Molly hervor. »Kann sein, ja. Es könnte aber auch sein, dass ich mich irre.«

Sie stützte die Stirn auf die Handballen, zerzauste ihre krausen Haare und dachte unwillkürlich an den Herzmuschelmörder und seine rothaarigen Opfer.

Entnervt hob sie den Kopf wieder. »Warum quälst du mich mit all diesen Fragen?«

»Nicht ich quäle dich. Du quälst dich selbst. Und das muss ein Ende finden. So geht das nicht weiter.«

Janna hatte recht.

Molly stand auf und schloss die Küchentür. Auf dem Stövchen auf der Arbeitsplatte köchelte der Tee still vor sich hin. Sie schenkte sich noch eine Tasse ein, ging zu der breiten Fensterbank und setzte sich darauf.

»Als Ole verschwand, habe ich dir nicht alles erzählt. Ich habe mir selbst was vorgemacht. Die Gedanken, die in mir aufkamen, wollte ich einfach nicht wahrhaben.«

»Was für Gedanken? Also, weißt du, langsam komme ich mir vor, als wäre ich die Kommissarin und du eine Kriminelle, die ich ausquetschen muss.« Janna stockte. »Ole hat doch wohl kein Verbrechen begangen?«

Molly lehnte sich seitlich gegen das Fenster, hob die Füße auf die Fensterbank und umfasste die Knie. »An einem Freitagabend im Mai vor zehn Jahren bin ich eher nach Hause zurückgekehrt als erwartet. Ich kam von einer Fortbildung, die früher zu Ende war als geplant.«

Janna hielt sich gespielt theatralisch die Hand vor die Augen. »Der Klassiker. Du bist ins Schlafzimmer gegangen und hast ihn mit einer anderen im Bett erwischt.«

»Du hast Fantasie.« Molly lachte bitter. »Nein, ganz anders. Ich hab den Wagen in die Garage gefahren, kam ins Haus, und es war es totenstill. Ich bin durchs Erdgeschoss gegangen, hab Ole gerufen, bekam aber keine Antwort. Im Keller, wo er sich sein Atelier eingerichtet hatte, war er auch nicht. Dann bin ich nach oben gegangen. Auf dem Spiegel im Bad hatte er mit meinem Lippenstift eine Nachricht hinterlassen.«

»Etwa mit dem Stift, den ich dir ganz am Anfang unserer Freundschaft zum Geburtstag geschenkt habe und den du nie benutzt hast?«

»Du weißt doch, ich mit Lippenstift, das wäre wie ein Eskimo im Sommerkleid.« Molly lächelte bedauernd und fuhr fort. »Ole hat drei Wörter auf den Spiegel geschrieben: ›Such mich nicht.‹ Da begriff ich, dass er weggegangen war. Ganz und gar weg. Das Merkwürdige war: Seine Zahnbürste stand da, wo sie immer stand. Sein Aftershave war da, sein Rasierpinsel. In den Schränken im Schlafzimmer fehlte nichts von seiner Kleidung. Selbst seine Lieblingspullis waren da. Seine Malutensilien und sein Werkzeug lagerten im Keller, seine Bilder hingen an den Wänden, und seine kleinen Marmorstatuen, die er so liebte, standen in der Vitrine. Alles von ihm war da. Nur er selbst war weg.«

Janna schluckte. »Das hab ich so nicht mitgekriegt. Zu dem Zeitpunkt habe ich ja schon in Timmendorfer Strand gewohnt. Du hast mir damals nur erzählt, dass er Hals über Kopf verschwunden ist. Ich wollte nicht weiter nachfragen, ich hab nur gedacht: So ein Lump. Nutzt die Abwesenheit seiner Frau, um mal eben ›Zigaretten holen‹ zu gehen.«

Jannas Miene wurde nachdenklich. Ihre anfängliche Lust, Molly Ratschläge zu erteilen, wie sie ihr neues Leben gestalten sollte, schwand sichtlich.

»Weißt du«, fragte Janna, »warum er das geschrieben hat, dieses ›Such mich nicht‹?«

Traurig schüttelte Molly den Kopf.

»Für mich«, Janna bog die Schultern zurück, »für mich klingen diese Worte so, als hätte Ole etwas getan, das eine polizeiliche Suche nach ihm notwendig machte. Er ist vor dir und deinen Kollegen geflohen und hat auf dem Spiegel die Bitte an dich persönlich ausgesprochen, nicht nach ihm zu fahnden. Wenn es nicht so wäre, hätte er doch ohne diese Nachricht weggehen können.«

»Genauso sehe ich das auch. Und deshalb muss ich wissen, was vorgefallen ist. Wenn ich niemals erfahre, wovor Ole geflüchtet ist, kann ich ihn auch niemals vergessen.«

Janna öffnete spontan die Lippen.

»Sag jetzt nicht: ›Das musst du aber.‹«, fuhr Molly ihr über den Mund. »Solange ich keine Klarheit darüber habe, was geschehen ist, mache ich mir Vorwürfe.«

»Du fühlst dich schuldig?«

Molly stützte den Kopf auf. »Du erinnerst dich, in den Wochen vor seinem Verschwinden hatte Ole einen längeren Auslandsaufenthalt.«

»Dieses Projekt auf Bornholm«, sagte Janna. »Wo er als Kunstmaler und Bildhauer eingeladen war, in einer alten Villa in einem gottverlassenen Dorf zu leben und zu arbeiten. Wie lange war er da? Vier Wochen?«

Molly verneinte. »Zwei Monate. Eine lange Zeit. Ich konnte ihn nicht ein einziges Mal besuchen, weil ich beruflich verhindert war.«

»Manchmal tut einer Beziehung eine längere Trennung ganz gut«, meinte Janna, die während ihrer Ehe immer ohne ihren Mann Urlaub gemacht hatte.

»Darauf hatte ich auch gehofft. In die Zeit, als Ole auf Bornholm war, fiel mein fünfunddreißigster Geburtstag. Ich hatte vorgehabt, auf die Insel zu fahren, um mit Ole zu feiern. Ich dachte, in einer anderen Umgebung könnten wir in Ruhe über alles sprechen, was unsere Beziehung belastet hat, und es noch mal von vorne versuchen.«

»Ihr hattet Probleme? Davon hast du mir nie erzählt. Dass es ab und an ein bisschen kriselte, hab ich schon gemerkt. Aber dass es so ernst war?«

Es war so ernst gewesen, dass es offenbar zu einer Katastrophe gekommen war.

Molly sprach den Gedanken nicht aus. »Du weißt ja«, sagte sie, »in meinem Job muss man Geburtstage manchmal ausfallen lassen. Mein Team und ich waren gerade dabei, einen Mord aufzuklären. Da konnte ich nicht einfach Urlaub machen und feiern.«

Sie zog die Knie noch weiter an, wandte das Gesicht ab und guckte aus dem Fenster. Janna musste nicht sehen, dass ihr die Tränen kamen. Sie atmete durch, um den Drang, zu weinen, zu unterdrücken. »Wenn ich nach Bornholm hätte fahren können ...«

Die Scharniere der Haustür quietschten. Schritte, offenbar die eines Mannes, hallten durch den Flur.

»Das wird mein Kollege sein.«

Molly rutschte von der Fensterbank herunter, öffnete die Küchentür einen Spalt breit und steckte den Kopf hindurch. »Wer ist da bitte?«

Ein blonder Strahlemann schritt durch die Halle. Unübersehbar einer von denen, die im Fitnessstudio eifrig auf ewige Jugend und Dynamik trainierten.

»Wer ich bin? Das könnte ich Sie fragen.«

Er kam auf sie zu, drückte die Tür sanft ein paar Zentimeter weit auf und reichte Molly die Hand.

»Ich bin der Herr Graf. Nicht der Graf von Sowieso, sondern einfach nur der Herr Graf.« Er nickte ihr zu.

»Bleck. Molly Bleck.«

»Marlene, wenn ich richtig informiert bin.« Er grinste.

»Ich fürchte, da hat man Ihnen eine falsche Information gesteckt.« Molly öffnete die Küchentür weit. »Kommen Sie doch rein. Es gibt Tee und Kaffee.«

Er machte zwei Schritte in den Raum hinein und blieb angenehm überrascht stehen. »Oh, und sogar Kuchen. Das nenne ich einen Empfang!«

Janna erhob sich.

Malte Graf begrüßte sie genauso offen und freundlich wie Molly. »Gehören Sie auch zur Soko? Sind wir schon zu dritt im Team?«

Janna schüttelte den Kopf und strahlte Malte Graf an. »Ich wünschte, ich könnte mit dabei sein, aber ich würde den Aufnahmetest nicht bestehen. Ich bin nur die Kuchenfee.« Sie wurde wieder ernst und wandte sich an Molly. »Komm mir nicht zu spät nach Hause. Wir reden heute Abend weiter.«

Die Worte klangen wie eine Drohung, und Molly wusste, dass sie nicht daran vorbeikam, ihre Freundin noch an diesem Tag in ihr Geheimnis einzuweihen.

Zuerst aber musste sie mit Malte Graf den Einstieg in den aktuellen Fall besprechen.

Graf und sie geleiteten Janna hinaus. Molly schloss die Tür.

Ihr Herz pumperte.

Die Jagd nach dem Phantom begann.

5

Malte Graf drehte sich um die eigene Achse und stieß einen Pfiff durch die Zähne aus. »Das ist also unsere Dienstvilla. Hier kann man's aushalten, würd' ich sagen. Hab schon schäbigere Arbeitsplätze gesehen.«

»Sie sind dreißig Minuten zu spät«, sagte Molly. »Aber okay, in den nächsten Tagen werden wir sowieso Überstunden machen. Da gleicht sich das aus.«

Ihr Kollege nickte. »Perfektes Timing, das mit dem Mord. Dass die Ermittlungen ohne Umwege in unserer Soko gelandet sind, wundert mich nicht. Der Ruf, der Ihnen vorauseilt, schreit geradezu nach kniffligen Fällen.«

Seine Worte forderten Molly zum Widerspruch heraus, auch wenn sie als Lob gemeint waren. Ihr war im Moment nicht nach Vorschusslorbeeren. »Wer behauptet denn, dass es ein kniffliger Fall wird?«

Graf ließ sich in seiner Haltung nicht erschüttern. »Ich bitte Sie, ein Täter, der innerhalb von acht Jahren drei Morde begeht und immer noch frei herumläuft, gibt reichlich Rätsel auf.«

»Und wer sagt, dass es bisher nur drei Morde waren?«

Molly schluckte. Die Bemerkung war ihr spontan herausgerutscht. Sie beschloss, einen Gang runterzuschalten und ihr Image der nassforschen und manchmal unnahbaren Kriminalkommissarin nicht gleich bei der ersten Begegnung mit Malte Graf weiter zu festigen.

Wie zur Entschuldigung legte sie ihm eine Hand auf den Arm, was er wohlwollend zur Kenntnis nahm.

»Wir sehen uns die Akten zu dem Fall gleich gemeinsam an«, sagte sie. »Jetzt lassen Sie uns erst mal in die Küche gehen und einen Begrüßungskaffee trinken. Danach setzen wir uns in mein Büro und legen los.«

»Gute Idee.«

Graf folgte ihr.

Molly ging zu dem Küchenschrank, auf dem das Stövchen und die Kaffeemaschine ihren Platz hatten. Mit der einen Hand hielt sie die Teekanne hoch und mit der anderen die Kaffeekanne. »Welches Schweinderl darf's denn sein?«

»Das silberne.« Graf zeigte auf die Thermoskanne mit dem Kaffee.

»Okay. Getränkemäßig werden wir uns nicht ins Gehege kommen. Das ist schon mal ein Pluspunkt für Sie.« Sie schenkte ihm Kaffee ein. »Wölkchen? Zucker?«

»Schwarz und bitter.« Er zog die Tasse an sich.

Molly nahm noch einen Tee und setzte sich ihrem Kollegen gegenüber an den Tisch.

»Frau Bleck?« Mit verlegener Miene drehte Graf die Untertasse auf der Tischplatte herum.

»Ja?«

»Wer von uns beiden ist eigentlich der Ältere?«

»Der Dienstältere oder der Ältere an Jahren?«, fragte sie zurück.

»An Jahren.«

Sie zuckte mit den Schultern. »Weiß ich nicht. Warum fragen Sie?«

»Weil der Ältere dem Jüngeren das ›Du‹ anbietet.«

Was sollte sie darauf erwidern?

»Ich hab eine Idee«, sagte Graf. Er holte seinen Notizblock hervor, löste ein Blatt heraus und zerriss es in zwei Teile. Ein Stück schob er ihr zu.

»Sie schreiben Ihr Geburtsdatum auf, ich meins.« Er hob den Finger. »Aber nicht schummeln.«

Beide notierten den Tag ihrer Geburt, falteten die Zettel zusammen und schoben sie in die Mitte des Tisches.

Malte zögerte.

»Nun gucken Sie schon nach«, sagte Molly und wies mit dem Kinn auf die Papierchen.

Er faltete sie auseinander und grinste. »Ich bin zwei Monate älter. Also – sagen wir ›du‹ zueinander? Ich bin Malte.«

»Ich bin Molly. Und niemals Marlene. Dass das klar ist.« Sie reichte ihm die Hand.

Er griff danach, drückte fest zu und lächelte erleichtert. Dann hob er die Tasse, trank einen Schluck und stellte den Kaffee mit feierlicher Miene wieder ab. »Den Bruderschaftskuss gibt's nachher.«

Malte Graf war anscheinend nicht weniger nassforsch als sie selbst. Hoffentlich spekulierte er nicht auf einen Kollegenflirt.

»Wir haben nicht auf Brüderschaft getrunken«, sagte Molly. »Wir haben uns nur auf das ›Du‹ geeinigt. Was ausschließlich der guten Zusammenarbeit dient.«

Ihre freundlichen, aber bestimmten Blicke fragten ihn stumm, ob er verstanden hatte.

Er nickte. »Okay. Darf ich?« Er zeigte auf das Tablett mit dem Kirschkuchen.

»Stärk dich nur. Du wirst es brauchen.« Molly blinzelte ihm zu. »Was weißt du über die drei Morde?«

Malte hielt sich die Hand vor den Mund und kaute. »Relativ wenig.«

»Hattest du Einblick in die Akten des jüngsten Falls?«

Er schüttelte den Kopf und schluckte den Bissen hinunter. »Noch nicht dazu gekommen.«

»Okay. Nimm deine Tasse und den Kuchen mit nach oben, und dann besprechen wir die Sache.«

Sie nahm die Kaffeekanne mit für den Fall, dass er noch einen Wachmacher brauchte, und ging voran.

Interessiert sah Malte sich in ihrem Büro um. »Ist fast wie ein Hotelzimmer, bei dem Ausblick.«

»Nur dass das Bett fehlt und kein Personal da ist, das meinen Schreibtisch entstaubt.«

Molly zog einen Stuhl heran, sodass er sich neben sie setzen konnte, und schlug den Ordner mit den wenigen bisher zusammengestellten Unterlagen zum Fall Annika Ketelsen auf, die sie sich bis zu Jannas Eintreffen angesehen hatte.

»Dies ist der dritte Mord in der Lübecker Bucht, der nach demselben Muster begangen wurde«, erklärte sie.

Malte tippte mit zwei Fingern auf das Foto, das die Leiche von Annika Ketelsen zeigte. »Ab Mord Nummer drei sprechen wir generell von einem Serientäter.«

Seine Blicke blieben an dem Foto hängen. Molly ließ ihm Zeit, es zu betrachten.

»Was fällt dir daran auf?«, fragte sie.

»Das Herz. Die Muscheln, die er um die Köpfe seiner Opfer legt.«

»Was fällt dir dazu ein?«

Molly selbst hatte sich ihre Gedanken dazu längst gemacht. Sie zögerte, sie zu äußern, denn sie waren zu stark von ihren persönlichen Vermutungen gefärbt. Mit

Spannung erwartete sie die Gedanken des Kollegen, der unvoreingenommen und ohne Wissen über Mollys private Vorgeschichte an den Fall heranging.

»Das Herz. Andere Serienmörder nehmen ein Kreuz, Rosen, Steine oder irgendein anderes Symbol. Der hier nimmt immer das Herz.«

»Du sagst ›der‹. Du bist sicher, dass es ein Mann ist?«

»Natürlich. Jemand, der Frauen ermordet und seinen Opfern ein Herz aus Muscheln malt, muss ein Mann sein. Kein Zweifel.«

Mollys Herz krampfte sich bei Maltes Worten zusammen. Er hatte es ausgesprochen: jemand, der ein Herz aus Muscheln malt. – Ole, der Muschelmaler.

Noch heute hatte sie ein Bild vor Augen, das er bei einem ihrer gemeinsamen Nordseeurlaube gemalt hatte. Er hatte Muscheln gesammelt, hatte sie herzförmig im Sand angeordnet und ein Aquarell davon angefertigt. Ein Herz für Molly. Das war zu Beginn ihrer Beziehung gewesen. Lange her.

»Guck mal, die Möwe.« Malte zeigte auf den Fenstersims, von dem aus das Tier zu ihnen hereinsah.

»Das ist unser Haustier. Denk dir einen Namen für sie aus, du wirst sie noch öfter sehen. Aber jetzt konzentrieren wir uns bitte auf den Fall. Was denkst du, warum hat der Mörder sich für das Herz entschieden?«

»Ist doch klar. Weil er die Frauen liebt.«

Molly schüttelte sich. »Er hat die Frauen geliebt, die er umgebracht hat?«

»Nein, die nicht. Es sei denn, er hatte eine Beziehung mit ihnen und glaubte, sie töten zu müssen, um sie vor einem anderen Mann oder einem vermeintlich anstehenden Unglück zu bewahren.«

Molly dachte über Maltes Worte nach. »Wenn das sein Motiv wäre, würde er ihnen dann dieses Herz ›malen‹, wie du es so schön ausgedrückt hast? Ich bin mir da nicht sicher. Ich denke eher, dass er …«

»Dass er was?«

Aufmerksam guckte Malte sie an. Nein, sie würde es nicht aussprechen.

Es würde nicht lange dauern, bis Malte zu einer ähnlichen Schlussfolgerung käme wie der, die sie selbst vor Jahren gezogen hatte. Sie durfte auf keinen Fall durchblicken lassen, dass sie diese Gedanken längst hegte.

Malte hatte eine Idee. »Das könnten Stellvertretermorde sein. Als Opfer sucht er sich Frauen aus, die ihm fremd sind, weil er die Frau, die er eigentlich umbringen möchte, nicht ermorden kann.«

Volltreffer!

»Warum kann er sie nicht ermorden?«, schob Molly gleich hinterher.

Malte zählte auf. »Weil er sie liebt. Weil sie woanders wohnt und er sie nicht erreichen kann. Weil sie stärker ist als er.« Er hielt inne. »Mehr fällt mir im Moment nicht ein. Doch: Weil sie mit einem anderen Mann lebt, der sie beschützt. – Oder weil sie in einem Kloster versteckt ist?«

»Interessante Gedanken.« Molly nickte anerkennend.

Sie zeigte ihm die Kopie des Gedichtes, das der Täter bei seinen Opfern hinterlassen hatte. »Kennst du das schon?«

»Die Kollegen, die nach dem Fund der Leiche vor Ort waren, haben davon berichtet. Zeig mal her.« Malte zog den Ordner näher zu sich heran, las die Zeilen und sprach sie nach.

»Was fällt dir daran auf?«, fragte Molly wieder. Ob er über dasselbe Wort stolperte wie sie?

Malte zuckte mit den Schultern. »Hochliteratur ist das nicht. Eher ein Spruch, der einem auf dem Klo einfällt.«

»Ich bitte dich.«

»Sorry, aber das klingt doch wie ein simpler Kinderreim, nur mit makabrem Inhalt.«

Hätte Ole so ein Gedicht geschrieben? Ein Mann der Worte war er nie gewesen. Doch dieser Reim hätte zu ihm gepasst. In seiner oft naiven Art wäre er durchaus in der Lage gewesen, solche Sprüche zu verfassen.

Dass Malte nicht über die Zeile ›die Lippen so rot‹ stolperte, mochte daran liegen, dass er das Aussehen der vorherigen Opfer nicht kannte.

»Hast du Fotos der Frauen gesehen, die er in früheren Jahren umgebracht hat?«, fragte sie.

Malte war mit seinen Gedanken woanders. Er hatte die Stirn in die Hand gestützt und stierte auf die Tischplatte. »Nee«, sagte er und blickte auf. »Hat Willi Wichtig dir nicht gestern die Ordner gebracht?«

»Willi Wichtig?«

Malte verzog das Gesicht. »Willem Wichmann, unser Herr Kriminaldirektor.«

Molly gelang es mit Mühe, nicht zu schmunzeln. »Wie redest du von unserem Chef?«

Sie stand auf, holte die Ordner, in denen die Fotos der Opfer abgeheftet waren, aus dem Aktenschrank und deponierte sie auf dem Schreibtisch. Die Porträts der zwei zuvor ermordeten Frauen legte sie neben das Bild von Annika.

Malte betrachtete die Aufnahmen.

»Fällt dir was auf?«, fragte sie nach einer Weile.

»Die haben alle rote Haare. Krause rote Haare. Nur das letzte Opfer weicht ein bisschen ab. Das ist ein Zwischending zwischen einem ganz hellen Rot und einem rotgoldenen Blond. Auf jeden Fall rotstichig.«

Er lehnte sich zurück und rieb sich das Kinn. Aus dem Augenwinkel betrachtete er Molly. »Ey, guck doch mal: Alle drei haben Haare wie du.« Vertraulich boxte er gegen ihren Arm. »Du lebst gefährlich, weißt du das?«

Von einer Sekunde zur anderen rauschte das Blut aus Mollys Schädel bis in die Füße hinab. Ihr Bürostuhl verwandelte sich in ein Karussell. Mit beiden Händen hielt sie sich an der Schreibtischkante fest.

Erschrocken legte Malte seine Hand auf ihre. »War doch nur Spaß. Ich pass auf dich auf, versprochen.«

Molly rang sich ein Lächeln ab. »Schon gut. Hatte überhaupt nichts mit der Sache zu tun. Machst du mal kurz das Fenster auf? Ich glaub, ich bin heute Morgen einfach zu früh aufgestanden. Ich bin total übermüdet, da macht mein Kreislauf schon mal schlapp.«

»Bist du sicher, dass es daran liegt?« Malte sprang auf, öffnete das Fenster und wedelte frische Luft herein. »Soll ich dir noch einen Tee holen oder ein Wasser?«

»Ein Wasser gerne. Danke.«

Wasser brauchte sie nicht, aber eine Minute, um wieder herunterzukommen. Sie hatte völlig überreagiert.

Malte lief aus dem Büro.

Sie hörte ihn die Treppe hinabspringen, immer mehrere Stufen auf einmal. Nach kurzer Zeit kehrte er zurück und stellte ihr ein Glas Wasser hin.

»Danke, Malte. Lieb von dir.«

Sie trank, stellte das Glas ab und klemmte ihre zitternden Hände zwischen die Knie. Dieser Fall wühlte sie mehr auf, als ihr genehm war, und vor Malte musste sie sich zusammenreißen.

Zum ersten Mal, seit sie in diesem Büro saß, klingelte das Telefon auf ihrem Schreibtisch. Die Nummer des Anrufers wurde nicht übertragen.

Molly nahm den Hörer ab, erleichtert darüber, dass ihr Gespräch mit Malte noch eine Zeit lang unterbrochen blieb. »Molly Bleck am Apparat.«

Niemand meldete sich. Doch wenn sie genau hinhörte, war ein Atmen zu vernehmen. Oder bildete sie sich das nur ein?

»Hallo?« Angespannt wartete sie noch einen Augenblick. »Wer spricht da bitte?«

Der Anrufer blieb stumm.

Molly wurde heiß. Sie legte auf.

»Bin gleich wieder da«, sagte sie zu Malte und verließ eilig den Raum.

6

In einem Supermarkt in Timmendorfer Strand

An der geöffneten Lade der Kasse zählte die Kassiererin das Wechselgeld für die Kundin ab, die vor Martin Theisen an der Reihe war. Es konnte ihr kaum schnell genug gehen, die Dame, die offenkundig auf einen launigen Klönschnack hoffte, zu verabschieden. Sie drückte der Frau die Münzen in die Hand. »Tschüs, Frau Thomsen«, flötete sie. »Schönen Tag noch.«

Rasch schob sie den Warentrenner in die dafür vorgesehene Schiene und wandte sich den Einkäufen zu, die Martin Theisen auf das Band gelegt hatte.

Vorhin, als sie ihn in der Reihe entdeckte, hatte Martin das Aufblitzen in ihren Augen bemerkt. Unverhohlen hatte er sich daraufhin nach den anderen Kassen umgesehen. Doch die Schlangen dort waren lang gewesen, länger als hier, und er wollte den Supermarkt so schnell wie möglich wieder verlassen.

»Na, Herr Theisen, an Sie habe ich gleich gedacht, als ich hörte, was passiert ist. Bei Ihnen kommen doch jetzt bestimmt die alten Erinnerungen wieder hoch. Das hört wohl niemals auf.«

Unangenehm berührt schob Martin sich an ihr vorbei und konzentrierte sich darauf, in welcher Reihenfolge er seine Einkäufe am besten in der Tasche verstaute, damit nichts gequetscht wurde oder zerbrach. Die Karotten zuunterst, darüber den Blumenkohl, die Äpfel und die Wurst. Zuoberst die Packung mit den sechs Eiern.

Die Kassiererin nannte ihm den Preis. »Ist es nicht so, Herr Theisen? Da ist alles wieder präsent.«

Martin hätte ihr gern ein paar ruppige Worte über das Thema ›Taktgefühl‹ erzählt. Aber was hätte ihm das gebracht?

»Jaja«, sagte er nur und begnügte sich damit, ihr einen Zwanzig-Euro-Schein zu reichen. Er ignorierte ihren fordernden Blick und das falsche Grinsen, als sie ihm einen Fünfer und ein paar Münzen zurückgab.

»Ob der Fall Ihrer Frau wieder aufgerollt wird?«, fragte die Kassiererin.

»Ich weiß es nicht.«

»Jetzt, wo Sie Rentner sind, hätten Sie doch alle Zeit der Welt, sich darum zu kümmern. Gehen Sie der Polizei mal ordentlich auf die Nerven. Die müssen endlich begreifen, was wirklich geschehen ist. Und Ihrer Frau wären Sie es auf jeden Fall schuldig, dafür zu sorgen, dass der Mörder gefasst wird, meinen Sie nicht? Was die wohl denkt, da oben im Himmel?«

»Wenn die Ungerechtigkeit, die meiner Frau posthum widerfahren ist, Sie so stark belastet«, entgegnete Martin mit unüberhörbarem Sarkasmus in der Stimme, »wollen Sie das dann nicht für mich übernehmen? Es hätte doch viel mehr Gewicht, wenn sich jemand für meine Frau einsetzen würde, der nicht mit ihr verwandt ist, als wenn ich als rachsüchtiger Witwer das täte.«

Die Kassiererin stierte ihn mit offenem Mund an.

Martin verstaute die Geldbörse in der Hosentasche, nahm seinen Einkaufsbeutel und wandte sich dem Ausgang zu.

»Auf Wiedersehen, Herr Theisen«, rief die Kassiererin ihm beleidigt hinterher.

Er stapfte aus dem Supermarkt. Draußen auf dem Parkplatz blieb er stehen. Ein paar Mal atmete er tief ein. Die Ostseeluft hatte etwas Erfrischendes, Leichtes. Etwas, das seine Seele entstaubte und ihm einiges von der Bürde nahm, die auf seinen Schultern lag, seit Hilda ums Leben gekommen war.

Wann würde das alles ein Ende nehmen? Nicht, solange der Täter frei herumlief und weitere Frauen tötete. Und nicht, solange er selbst nicht erreichte, dass der Fall wiederaufgenommen wurde. Nur – wie konnte er den Beamten klarmachen, dass es kein Unglück gewesen war und kein Selbstmord, sondern ein Verbrechen?

Er verabscheute dieses Geschwätz, das immer noch grassierte. Doch nüchtern betrachtet hatte die Kassiererin recht. Seit Hildas Tod hatte es keinen Tag gegeben, an dem er kein schlechtes Gewissen seiner verstorbenen Frau gegenüber hatte. Gründe dafür gab es genug.

Er hätte sich mehr für Hildas Probleme interessieren, ihr genauer zuhören und ihr Halt geben müssen.

Er hätte besser auf sie achtgeben müssen, auf ihren Alkoholkonsum, ihre Tablettensucht. Er hätte sie zu einem Arzt oder Psychotherapeuten schicken sollen.

Er hätte ihrem Sohn ein intensiverer Vater sein müssen. Es reichte nicht, den Jungen eines anderen Mannes zu adoptieren, damit er nicht mehr vaterlos war, ihm seinen Nachnamen zu verpassen, ihn aufs Gymnasium zu schicken und ihn ein Studium absolvieren zu lassen.

Vor allem aber: Er hätte Hilda ein liebevollerer Ehemann sein müssen. Dann wäre sie niemals auf die Idee gekommen, sich einen Geliebten zu nehmen. Sie wäre nie mit Roluf nach Bornholm gefahren.

Sie wäre nicht auf diese mysteriöse Weise gestorben.

Hätte, wäre, müsste …

Ein Einkaufswagen rollte an ihm vorbei. Die Frau, die ihn schob, blieb neben ihm stehen. »Kann ich Ihnen helfen?«, fragte sie. »Ist Ihnen nicht gut?«

»Nein nein, alles in Ordnung. Besten Dank.«

Die Dame ging weiter zu ihrem Wagen und verstaute die Einkäufe. Skeptisch beobachtete sie Martin dabei aus dem Augenwinkel.

Erst durch ihre Blicke wurde ihm bewusst, dass er eine Hand fest gegen seine Brust gedrückt hielt. Es hatte nichts mit seinem Herzen zu tun, es war ganz automatisch passiert. Er machte das jedes Mal, wenn er sich an das Herz aus Muscheln erinnerte, das der Täter um Hildas Kopf gelegt hatte.

Wer machte das, wenn nicht ein Mann, der Liebe für sie empfunden hatte? Doch warum tötete so jemand?

Das Rumpeln der voll beladenen Einkaufswagen, die in alle Richtungen über den Parkplatz geschoben wurden, holte Martin in die Gegenwart zurück. Er brauchte einen Moment, um sich zu orientieren. Sein Auto hatte er in der vierten Reihe abgestellt. Er machte sich auf den Weg dorthin, legte die Einkaufstasche in den Kofferraum, stieg ein und fuhr vom Parkplatz herunter.

Er dachte an Heiko. Der saß jetzt in seinem Büro im Keller. Unter dem Dach des Hauses hatte er sich eine kleine Wohnung eingerichtet und im Souterrain ein Büro. Von dort führte er sein Unternehmen, das er gleich nach dem Studium gegründet hatte. Computer-Lösungen für kleine und mittelständische Betriebe und für Privatleute. So etwas wurde immer gebraucht. Heiko war von Natur aus nicht der Typ, der nach Karriere lechzte und seinen Weg in großen Unternehmen suchte.

Sein Sohn machte ihm Vorwürfe, unausgesprochen und anhaltend seit zehn Jahren. Seit gestern Morgen gingen sie sich aus dem Weg. Das war kein Dauerzustand. Sie mussten miteinander reden.

›Du hättest der Polizei in Dänemark Feuer unterm Hintern machen müssen‹, hatte Heiko ihm ein Jahr nach Hildas Tod gesagt. ›Es kann einfach nicht angehen, dass ein Mann mit seiner Geliebten ins benachbarte Ausland fährt, sie umbringt, und die Polizei erklärt die Sache zu einem Unglück, das ein wenig nach Selbstmord riecht und für das niemand zur Rechenschaft gezogen wird.‹

Aufgewühlt bog Martin nach rechts auf die Hauptstraße ab. Er nahm einem anderen Fahrer die Vorfahrt. Nicht hingeguckt, noch mal gutgegangen. Er atmete auf. Kurz vorm nördlichen Ortsrand fuhr er in eine ruhige Seitenstraße.

Hier lag das Haus, in das Heiko und er ein Jahr nach Hildas Tod gezogen waren. Weil sie es in der alten Villa, in der sie lange zu dritt gelebt hatten, nicht mehr ausgehalten hatten.

Heikos Wagen stand im Carport, wie erwartet. Nur selten fuhr sein Sohn zu Kunden. Das Meiste lief per Telefon, Mail und Fernwartung. Heiko war technisch gut ausgestattet.

Martin parkte vor der Haustür, holte die Einkaufstasche aus dem Kofferraum und betrat das Haus.

»Heiko?«

Am Treppenabsatz zum Keller blieb er stehen. Er hörte Heikos Stimme. Sein Sohn telefonierte.

Martin streifte die Schuhe ab und ging in die Küche. Er packte seine Einkäufe aus und verstaute sie im Kühlschrank. Auf dem Tisch lag Post.

Er setzte sich hin und öffnete die Briefe, einen nach dem anderen, überflog sie, nahm aber die Inhalte kaum wahr.

»Du hast mich gerufen?« Heiko stand auf einmal im Türrahmen.

Martin wies auf einen freien Stuhl am Küchentisch. »Setz dich doch.« Er berichtete ihm von dem nervigen Gespräch mit der Kassiererin.

Heikos Miene war unbewegt. »Ich hab dir immer gesagt, wir können das nicht auf sich beruhen lassen.«

»Was schlägst du vor?«

Heiko schwieg. Der Junge saß in derselben schlaffen, unschlüssigen Haltung am Tisch wie immer, wenn die Rede auf den Tod seiner Mutter kam. Er hatte genauso wenig Fantasie wie Martin selbst, wenn es darum ging, eine Lösung zu finden, mit der sie leben konnten.

Doch plötzlich hob er den Kopf. »Du hast von der neuen Soko gehört? Von der Kommissarin aus Hamburg, die sie engagiert haben, um schwierige Fälle zu lösen?«

Martin langte nach der Zeitung, die auf dem freien Stuhl zwischen ihnen lag. »Ich hab heute Morgen davon gelesen. Meinst du, wir sollen mit ihr sprechen?«

Heiko nahm ihm die Zeitung ab. Er betrachtete das Foto der Kommissarin. Sie und ihr Kollege wurden in dem Artikel kurz vorgestellt. »Ich weiß nicht, ob es uns was bringt, mit denen zu reden. Mutter ist in Dänemark gestorben, nicht in Deutschland. Aber ich wüsste nicht, an wen wir uns sonst noch wenden könnten. Ich denke, diese Soko ist unsere letzte Chance, Mutti Gerechtigkeit widerfahren zu lassen und Roluf Ahlert hinter Gitter zu bringen.«

»Wenn er es wirklich war.«

Heiko schlug die Zeitung auf den Tisch. »Wie redest du denn auf einmal daher? Es war doch immer klar, dass er es war. Er war mit Mutter in Dänemark, nicht du, nicht ich und kein anderer.«

Martin machte mit beiden Händen eine beschwichtigende Geste. »Ruhig Blut, mein Junge.«

Er beugte sich vor und sah Heiko an, als wollte er ihn hypnotisieren. »Wir beide, wir haben unseren Verdacht. Wir sind davon überzeugt, dass Hilda durch die Hinterlist eines anderen Menschen ums Leben kam. Aber du kennst die Sache mit der Unschuldsvermutung, und wir haben keinen handfesten Beweis dafür, dass es sich bei diesem anderen um Roluf Ahlert gehandelt hat.«

»Um wen denn sonst?« Heiko schlug mit der Faust auf den Tisch. Sein Gesicht wurde fleckig vor Wut.

Wieder hob Martin eine Hand. »Mir geht es erst einmal nur um eine Strategie. Pass auf: Wir machen einen Termin mit diesen Kommissaren und reden mit ihnen. Aber ich sage dir eins: Wenn wir dabei sofort einen Verdächtigen aus dem Hut zaubern, machen die schnell dicht. Die denken doch, wir wollen Roluf aus Rache an den Karren fahren. Deshalb äußern wir keinen Verdacht, wir sagen nur, was wir wissen.«

»Dass Mutter mit Roluf Ahlert in einem Ferienhaus auf Bornholm war?« Heiko schüttelte ungläubig den Kopf. »Das ist alles, was du denen sagen willst?«

Im Moment fiel Martin nichts weiter ein, das er den Kommissaren mitteilen könnte. Was wussten Heiko und er schon Genaueres darüber, was auf Bornholm geschehen war? »Das ist die einzige Chance, die uns bleibt«, erwiderte er. »Eine direkte Schuldzuweisung wäre falsch.«

»Dann geh zur Soko, aber geh allein. Ich könnte meinen Mund nicht halten.« Wütend streckte Heiko die Beine von sich und stierte vor sich hin.

Martin beobachtete ihn sorgenvoll.

»Meinst du«, fragte Heiko nach längerem Schweigen, »Roluf hat auch die anderen drei Frauen auf dem Gewissen, die aus unserer Gegend?«

»Was soll ich dazu sagen?«, antwortete Martin unsicher. »Ich habe ihn nicht beschattet.«

Heiko musterte ihn provokant. »Interessiert dich das überhaupt? Schon vor acht Jahren, beim ersten der drei Herzmuschelmorde, die in der Lübecker Bucht verübt worden sind, hast du innerlich dichtgemacht.«

»Was soll ich denn tun?«, rief Martin aus. »Die Erinnerung an die Polizeifotos von deiner Mutter, wie sie am Strand lag, das Herz aus Muscheln um den Kopf, tut mir zu weh, um sie mit jedem neuen Mord wieder aufleben zu lassen.«

Er lehnte sich zurück und schnappte nach Luft.

»Der Mord an der jungen Frau in Timmendorfer Strand«, sagte Heiko, »war die vierte Tat nach demselben Muster. Wie oft willst du deine Seele noch in Stücke reißen lassen?«

Martin seufzte. »Du hast recht.«

Er fasste einen Entschluss. Er musste zur Polizei, so bald wie möglich, und den Beamten einen Verdacht nahelegen.

7

Molly lief in den Vorraum der Toilette. Sie drehte den Warmwasserhahn auf, hielt die Handgelenke darunter und ließ das Wasser darüber laufen. Nach kurzer Zeit lief die Haut krebsrot an, und die innere Kälte, die sie ergriffen hatte, wich aus ihrem Körper.

Sie drehte den Wasserhahn zu, trocknete sich die Hände ab und warf noch einen scheuen Blick in den Spiegel. Dann kehrte sie in ihr Büro zurück.

»Alles okay?«, fragte Malte. »Hast du 'ne Ahnung, wer der Anrufer war, oder warum bist du geflohen?«

»Ich bin nicht geflohen.«

»Sah aber ganz danach aus.«

Molly tippte mit dem Finger auf den Ordner, der vor ihnen lag. »Um wieder auf das Gedicht zurückzukommen, das der Serienmörder seinen Opfern hinterlassen hat: Was mir daran auffällt, ist, dass der Täter die Lippen erwähnt. Er sucht sich Opfer mit roten Haaren, aber in den Gedichten erwähnt er die roten Lippen. Was hat das zu bedeuten, was meinst du?«

»Rote Lippen, dazu fällt mir nur eins ein: Lippen sind zum Küssen da.«

Molly schmunzelte. »Nicht nur, aber auch. Mir würden da noch Essen, Trinken und Sprechen als Verwendungszwecke einfallen.«

Dank Maltes lockerer Art fiel die Anspannung, die sie bei dem Anruf überkommen hatte, langsam von ihr ab.

»In all diesen Fällen geht es doch eindeutig um Liebe«, betonte Malte noch einmal. »Das Herz und die roten Lippen, dazu die roten Haare. Vergiss nicht, die Farbe der Liebe ist Rot.«

»Ja«, sagte Molly, »es geht offenbar um Liebe. Interessant wäre jetzt, ob wir zu diesem Thema Parallelen im Leben der drei ermordeten Frauen finden.«

»Du meinst, wir müssen die Wege vergleichen, auf denen jede von ihnen ihren Mörder kennengelernt hat?«

»Genau. Wenn alle drei Online-Dates gemacht haben, könnten sie durchaus demselben Mann begegnet sein. Einem, der Rothaarige zwischen Mitte zwanzig und Mitte dreißig aus dem Ostseeraum kontaktiert.«

Molly ging an die Tafel, die an der Wand gegenüber dem Fenster angebracht war, nahm ein rotes Stück Kreide und schrieb die Namen der drei getöteten Frauen auf. ›Katja Born‹ oben links, ›Paulina Kröger‹ oben rechts und ›Annika Ketelsen‹ in die Mitte des unteren Randes, sodass ein Dreieck entstand. Unter jeden Namen schrieb sie das Jahr, in dem die Frau ermordet wurde. In die Mitte des Dreiecks schrieb sie das Wort ›Täter‹. Sie zog eine Linie von dem Wort ›Täter‹ zu jedem der drei Namen und wandte sich wieder Malte zu. »Opfer von Gewaltverbrechen kennen ihre Peiniger bekanntlich in den meisten Fällen.«

Malte wiegte den Kopf hin und her. »Wobei ›Kennen‹ immer relativ zu betrachten ist. Manche kennen ihre Mörder schon lange und gut, andere sind ihnen nur einmal auf einer Party oder im Treppenhaus begegnet.«

»Wie dem auch sei, nach unseren bisherigen Erkenntnissen ...«

»... die noch ziemlich mager sind«, warf Malte ein.

»... können wir davon ausgehen«, fuhr Molly unbeirrt fort, »dass der Täter gezielt Frauen ausgesucht hat, die ihn vom Typ her an eine bestimmte andere Frau erinnern. Aller Wahrscheinlichkeit nach hat er eine gewisse Sympathie für sie empfunden.«

»Das schließt du aus den Herzen.«

»Aus der Art, wie er die Leichen mit den Muscheln, die er zuvor mühselig zusammengesucht haben muss, ›dekoriert‹ hat. Gehen wir mal von deiner These aus, dass er diese Frauen stellvertretend für eine andere umgebracht hat, die er liebt. Seine Liebe ...«

»... die möglicherweise unerfüllt geblieben ist.«

Molly seufzte. Malte war hoch motiviert bei der Sache. Sie beide gaben ein tolles Team ab. Aber manchmal preschte er ein bisschen zu weit vor.

»Das ist jetzt deine Interpretation«, stellte sie fest. »So weit möchte ich im Moment noch nicht gehen. Behalten wir deine Vermutung einfach im Hinterstübchen. Was ich sagen wollte: Seine Liebe zu der Frau, die er nicht ermorden will oder kann, überträgt er wahrscheinlich bis zu einem gewissen Grad auf seine späteren Opfer.«

Malte stand auf, stellte sich vor die Tafel und rieb sich das Kinn. Er betrachtete die Namen und die Linien, als hoffte er darauf, dass jeden Moment mit unsichtbarer Tinte geschriebene Hinweise sichtbar würden.

»Du hast recht«, sagte er. »Wir müssen in Erfahrung bringen, welchen Männern jedes der Opfer bei welchen Gelegenheiten zuletzt begegnet ist und ob einer dabei war, dem sie alle begegnet sind.« Er drehte sich zum Schreibtisch um und deutete auf die Akten der beiden vorherigen Fälle. »Ich denke, dass das alles schon bei den früheren Ermittlungen recherchiert wurde.«

»Zum Teil ja, aber nicht unter dem Aspekt eines Serientäters. Darum ging es ja bislang nicht.« Molly warf die Kreide auf die Ablage unter der Tafel und setzte sich wieder hin. »Die Angehörigen der Opfer sind gründlich befragt worden. Wie das so üblich ist, standen sie als Erste unter Verdacht. Katja Born war verheiratet. Ihr Ehemann hatte ein wasserdichtes Alibi. Auch aufgrund seines psychischen Zustandes nach der Tat schied er schnell als möglicher Täter aus. Er war lange Zeit arbeitsunfähig und musste eine längere Therapie absolvieren, um mit dem Mord an seiner Frau fertigzuwerden. Paulina Kröger hatte einen neuen Freund, seit drei oder vier Monaten. So genau wussten weder die Eltern noch die beste Freundin darüber Bescheid. Der Mann, eher ein Gelegenheitspartner, hatte ebenfalls ein überzeugendes Alibi.«

Malte nahm wieder neben Molly Platz. Er beugte sich über die Ordner und blätterte darin herum. »Sind keine weiteren Angehörigen vernommen worden? Onkel, Cousins? Oder der nette Nachbarsjunge von nebenan?«

»Du meinst die üblichen Verdächtigen, die in solchen Fällen interviewt werden. Doch, sicher. Wichmann ist die Befragungen gestern, als er mir die Akten überreicht hat, mit mir durchgegangen. Er sagte, in der Mordsache Katja Born hätten die zuständigen Kollegen viele Befragungen durchgeführt, ohne genau zu wissen, wonach sie suchten. Und nach dem Mord an Paulina Kröger haben sie auf einen Nachahmer getippt. An einen Serienmörder dachten sie zu dem Zeitpunkt nicht. Bei den Recherchen zu beiden Mordfällen haben die zuständigen Ermittler kein Motiv identifizieren können, das den Taten zugrunde gelegen haben könnte.«

»Wo kein Motiv ist«, sagte Malte, »wird es schwierig, einen Verdächtigen zu finden.«

»Erst recht, wenn die Personen, die rein theoretisch aufgrund der allgemeinen kriminalistischen Erfahrungen als Täter infrage kämen, unerschütterliche Alibis für die Tatzeiten haben.«

Malte zeigte auf die Blätter mit den Daten von Katja Born und Paulina Kröger. »Die Opfer waren unterschiedlich alt, vierunddreißig und dreiundzwanzig.«

»Annika Ketelsen war fünfundzwanzig, also zwei Jahre älter als das zweite, aber neun Jahre jünger als das erste Opfer«, sagte Molly. »Alle Opfer waren jung, sie befanden sich klar in der ersten Hälfte ihres Lebens. Aber ich bezweifle, dass wir aus dem Alter der Frauen Rückschlüsse auf das Motiv des Täters ziehen können.«

Das Alter war dennoch ein guter Anhaltspunkt, um zu dem Mord auf Bornholm überzuleiten.

»Malte?«

Malte senkte die Stimme. »Molly?« Er lächelte verschmitzt, und seine Augen blitzten sie an.

»Lass das«, sagte sie in halb tadelndem, halb freundschaftlichem Ton. Erneut nahm sie Anlauf. »Ich glaube – nein, ich fürchte, es gibt noch einen Mord, der auf das Konto unseres Täters geht. Einen, der schon lange zurückliegt und nie aufgeklärt wurde.«

»Aha, deshalb hast du vorhin, als ich noch nicht ganz den zweiten Fuß in unsere schöne Dienstvilla gesetzt hatte, so spontan gefragt, wer denn überhaupt sagt, dass der Täter bisher nur drei Morde verübt hat.«

Molly merkte, dass sie errötete. Verärgert über sich selbst stand sie auf, stellte sich ans Fenster und guckte angestrengt hinaus.

Ihr Kollege hatte ein phänomenales Gedächtnis. Ob er sich auch an die Zeitungsberichte über den Mord auf Bornholm erinnerte?

»Vor ziemlich genau zehn Jahren«, begann sie und guckte weiterhin stur hinaus, »wurde auf Bornholm eine Tote gefunden. Die Frau stammte aus dieser Region. Sie war verheiratet, zweiundvierzig Jahre alt und machte mit ihrem Geliebten Urlaub auf der Insel.«

Malte stellte sich dicht hinter sie. Ein wenig zu dicht. Molly spürte seinen Atem im Nacken.

Sie rückte einen Schritt zur Seite, er schob sich neben sie. Sie betrachtete ihn aus dem Augenwinkel.

»Stimmt«, sagte Malte. »Ich erinnere mich. Das Opfer kam aus Scharbeutz. Aber es war kein Mord, es war ein Unglück. Die Frau hatte zu viel getrunken und war ganz alleine am Strand. Ihr Geliebter hat sie am nächsten Morgen da gefunden. Ein Selbstmord wurde nicht ausgeschlossen.«

»So hat es in den Zeitungen gestanden«, sagte Molly. »Aber war sie wirklich allein, als sie starb? Überleg mal: Es muss nicht ihr Geliebter gewesen sein, der zuletzt bei ihr war.« Die Hitze war aus ihrem Gesicht gewichen. Sie drehte sich um und lehnte sich mit dem Rücken gegen die Fensterbank. »Die Tote hatte auch ein Herz um den Kopf, eins aus Herzmuscheln. Wer hat ihr das verpasst, wenn sie so allein gestorben ist? Sie selbst, posthum?«

»Aber wurde bei ihr auch dieses Gedicht gefunden?«, fragte Malte. »Ich kann mich nicht erinnern, etwas darüber gelesen zu haben.«

»Ich weiß es nicht. In der Zeitung stand nichts darüber. Aber du weißt, dass auch bei den anderen beiden Morden nichts über diese Zeilen berichtet wurde. Das

Muschelherz konnte vor der Öffentlichkeit nicht geheim gehalten werden. Urlauber und Reporter hatten es gesehen. Aber das Gedicht war Täterwissen. Die Information darüber haben die Kollegen bewusst zurückgehalten. Auch bei dem Mord an Annika Ketelsen wird kein Wort darüber an die Presse gehen.«

Malte zog nicht mit. Molly sah die Skepsis in seinem Blick.

»Nehmen wir an«, sagte er, »es war kein Unglück, sondern Mord, was allerdings noch zu beweisen wäre. Was ist, wenn es bei der Toten auf Bornholm kein Gedicht gegeben hat? Die drei Morde in der Lübecker Bucht könnten Nachahmungstaten sein, bei denen der Täter das Herz aus Muscheln um dieses Gedicht ergänzt hat, um ihnen doch irgendwie seine eigene Handschrift zu verpassen.«

Molly ging wieder zur Wandtafel und nahm die Kreide in die Hand. Das Wort ›Täter‹ in der Mitte des Dreiecks mit den Namen der drei Opfer ergänzte sie um die Ziffer 2. Rechts neben das Dreieck schrieb sie ›Hilda Theisen‹ und darunter ›Täter 1‹. Sie verband ›Hilda Theisen‹ durch eine Linie mit ›Täter 1‹. Anschließend notierte sie: ›Täter 1 = Täter 2?‹ und wandte sich zu Malte um.

Malte schüttelte energisch den Kopf. »Vergiss Bornholm. Das ist Dänemark, das ist nicht unser Revier. Und die Sache ist zu lange her.«

»Wir können die Kollegen bitten, uns Kopien der Akten zu überlassen.«

»Wenn die noch existieren«, sagte Malte.

Molly legte die Kreide ab und ging zu ihrem Schreibtisch zurück. Sie plumpste auf den Bürostuhl und stützte das Kinn auf beide Fäuste.

Malte schritt im Raum auf und ab. Schließlich setzte er sich auf die Kante ihres Schreibtischs. »Bauschst du die Sache jetzt nicht ein bisschen zu weit auf?«

»Nein, Malte. Ich bin überzeugt, die Wurzel der Serienmorde liegt in Bornholm.«

Er atmete schwer ein und ließ ein Bein hin und her baumeln. Seiner Miene entnahm Molly, dass er gleich nachgeben würde.

»Also gut«, sagte er. »Vielleicht lebt der Witwer der Toten von Bornholm heute noch in Scharbeutz. Wir suchen seine Adresse und befragen ihn.«

Molly griff nach seiner Hand, erschrak selbst über die vertrauliche Geste und zog den Arm schnell wieder zurück. »Danke, Malte.«

»Und jetzt?« Er erhob sich von ihrem Schreibtisch.

»Jetzt stürzten wir uns in die Ermittlungsarbeit. Als Erstes befragen wir die Freundinnen, die Annika Ketelsen zu dem tödlichen Abenteuer begleitet haben. Die Adressen und Telefonnummern habe ich schon rausgesucht. Danach gehen wir zu den Eltern des Opfers. Wichmann hat uns für den Nachmittag bei ihnen angekündigt.«

Molly griff zum Telefonhörer. Die Nachnamen der Freundinnen hatte sie in alphabetischer Reihenfolge notiert. Sie wählte die Nummer von Tina Berner.

Die junge Frau ging nicht ans Handy. Der Anrufbeantworter sprang an.

Molly verzog den Mund. »Das fängt ja gut an.« Sie wählte die Nummer der anderen Freundin.

Sabrina Kock meldete sich. Sie saß mit Tina Berner zusammen in einem Café. Gemeinsam versuchten sie, das schreckliche Geschehen zu verarbeiten.

Molly vereinbarte ein Treffen mit den beiden Frauen in Travemünde.

»Unser Dienstwagen ist noch nicht da?«, fragte Malte.

Molly schüttelte den Kopf und nahm ihre Tasche vom Boden unter dem Schreibtisch auf. »Der trifft im Laufe der nächsten Woche ein. Wir rufen ein Taxi.«

Malte hielt seinen Autoschlüssel zwischen Daumen und Zeigefinger hoch. »Lass uns meinen Schlitten nehmen«, schlug er vor. »Er steht vor der Villa und wartet nur darauf, dich kennenzulernen.«

Sein Schlitten? Das klang nach einem schwarzen, hochglanzpolierten Sportflitzer. Sollte sie es wagen?

»Okay, wenn du zivilisiert fährst.«

»Würdest du mir was anderes zutrauen?«

An der Seite ihres Kollegen schritt Molly die Treppen hinab ins Erdgeschoss. Sie verließen das Haus. Molly schloss die Eingangstür ab.

Galant hielt Malte ihr die Hand hin, als sie die Stufen in den Vorgarten hinabstiegen.

Sie schlug sie mit sanftem Schwung weg, so wie sie es im Fernsehen bei einer amerikanischen Präsidentengattin beobachtet hatte, als deren Mann auf der Flugzeug-Gangway nach ihrer Hand grabschte.

»Noch schaff ich das alleine«, sagte sie lachend.

»Wie kommt es eigentlich«, fragte Malte, als er sie zur Straße geleitete, »dass du dich so gut an den Fall auf Bornholm erinnerst? Mit deiner Arbeit in Hamburg hatte der doch nichts zu tun, oder?«

Er bediente den Funkschlüssel.

An einem orangefarbenen Kleinwagen blinkten die Lichter auf, und die Türen entriegelten sich mit einem klackenden Geräusch.

Molly blieb stehen und zeigte auf das Vehikel. Sie hatte Mühe, nicht laut loszukichern. »Diese Rührschüssel ist dein Schlitten?«

»Diese was?«

»Meine Oma hatte eine Rührschüssel ungefähr in der Größe deines Wagens und in genau dieser Farbe.«

»Aber reingesetzt hat sie sich nicht, oder? Und gehupt und flockig Gas gegeben auch nicht.«

Beide stiegen ein, und Molly las an Maltes Miene ab, dass sein Humor Grenzen hatte, wenn es um sein Auto ging.

Malte ließ den Motor an. »Du hast meine Frage nach Bornholm noch nicht beantwortet.« Er guckte zu ihr hinüber und trat aufs Gaspedal.

»Pass auf«, schrie Molly. »Ein Radfahrer.«

Malte bremste und ließ den Radler passieren. Dann fuhr er weiter. »Und Bornholm?«

Sie stöhnte. »Du, später. Ich würde mich jetzt gerne auf die bevorstehenden Gespräche konzentrieren.«

8

Malte stand vor dem Ticket-Automaten des Parkplatzes beim alten Leuchtturm. »Hast du Münzen dabei?«, fragte er. »Ich hab leider nicht genug eingesteckt.«

Molly fischte zwei Eurostücke aus ihrem Portemonnaie und warf sie in den Schlitz des blauen Kastens.

Malte drückte auf eine Taste und nahm das ausgedruckte Ticket entgegen. Er hielt es hoch. »Geh ruhig schon mal vor. Ich leg das aufs Armaturenbrett und hol dich dann ein.«

Molly marschierte das kurze Stück zur Promenade. Am Ufer der Trave blieb sie stehen und setzte die Sonnenbrille auf.

Auf der anderen Seite des Flusses lag die Passat, die einst Frachten zwischen Europa und Amerika transportierte. Heute wurde die Viermastbark als Museumsschiff genutzt, man konnte sie für Feierlichkeiten mieten und auch darauf übernachten. Der Anblick des Schiffes weckte in Molly die Sehnsucht, der Realität zu entfliehen und einen romantischen Segeltörn einmal um die ganze Welt zu unternehmen.

Malte holte Molly bald ein. Er blieb neben ihr stehen und deutete mit dem Kinn zu dem Wahrzeichen von Travemünde hinüber. »Auf dem Schiff kannst du sogar heiraten.«

»Du vielleicht«, erwiderte Molly spontan. Die Worte ›ich nicht‹ unterdrückte sie geistesgegenwärtig. Sie hätten eine Nachfrage von Malte provoziert, auf die sie nicht hätte antworten mögen. Erst in diesem Moment wurde ihr bewusst, dass Malte ihren Familienstand nicht kannte. Er hielt sie sicherlich für einen Single. An diesem Irrtum wollte sie nichts ändern. Vorerst nicht.

Sie schluckte. Im schlimmsten Fall würde es irgendwann im Laufe der Ermittlungen dazu kommen, dass sie sich gegenüber Malte Graf und Willem Wichmann offenbaren musste. Von dem Moment an wäre sie raus aus der Sache. Wegen Befangenheit. Aber das stand auf einem anderen Blatt. Wie hatte ihr Vater immer gesagt: ›Een bi een.‹ Eins nach dem anderen. Jetzt würde sie erst einmal die Ermittlungen leiten.

Maltes Reaktion auf ihre Erwiderung kam zögerlich. »Zurzeit gibt es niemanden, den ich aufs Standesamt führen könnte.«

»Halt die Augen offen. In Travemünde und Umgebung gibt es bestimmt viele nette Frauen, die sich über eine Beziehung mit einem smarten Kriminalhauptkommissar freuen würden.«

»Fragt sich nur, ob die Mädels auch meinen Vorstellungen entsprechen«, grantelte Malte, dem ihre distanzierte Reaktion offenbar die Stimmung verhagelt hatte.

Molly ging darüber hinweg. »Wir müssen da lang.« Sie zeigte in Richtung der Vorderreihe. »Das Café liegt ungefähr in Höhe des Restaurants ›Seebär‹.«

»Du kennst dich gut aus in dieser Stadt, dafür, dass du nicht von hier stammst.«

»Ich bin nicht zum ersten Mal in Travemünde. Meine Freundin Janna fährt gerne mit mir hierher.«

»Sagt Bescheid, wenn ihr mal wieder herkommt. Ich leiste euch Gesellschaft. Ist sie Single, die Janna?«

Molly warf ihm einen Blick aus dem Augenwinkel zu. »Du gibst wohl nie auf.« Sie streckte den Arm aus. »In dem Haus dahinten mit dem blauen Schild an der Fassade und der Eiswaffelwerbung oben drüber dürfte das Café liegen, in dem wir verabredet sind.« Sie beschleunigte ihren Schritt, Malte zog mit.

Am Ziel angekommen, öffnete er die Tür, betrat den Gastraum und blieb vor dem Tresen stehen.

Molly nickte ihm wortlos zu und ging voran.

Sabrina Kock hatte ihr am Telefon gesagt, sie und Tina Berner hätten sich an einen kleinen Tisch ganz hinten in der Ecke des Raumes verkrochen.

Vor der hinteren Wand, durch hohe Grünpflanzen vom Nebentisch abgeschirmt, entdeckte Molly zwei junge Frauen, die eine mit dem Rücken, die andere mit dem Gesicht zu ihr. Den Augen der ihr zugewandten Frau sah man an, dass sie eben noch geweint hatte.

Molly ging auf den Tisch zu, innerlich auf ein schwieriges Gespräch vorbereitet. Die Freundinnen hatten am Sonntagmorgen auf dem Weg zum Strand vom Fund einer toten jungen Frau erfahren und kurz darauf begriffen, dass es sich um Annika handelte. Es musste ein unermesslicher Schock für sie gewesen sein.

»Ich bin Molly Bleck«, sagte sie. »Ich glaube, Sie beide sind mit meinem Kollegen und mir verabredet.«

Die eine der Frauen stand auf und gab ihr die Hand. »Ich bin Sabrina Kock, das ist meine Freundin Tina Berner.«

Auch Tina stand auf. Molly stellte ihnen Malte vor. Alle gemeinsam nahmen sie wieder Platz.

»Der Tisch ist so klein. Reicht er Ihnen?«, fragte Sabrina, die mit dem Rücken zum Gastraum saß. Auch sie hatte gerötete Augen, und ihre Stimme klang verweint. »Sie haben doch bestimmt ein Aufnahmegerät dabei.«

»Nein«, sagte Molly, »das brauchen wir bei diesem Gespräch nicht. Wir machen uns Notizen.«

Sie holte ihre Schreibmappe aus der Tasche, schlug sie auf und prüfte, ob der Stift funktionierte.

»Wie geht es Ihnen beiden?«, fragte Molly ernsthaft besorgt. »Sie sehen ziemlich mitgenommen aus. Fühlen Sie sich in der Lage, über das Geschehen zu sprechen und uns ein paar Fragen zu beantworten?«

»Mir geht es echt bescheiden«, sprudelte es aus Tina heraus. »Ich kann noch gar nicht glauben, dass Anni nicht mehr lebt. Wer macht denn so was? Wer bringt einen Menschen, der ihm nichts getan hat, einfach um?« Sie schluchzte und ließ sich von Sabrina ein Papiertaschentuch geben.

Molly betrachtete die jungen Frauen mitfühlend. »Wir sind auf Ihre Aussagen angewiesen«, antwortete sie ausweichend. »Trotz des Aufrufs in den lokalen Radiosendern und in der Zeitung heute Morgen hat sich bisher keiner der Besucher des Strandkonzerts gemeldet, der Annika in den letzten Stunden vor ihrem Tod in Begleitung ihres Mörders bemerkt hätte.«

»Wir tun alles, was wir dazu beitragen können, das Schwein zu fassen«, sagte Sabrina. »Fragen Sie uns nur.«

»Woher kannten Sie Annika?«, begann Molly. »Waren Sie schon lange miteinander befreundet?«

Sabrina nickte. »Wir kennen uns seit dem Kindergarten, waren in der Schule in derselben Klasse und haben im selben Semester in Lübeck angefangen zu studieren.«

Bei der Erinnerung an die lange Freundschaft fing Tina wieder an, zu weinen.

Molly nickte ihr nachsichtig zu. In diesem Gespräch würde sie sich mehr an Sabrina halten, die mit der Situation besser zurechtzukommen schien. »Was studieren Sie?«

»Ich bin für Biophysik eingeschrieben«, antwortete Sabrina und übergab das Wort an Tina.

»Ich für Hebammenwissenschaften.«

»Annika hat Kunstgeschichte studiert«, erklärte Sabrina weiter. Ihr Gesichtsausdruck ließ keinen Zweifel daran, dass sie dieses Fach nicht für besonders zukunftsträchtig hielt.

Unwillkürlich wurde Molly in die Erinnerungen an ihr Leben mit Ole zurückgeworfen. Wie oft hatte sie mit ihm darüber diskutiert, wie wenig sinnvoll ein Kunststudium aus ökonomischer Sicht war? Aber Kunst war seine Leidenschaft. Dagegen half kein Argument.

»Übrigens«, Tina zerknüllte ihr Taschentuch, »wenn Sie Kaffee möchten, hier ist Selbstbedienung.«

Malte schob seinen Stuhl zurück. »Ich hole uns was. Molly, was darf ich dir bringen?«

Molly nahm die Karte zur Hand und nannte ihm die Teesorte, die sie sich ausgesucht hatte.

Fürsorglich wandte er sich an Annikas Freundinnen. »Haben Sie auch noch einen Wunsch?«

Sie baten ihn um einen Latte macchiato und einen Cappuccino. Er nahm die Bestellung mit der würdevollen Miene eines Oberkellners entgegen. Während er sich entfernte, dankte Molly ihm stumm dafür, dass er sich so kümmerte.

»Erzählen Sie mir bitte«, sagte sie, »wie der Samstag verlaufen ist. Wann haben Sie sich getroffen und was genau hatten Sie vor?«

Beide Frauen fingen gleichzeitig an zu reden. »Wir haben uns ...«

Lächelnd hob Molly die Hand. »Bitte immer nur eine von Ihnen zur Zeit.«

Die jungen Frauen tauschten Blicke aus, bis sie sich endlich geeinigt hatten.

Sabrina als die fraglos Dominantere der beiden fuhr fort. »Wir haben uns in Travemünde am Strandbahnhof getroffen und sind von da aus mit dem Bus nach Timmendorfer Strand gefahren. Für die Nacht auf Sonntag hatte ich uns Zimmer in einer kleinen Pension besorgt.«

Tina widersprach lautstark. »Die Zimmer hatte Annika besorgt.«

»Stimmt nicht. Annika hatte uns den Tipp gegeben, wo wir übernachten können. Gebucht habe ich.«

Malte kehrte mit den Getränken zurück und verteilte sie am Tisch. Schweigend setzte er sich wieder dazu.

Mit einer verdeckten Geste signalisierte Molly ihm, dass sich das Gespräch mit den Zeuginnen schwierig gestalten dürfte.

»Die Modalitäten ihrer Zimmerbuchung sind für uns nicht so wichtig«, wandte Molly ein. »Für unsere Ermittlungen müssen wir möglichst detailliert wissen, wie Sie die Zeit von der Ankunft bis in die Nacht verbracht haben und mit wem Sie, vor allem Annika Ketelsen, sich getroffen haben.«

»Um wieviel Uhr sind Sie überhaupt in Timmendorfer Strand angekommen?«, fragte Malte.

»Am Nachmittag, so gegen halb vier«, sagte Sabrina. »Vom Bahnhof aus sind wir ganz gemütlich zur Pension spaziert, haben unsere Sachen aufs Zimmer gebracht und sind gleich ins Ortszentrum weitergegangen.«

»Wir wollten das Schlagerfestival besuchen«, ergänzte Tina, der bei der Erinnerung an das Wochenende ständig von Neuem die Tränen kamen.

»Als Sie im Ort ankamen, lief das Festival aber noch nicht?«, fragte Molly.

»Nein«, antwortete Tina. »Es fing erst am Abend an. Bis dahin haben wir uns in der Fußgängerzone die Geschäfte angesehen und eine Kleinigkeit gegessen.«

»Sie waren also die ganze Zeit unter Menschen«, stellte Malte fest. »Ist Ihnen dabei etwas aufgefallen? Hat Sie jemand beobachtet und angesprochen oder sogar verfolgt und belästigt?«

»Nichts«, sagte Sabrina. »Nichts und niemand.«

Malte kehrte den Charmeur heraus. »Ich bitte Sie, wenn drei attraktive junge Frauen durch den Ort flanieren, müssen sie doch jemandem aufgefallen sein.«

»Natürlich sind wir den Leuten aufgefallen«, sagte Sabrina. »Tina war ganz schön dekolletiert. Das war ein echter Hingucker.«

Tina öffnete den Mund und schnappte nach Luft.

»Fassen wir mal zusammen«, sagte Molly, bevor es noch zu einer Auseinandersetzung zwischen den Freundinnen kam. »Sie haben die Zeit bis zum Beginn der Veranstaltung im Ortszentrum verbracht. Irgendwann haben Sie sich zur Strandbühne begeben. Um wieviel Uhr fing das Konzert an?«

»Um einundzwanzig Uhr«, sagte Tina. Sie schwieg abrupt, und Molly ahnte, dass sie ihr etwas unterschlug.

Sie lehnte sich zurück, um die Frauen aus der etwas größeren Distanz besser im Blick zu haben.

Sabrina räusperte sich. »Da war noch was«, sagte sie leise und schniefte. »Wir hatten einen Plan.«

»Was für einen Plan?« Malte dehnte das letzte Wort auf eine sonderbare Weise. Er wusste so gut wie Molly, dass sie nun zum entscheidenden Punkt kamen, der die Katastrophe heraufbeschworen hatte.

»Wir hatten uns was ausgedacht.« Sabrina druckste herum. »Wir haben das auch schon Ihren Kollegen erzählt, mit denen wir gestern gesprochen haben. Es wurde alles protokolliert.«

»Ich weiß«, sagte Molly. »Ich habe die Aufzeichnungen gelesen. Wir müssen aber noch ein Stück weit in die Tiefe gehen. Sie wollten sich ein kleines Abenteuer gönnen, richtig? Und Sie hatten eine Wette abgeschlossen, wer von Ihnen dreien zuerst ans Ziel kommen würde.«

Die protestierenden Blicke der Freundinnen durchbohrten sie.

Jeder der Frauen legte Molly eine Hand auf den Arm, um sie zu beschwichtigen. »Bitte verstehen Sie mich nicht falsch. Wir verurteilen das nicht. Was Sie vorhatten, ist ganz allein Ihre Sache. Uns geht es darum, Annikas Mörder zu finden. Sie sind alt genug, um zu wissen, dass Sie sich an dem Abend auf ein Wagnis eingelassen haben. Und nun bitten wir Sie, uns zu erzählen, wie die Umsetzung Ihres Plans verlaufen ist. Uns interessiert das nur, soweit es Annika Ketelsen betrifft. Was wissen Sie darüber?«

Sabrina tupfte einen Tropfen Kaffee vom Tisch. »Annika war die Erste von uns dreien, die jemanden hatte. Ausnahmsweise. Sonst war das immer Tina.«

»Ach nee«, rief Tina entrüstet, »willst du mir jetzt die Schuld dafür in die Schuhe schieben, dass nicht ich diesen Typ abgeschleppt hab, sondern Annika?«

»Was für einen Typ?«, fragte Molly streng.

»Annika hat jemanden entdeckt, den sie kannte«, berichtete Sabrina. »Es muss purer Zufall gewesen sein, dass er da stand. Sie ist zu ihm, hat mit ihm gesprochen. Dann sind sie zusammen zu den Tribünen gegangen.«

Tina fing laut an zu schluchzen.

»Woher kannte Annika ihn?«, fragte Molly.

»Im Frühjahr war sie auf einem Workshop«, antwortete Sabrina. »Da hat sie ihn kennengelernt.«

»Was für ein Workshop war das?«

Sabrina gestikulierte lebhaft. »Annika war künstlerisch hoch begabt und gestaltete so gerne was mit den Händen. Sie hat einen Skulpturen-Workshop besucht. Skulpturen aus Ton müssen das gewesen sein.«

Mit einem Schlag nahm Molly alle Stimmen der Gäste im Café und die Geräusche um sie herum nur noch wie durch Watte wahr.

Ein Skulpturen-Workshop.

Als Jugendlicher hatte Ole viele solcher Seminare besucht. Seitdem war er fasziniert von der Kunst in all ihren Facetten und von der Möglichkeit, Skulpturen aus Ton, Marmor oder auch Holz zu entwerfen und zu formen. Während des Studiums und danach hatte er selbst Workshops für Hobby-Künstler angeboten.

»Wo hat sie diesen Kurs besucht«, fragte Malte, »und wann genau hat sie daran teilgenommen?«

»Das war vor ein paar Wochen, im März oder April«, antwortete Sabrina. »Hier in Travemünde, auf dem Priwall. Fragen Sie Annikas Eltern, die müssten das wissen. Sie hat ja noch bei ihnen gewohnt.«

Molly fühlte sich hundeelend. Auf den Unterlagen, die zu dem Workshop ausgestellt wurden, müsste der Name des Kursleiters angegeben sein.

»Wir werden Annikas Eltern fragen«, sagte sie. »Die Anmeldebescheinigung oder die Rechnung hat sie hoffentlich aufbewahrt.«

Sabrina nickte. Ihre Wangen waren rosig geworden. »So ordentlich, wie Annika war, hat sie das getan.«

»Wissen Sie denn«, fragte Malte, »wie der Mann hieß, den Annika da kennengelernt hat?«

Sabrina legte die Stirn in Falten. »Einen Namen hat sie mir nicht genannt. Dir, Tina?«

Tina verneinte mit leidender Miene.

»War es der Leiter des Workshops oder ein Teilnehmer?«, fragte Molly mit belegter Stimme.

»Keine Ahnung«, erwiderte Sabrina. »Annika hat ein großes Geheimnis draus gemacht. Als sie von ihm erzählte, hat sie ihn Picasso genannt, weil die Zeichnungen, die er anfertigte, so eigenartig aussahen.«

»Sie haben den Mann am Samstagabend selbst gesehen?«, fragte Molly weiter.

Sabrina nickte. »Aber nur von Weitem.«

»Wie sah er aus?«

»Ich hab ihn mir nicht eingeprägt«, erwiderte Sabrina.

Molly guckte sie eindringlich an. »Versuchen Sie bitte, sich zu erinnern. Es ist ausgesprochen wichtig für uns.«

Die Freundinnen drucksten herum.

»Groß, schlank, blond«, sagte Tina schließlich.

Sabrina stellte zwei Tassen und Teller zusammen und reichte sie einer Mitarbeiterin des Cafés, die mit einem Servierwagen zwischen den Tischen hindurchging und benutztes Geschirr einsammelte. »So furchtbar groß war er nicht«, widersprach sie ihrer Freundin. »Und so richtig blond auch nicht.«

»Doch, er war blond. Hellblond.«

»Wie groß schätzen Sie ihn und wie alt ungefähr?«
Molly ahnte, wie die Antworten ausfallen würden.

»Puh, wie groß?« Tina guckte zur Deckenlampe hoch und pustete sich eine Haarsträhne aus der Stirn. »Eins fünfundsiebzig, eins achtzig oder größer. Und er war älter als Annika.«

»Was meinen Sie, wie viel älter er war?«
Tina zuckte ratlos mit den Schultern.

»Der kann vierzig gewesen sein oder drüber«, überlegte Sabrina. »Mindestens aber in den Dreißigern.«

»Meinst du nicht, er war älter?«, fragte Tina sofort. »Ich denke er war deutlich älter als Annika.«

Molly notierte die vagen und wenig hilfreichen Angaben. »Was für Kleidung hat er getragen?«, fragte sie als Nächstes.

»Kleidung?«, wiederholte Tina. »Das, was alle tragen, die auf so ein Festival gehen. Jeans und Sneakers. Und er hatte ein blaues Sweatshirt an.«

Sabrina verdrehte die Augen. »Das war grün.«

Molly nahm auch diese widersprüchlichen Aussagen geduldig zur Kenntnis. »Versuchen Sie bitte, sich seinen Körper und sein Gesicht noch einmal ganz genau in Erinnerung zu rufen. Hatte er besondere Merkmale? Eine Tätowierung, ein Piercing, ein Muttermal oder etwas in der Art?«

Tina konnte ihre Gereiztheit nicht verbergen.

»Von Ihren Aussagen«, ermahnte Malte die Freundinnen, »hängt viel für den Erfolg der Ermittlungen ab. Sie wollen doch auch, dass der Mörder gefunden wird.«

»Ja, sicher wollen wir das.« Tina stützte die Stirn in die Hände und massierte sich die Schläfen mit den Daumen.

Sabrina guckte Malte müde an. »Stellen Sie sich mal unsere Situation vor. Wir hatten uns auf ein Abenteuer eingestellt. Also zumindest Annika und Tina. Ich selbst war nicht so darauf aus, aber ...«

Tina hob verärgert den Kopf. »Sprich es doch endlich aus«, schleuderte sie ihrer Freundin entgegen. »Gib Annika die Schuld an ihrem Tod und mir die Schuld daran, dass ich das Desaster nicht verhindert hab.«

»Beruhigen Sie sich bitte«, sagte Molly. »Von Schuld ist hier überhaupt nicht die Rede.«

»Was ich sagen wollte«, fuhr Sabrina fort, »an dem Abend war jede von uns mit sich selbst beschäftigt. Ich habe nicht darauf geachtet, wie das mit Annika und diesem Typ weitergegangen ist. Einmal hab ich die zwei noch in der Nähe der Bühne stehen sehen, aber dann hab ich nicht mehr hingeguckt.«

»Sie waren nicht mehr da«, ereiferte Tina sich. »Ich hab sie auch gesehen, aber dann waren sie auf einmal weg.« Sie senkte die Stimme und guckte Molly an. »Annika hat uns später noch per News-App geschrieben, dass sie einen Fisch im Netz hat. Damit war aus unserer Sicht alles okay. Wir hatten das so abgesprochen für den Fall, dass wir beim Konzert jemanden auftun.«

»Um wieviel Uhr kam die Nachricht?«, fragte Malte.

»Spät«, antwortete Sabrina.

Molly wurde ungeduldig. »Wie spät genau? Haben Sie die Nachricht noch auf Ihrem Smartphone?«

Aus irgendeinem Grund errötete Sabrina. Molly fragte sich, ob vor Scham oder vor Wut.

Die junge Frau guckte in ihrem Mobiltelefon nach. Sie hielt es den Ermittlern hin. »Exakt zweiundzwanzig Uhr und vier Minuten.«

Im Protokoll hatte nichts davon gestanden. In der ersten Aufregung mussten die Frauen das vergessen haben. Molly überflog ihre Aufzeichnungen und ließ dabei den Kugelschreiber zwischen den Fingern rotieren. Dann stimmte sie sich wortlos mit Malte ab.

Er überreichte den Frauen die Visitenkarte der Soko. »Von unserer Seite haben wir zurzeit keine weiteren Fragen«, sagte er. »Wenn Ihnen noch etwas einfällt, das wir wissen sollten, rufen Sie uns bitte an.«

Molly steckte den Kugelschreiber weg und klappte ihre Schreibmappe zu. »Ich hoffe, unsere Fragen haben Sie nicht zu sehr aufgewühlt. Wir möchten Sie aber noch einmal bitten, sich Details über den Mann in Erinnerung zu rufen, dem Annika sich angeschlossen hat. Sie sind unsere einzige Hoffnung, ihn zu finden.«

Sabrina guckte die Ermittler mit ängstlichen Augen an. »Steht denn hundertprozentig fest, dass der Typ, mit dem sie zur Bühne gegangen ist, der Täter war?«

»Das nicht«, antwortete Molly. »Nicht, solange wir keine Beweise für seine Täterschaft haben. Zumindest aber könnte er ein wichtiger Zeuge sein. Vielleicht hat Ihre Freundin an dem Abend ja noch jemanden getroffen, den der Bekannte aus dem Workshop uns beschreiben könnte.« Umständlich verstaute sie die Schreibmappe in ihrer Tasche. »Welche Rolle dieser Mann auch immer gespielt haben mag, wir brauchen ihn.«

Malte und Molly standen auf und verabschiedeten sich von den Freundinnen.

»Wir bleiben noch ein bisschen«, sagte Tina.

Um ein Lächeln bemüht, das nicht ganz gelingen wollte, nickte Molly ihr zu. Wie eine Schlafwandlerin verließ sie das Café an Maltes Seite.

Ein Skulpturen-Workshop also.

Vielleicht sollte sie auch einmal so ein Seminar besuchen. Auf dem Priwall, der Halbinsel an der Travemündung. Nicht auszuschließen, dass sie im Kursleiter einen alten Bekannten wiederfinden würde. Einen lange vermissten Menschen.

Sie nahm sich vor, im Internet nach Angeboten zu suchen, sobald sie ein paar freie Minuten hatte und unbeobachtet war.

9

Stumm trottete Molly neben Malte die Vorderreihe entlang. Sie wollte ein paar Worte über das Gespräch mit Tina und Sabrina fallen lassen, fand jedoch keine. In ihrem Kopf herrschten Windstärke 12 und Chaos.

Wo hörte die Hoffnung auf, wo fing die Dummheit an? Wie borniert musste eine versierte Kriminalhauptkommissarin sein, um eine Reihe von Indizien bewusst wahrzunehmen und sie dann stillschweigend abzuhaken und wegzupacken, als wäre nichts geschehen?

Und wie viel Kraft gehörte dazu, einen Menschen, der sich Stück für Stück als mutmaßlicher Serienmörder entpuppte, in den eigenen Erinnerungen als harmlosen, naiven Künstler zu verewigen? Als Menschen, der in zarten Farben Aquarelle von Muscheln und Seepferdchen malte und dessen einziges Gewaltpotenzial darin bestand, von einem Marmorblock all das wegzumeißeln, was nicht nach Aphrodite aussah?

Wie ein Rasenmäh-Roboter auf dem Grün wich Molly all den Passanten aus, die planlos über die Vorderreihe liefen.

Ausgelassen wechselten die Leute von den vielen kleinen Geschäften mit Souvenirs, Handtaschen, Tüchern und Freizeitmode und von den Cafés und Eisbuden auf der einen Seite der Straße zu den Anlegern der schicken Segelyachten und der Ausflugsboote auf der anderen, die das Ufer der Trave markierte.

Ihre Augen waren auf die Fähre gerichtet, die gerade von Trelleborg, Malmö oder Helsinki kommend in die Travemündung schipperte. In wenigen Minuten würde das riesige weiße Schiff in den Skandinavienkai einlaufen, und Unmengen von Autos und Passagieren würden aus dem Schlund herauspurzeln.

Der Gedanke an die nordischen Städte, die die Fähren anliefen, verstärkte Mollys Erinnerungen an Ole.

Wie mochte er sich gefühlt haben, als er vor zehn Jahren sein altes Leben aufgegeben und ein neues angefangen hatte?

Wäre sie selbst in der Lage, es ihm gleichzutun?

Sie stellte sich vor, dass sie eine dieser Fähren bestieg, mit nichts in der Hand, das sie aus ihrem alten Leben mitnehmen konnte. Alle Schuld und aller Ballast würden zurückbleiben, aber auch alles Vertraute, jeder Halt.

Sie würde einen neuen Namen annehmen, sich eine neue Lebensgeschichte zulegen und eine neue Zukunft ansteuern. Von einem auf den anderen Tag.

Unvorstellbar.

»Wetten, dass die Mädels sich ganz schön gefetzt haben, als Annika noch lebte?«, sagte Malte beiläufig. »Und dass Tina Berner und Sabrina Kock heute Schuldgefühle und ein wahnsinnig schlechtes Gewissen haben?«

Molly fühlte sich kaum fähig, ihm zu antworten. »Das erschien mir auch so«, sprach sie tonlos. Wenn Malte jetzt nur keinen Small Talk erwartete.

»Geht es dir nicht gut?«

»Doch, doch. Alles okay. Ich stecke nur in Gedanken ganz tief in dem Fall und bereite mich innerlich schon auf das nächste Gespräch vor. Die Adresse der Eltern Ketelsen hast du, oder?«

»Hab ich notiert, bevor wir losgefahren sind.« Malte zeigte auf eine der großen, runden Imbissbuden, die in der Nähe der Travemündung standen. »Ein Eis gefällig oder ein Fischbrötchen? Eine kleine Stärkung tut uns bestimmt gut. Der Termin mit den trauernden Eltern wird uns noch mal einiges an Energie abverlangen.«

»Ich möchte nichts, danke«, erwiderte Molly. »Aber hol du dir gerne was, wenn dir danach ist.«

Malte blieb stehen. »Sag mal, hat dich das Treffen mit Annikas Freundinnen derart mitgenommen? Du bist doch Profi, du machst so was nicht zum ersten Mal.«

Ein Anruf auf ihrem Handy erlöste Molly.

»Willem Wichmann«, sagte sie nach einem Blick auf das Display. »Hallo, Herr Wichmann, Molly Bleck hier.«

»Sind Sie schon auf dem Weg zu den Eltern des Opfers?«, fragte der Kriminaldirektor.

»So gut wie. Wir gehen gerade zum Auto, um zu ihnen zu fahren.«

»Das können Sie sich für heute sparen«, erwiderte er. »Frau Ketelsen geht es zu schlecht. Ihr Arzt hat angerufen und darum gebeten, das Gespräch auf morgen oder übermorgen zu verschieben. Geht das bei Ihnen?«

»Na klar. Ist zwar nicht optimal für den Fortschritt der Ermittlungen, aber wir machen selbstverständlich gerne einen anderen Termin mit den Eltern aus.« Molly verabschiedete sich von Wichmann.

Sie betraten den Parkplatz. Malte nahm den Autoschlüssel zur Hand. »Dem Eindruck nach zu urteilen, den du gerade auf mich machst, ist eine Verschiebung des Gesprächs auch für dich die bessere Lösung.«

Molly antwortete nicht. Sie glitt auf den Beifahrersitz und ließ sich von Malte nach Timmendorfer Strand kutschieren. Ihr Kollege war zum Glück sensibel genug, um zu verstehen, dass sie ein bisschen Ruhe brauchte.

Sie musste etwas tun. Die Last wurde zu schwer.

Sie hatte das Bedürfnis, sich jemandem zu offenbaren. Aber noch durfte sie nicht über ihren Verdacht sprechen. Erst mussten konkretere Indizien vorliegen.

Doch wie konkret musste die Sachlage noch werden?

Erschöpft lehnte sie den Kopf zurück, schloss die Augen und versuchte, an nichts zu denken.

»Ich mag diese Strecke«, sagte Malte nach einer Weile. »Die vielen windschiefen Bäume sind lustig.«

Molly öffnete die Lider. »Sie erinnern mich an Baumgeister. Die Straße selbst finde ich nicht ungefährlich, so wie sie sich durch die Landschaft schlängelt.«

»Fahr ich dir zu schnell?«

Molly schmunzelte. »Mit der Rührschüssel? Nein, das passt schon.«

Sie fuhren in den Ort, und mit einem Mal fühlte Molly sich wieder besser. Sie hatte sich in etwas hineingesteigert. Womöglich kam am Ende alles ganz anders.

»Da steht jemand vor unserer Villa«, sagte Malte.

Er parkte den Wagen vor dem Grundstück. Sie stiegen aus und gingen auf den Mann zu.

»Sie möchten zu uns?«, fragte Molly.

Der Besucher streckte ihr die Hand entgegen. »Martin Theisen. Ich habe in der Zeitung von Ihnen gelesen.«

»Sie selbst sind aber kein Journalist?«

Theisen blickte auf seine Fußspitzen. »Nein, ich bin kein Journalist. Ich bin Rentner.« Er hob den Kopf. »Und Witwer. Meine Frau ist vor zehn Jahren auf Bornholm ums Leben gekommen. Möglicherweise haben Sie davon gelesen. Das ging damals groß durch die Presse.«

Molly hätte sich ohrfeigen können. Theisen. Martin Theisen. Wie konnte sie diesen Namen verdrängen?

»Bitte kommen Sie doch herein.« Mit weichen Knien schloss sie die Tür auf.

Martin Theisen folgte ihr, Malte ließ ihm den Vortritt.

»Sie sind der erste Gast in unserem Besprechungsraum.« Molly wies Theisen den Weg in das Zimmer, das im Erdgeschoss genau unter ihrem Büro lag. Aus dem Fenster hatte man einen schönen Blick auf den Brunnen im Garten, den die Möwen so liebten.

»Bitte, nehmen Sie Platz.« Sie deutete auf den Stuhl gegenüber dem, den sie selbst gewählt hatte.

Malte setzte sich neben sie.

Theisen sah die Ermittler an, als hätten sie ihn eingeladen und wären an der Reihe, das Gespräch mit ihm zu eröffnen.

Molly wartete noch einen Augenblick, doch der Besucher redete nicht. »Es gibt einen Grund, weshalb Sie zu uns gekommen sind«, sagte sie.

Theisen nickte. Er stützte die Ellenbogen auf den Tisch und rang in einer Tour die Hände, als würde er sie unter fließendem Wasser waschen. »Es ist mir wahrlich nicht leichtgefallen, Sie aufzusuchen. Aber ich habe das Gefühl, ich bin es meiner Frau schuldig.«

Malte schaltete sich ein. »Erzählen Sie uns doch einfach geradeheraus, was genau Sie hergeführt hat.«

»Der Tod meiner Frau«, sagte Theisen wie selbstverständlich. »Die Umstände, unter denen sie gestorben ist. Wenn Sie den Fall aus den Medien kennen, müssen Sie davon ausgehen, dass es ein Unglück war. Ich dagegen halte diese Annahme, zu der die Behörden in Dänemark gekommen sind, für falsch.«

»Soweit ich mich erinnere«, sagte Molly, »war die Polizei auf Bornholm sich zuerst nicht sicher, ob es ein Unglück oder ein Verbrechen war. An der Leiche Ihrer Frau wurde jedoch keine äußere Gewalteinwirkung festgestellt. Der Alkoholspiegel dagegen war ...«

Wie sollte sie es ausdrücken, ohne den Mann zu verletzen? Bei dem Promillegehalt, der im Blut des Opfers nachgewiesen worden war, wäre jeder gelegentliche Alkoholkonsument rettungslos ins Koma gefallen.

Malte kam ihr zu Hilfe. »Für eine Frau wurde ein ungewöhnlich hoher Promillegehalt festgestellt, wenn ich mich recht erinnere. Da aber keine Spuren von Gewalt zu erkennen waren, hatte die Rechtsmedizin den Schluss gezogen, dass Ihre Frau den Alkohol freiwillig zu sich genommen hat.«

»Stimmt es«, formulierte Molly vorsichtig, »was in der Zeitung gestanden hat? Ihre Frau soll dem Alkohol regelmäßig und in nicht allzu kleinen Mengen zugesprochen haben.«

»Nennen Sie die Dinge ruhig beim Namen«, sagte Theisen. »Meine Frau hat gesoffen. Wenn man es nicht wusste, merkte man es ihr nicht an. Sie hat den Haushalt geführt, den Halbtagsjob im Büro erledigt. Sie konnte sogar auf eine Leiter steigen und Gardinen anbringen, ohne dass sie das Gleichgewicht verlor und runterfiel.«

»Aber?«

Theisen verschränkte die Hände und drehte die Daumen umeinander. »Sie war labil. Da gibt es keine zwei Meinungen.« Er verstummte und sah die Ermittler an.

Worauf wollte Martin Theisen hinaus?

»Herr Theisen«, sagte Molly mit teilnahmsvoller Stimme. »Es gibt sicher einen konkreten Grund, weshalb Sie zu uns gekommen sind. Ich vermute, es hat nicht nur mit dem Tod Ihrer Frau zu tun.«

Molly hatte die Hoffnung, dass Theisen ihnen einen Hinweis geben würde, der es rechtfertigte, die Akten des Falles aus Bornholm anzufordern. Gleichzeitig wünschte sie sich, dass genau dies nicht eintrat.

»Mein Sohn und ich sehen Parallelen zu dem Verbrechen an der jungen Frau, die in der Nacht des Strandkonzertes ums Leben gekommen ist, und zu den beiden vorherigen Fällen. Die Ähnlichkeiten sind wohl kaum zu übersehen. Es dürfte nur einen Mörder geben, der bei seinen Opfern diese Visitenkarte hinterlässt.«

Molly hielt den Atem an. Was wusste Theisen? War auch bei seiner Frau dieser Vierzeiler gefunden worden? Hatten die dänischen Beamten ihm das Gedicht gezeigt?

»Welche Visitenkarte meinen Sie?«

Martin guckte verständnislos. »Na, dieses Herz aus Muscheln. Das wurde doch bei allen Opfern gefunden. Meine Frau kann sich das nicht selbst um den Kopf gelegt haben.«

»Sehen Sie, das ist auch meine Meinung«, sagte Molly.

Theisens Gesicht hellte sich auf. »Sie haben also bereits darüber gesprochen?«

»Am Rande, ja«, erwiderte Molly. »Wir denken natürlich immer an diesen Fall, wenn wieder ein Mord unter ähnlichen Umständen geschieht.«

Theisen hob mahnend die Augenbrauen. »Sie sagen es: wenn wieder so ein Mord geschieht. Wie viele Frauen müssen noch ihr Leben lassen, bis Sie den Täter zu fassen kriegen?«

Das Gesicht des Besuchers wurde noch ernster als bisher.

»Mein Sohn und ich«, setzte er mit brüchiger Stimme fort, »haben das Gefühl, wir hätten Hildas Tod verhindern können. Wir fühlen uns in der Schuld meiner Frau und aller weiteren Opfer. Wir glauben, der Mann ist geradezu süchtig danach, den an Hilda begangenen Mord in größeren zeitlichen Abständen an anderen Frauen zu wiederholen.« Er starrte Molly an. »Der Kerl muss verrückt sein. Wahrscheinlich hat er das Gefühl, immer dieselbe Frau zu töten. Der muss geschnappt werden, sonst hört das niemals auf.«

Molly ignorierte die versteckten Vorwürfe in seiner Rede. »Sie sagten gerade, Sie und Ihr Sohn sind der Meinung, Sie hätten den Tod Ihrer Frau verhindern können. Wie kommen Sie zu dieser Ansicht?«

»Wir hätten Hilda nicht mit ...« Er unterbrach sich. Es fiel ihm sichtlich schwer, den Satz fortzusetzen. »Wir hätten sie nicht mit Roluf nach Bornholm fahren lassen dürfen.«

Malte rückte nervös mit seinem Stuhl vor und zurück. »Wer ist Roluf?«

Theisen errötete. Er wischte sich mit der Hand über den Mund. »Roluf Ahlert, der Geliebte meiner Frau.« Er lehnte sich zurück und hüstelte. »Dem Alter nach hätte er mein Sohn sein können. Hilda war ein paar Jahre jünger als ich. Ich frage mich heute noch: Was hat sie sich dabei gedacht, sich einen so verdammt jungen Geliebten zu nehmen? Hätte es nicht auch ein gleichaltriger Mann getan? Brauchte sie die große Differenz, um sich selbst ewige Jugend zu beweisen?«

»Diese Frage können wir Ihnen nicht beantworten, Herr Theisen«, sagte Malte. »Wie alt war denn dieser Roluf?«

»Er war neunundzwanzig. Nur sieben Jahre älter als Heiko, Hildas leibliches Kind und mein Adoptivsohn.«

»Ihre Frau war damals zweiundvierzig, sie war erwachsen«, versuchte Molly, Theisen zu trösten. »So bitter es für Sie gewesen sein muss, dass sie mit diesem anderen Mann nach Bornholm gefahren ist – sie hatte das Recht, diese Entscheidung zu treffen. Dagegen hätten weder Sie noch Ihr Sohn etwas ausrichten können.«

»Das ist richtig. Sie hat uns aber über die bevorstehende Reise informiert, und wir haben sie mit keinem Wort davon abzuhalten versucht. Woran meinen Sohn keine Schuld trifft. Es wäre allein meine Sache gewesen, Hilda zurückzuhalten. Da habe ich völlig versagt. Ich hätte ahnen müssen, dass etwas passiert.«

Theisens Miene und seine Körperhaltung weckten den Eindruck eines gebrochenen Mannes.

Hinter Mollys Stirn jagte ein Gedanke den nächsten. Seit zehn Jahren war sie selbst in der Denkschleife verfangen, dass Ole ein Mörder sein könnte. Nun saß ihr ein Mann gegenüber, dem es mit einer anderen Person, mit diesem Roluf Ahlert, ähnlich gegangen sein musste.

»Sie haben den Eindruck«, sagte sie, und ihre Stimme versagte beinahe, »dass Herr Ahlert den Mord an Ihrer Frau begangen hat?«

»Um Himmels willen, nein!« Erschrocken hob Theisen die Hände. »Ich habe keine Ahnung, wer der Täter war, und ich möchte niemanden beschuldigen.«

Molly hielt diese Worte für eine Ausflucht. Theisens Verhalten wirkte zu theatralisch, zu aufgesetzt.

Auch Malte betrachtete den Mann skeptisch. »Sie sagten gerade, Sie hätten ahnen müssen, dass etwas passieren würde. Woran haben Sie denn dabei gedacht?«

Theisen senkte den Kopf. Er sah erst Molly an, dann Malte. »Sie haben nicht viel Erfahrung mit Alkoholikern, stimmt's? Alkoholismus und Tablettensucht, das ist eine Kombination, bei der man ständig auf den Süchtigen achtgeben muss. Ich bezweifle, dass Roluf Ahlert die notwendige Weitsicht und Erfahrung dafür hatte.«

»Wollen Sie damit zum Ausdruck bringen, Sie hatten die Befürchtung, dass Ihre Frau sich auf Bornholm, abseits der familiären Fürsorge, mit Spirituosen oder Medikamenten hätte vergiften können?«

»Sie sagen es. Genau das war meine Sorge.« Theisen hob hilflos die Hände. »Dass ihr etwas völlig anderes zustoßen könnte, ein Mord, das wäre mir im Traum nicht eingefallen. An ein Verbrechen dachte ich in der Zeit vor Hildas Abfahrt keine Sekunde.«

Molly beäugte ihn intensiv. Sein Gesicht zeigte wenig Regung, es wirkte versteinert vor Gram. Welche Sorgen musste er sich damals gemacht haben! Das schlechte Gewissen plagte ihn offenbar heute noch.

»Herr Theisen, Sie sind in einer bestimmten Absicht hierhergekommen«, sprach Malte in Mollys Überlegungen hinein. »Was erwarten Sie jetzt konkret von uns?«

Theisen nahm eine Haltung an, als wollte er mit den Ermittlern in geschäftliche Verhandlungen treten. »Der Tod meiner Frau ist bis heute ungesühnt. Wir, mein Sohn und ich, erwarten, dass der Täter gefasst wird. Dass wieder nach ihm gefahndet wird. Daher frage ich Sie: Wäre es nach diesem dritten Mordfall in der Lübecker Bucht, der Parallelen zu dem Mord an meiner Frau aufweist, nicht endlich an der Zeit, die Ermittlungen im Zusammenhang mit dem Verbrechen an Hilda wieder aufzunehmen?«

»Ihre Frau ist auf Bornholm ums Leben gekommen«, erinnerte Molly ihn. »Das liegt außerhalb unseres Einsatzbereichs. Den Kollegen in Dänemark können wir nichts vorschreiben, wir können sie zu nichts veranlassen. Wir bräuchten einen greifbaren Hinweis auf ein Verbrechen, um sie zu bitten, sich der Sache noch einmal anzunehmen. Den sehe ich derzeit nicht.«

Theisen neigte den Kopf zur Seite. Mit dem Blick, den er dabei aufsetzte, wirkte er anmaßend. »Sprechen Sie doch mal mit Roluf Ahlert. Dem dürfte an der Aufklärung des Mordes an seiner damaligen Geliebten genauso gelegen sein wie meinem Sohn und mir. Er wollte schließlich sein weiteres Leben mit Hilda verbringen.«

Er stand auf und reichte den Ermittlern, die sich ebenfalls erhoben, die Hand. »Rolufs Zukunftspläne«, sagte er, »passten allerdings nicht zu denen meiner Hilda. Sie hatte beschlossen, bei ihrer Familie zu bleiben. Roluf war nur ein Spielzeug für sie.«

»Sie hatten mit Ihrer Frau darüber gesprochen?«, fragte Molly, während sie ihn zur Haustür geleitete.

»Selbstverständlich war das ein Thema zwischen Hilda und mir«, erwiderte Theisen scharf und trat hinaus. Auf der obersten Treppenstufe blieb er stehen, straffte die Schultern und drehte sich zu Molly um. »Roluf Ahlert wohnt übrigens heute noch bei uns im Ort. Er ist selbständiger Architekt und viel in der Lübecker Bucht unterwegs. Sie finden ihn im Telefonbuch.«

Staunend blickte Molly ihm hinterher. Als er das Tor zum Vorgarten erreichte, schloss sie die Tür.

»Starker Tobak«, sagte Malte. Er stand hinter einem kleinen Fenster aus buntem Glas, durch das man von außen nicht in den Flur sehen konnte, und verfolgte

Theisen, bis der Mann aus seinem Blickwinkel verschwand.

»Mir schwirren ein paar düstere Fragen durch den Kopf«, sagte Molly. »Ich weiß gar nicht, welche ich zuerst stellen soll.«

»Rede einfach drauflos. Wir sortieren das dann gemeinsam.«

»Lass uns nach oben gehen«, schlug Molly vor. »An meinem Schreibtisch kann ich am besten nachdenken.«

Malte folgte ihr ins obere Stockwerk. Noch bevor sie das Zimmer erreicht hatten, forderte er sie auf, die erste ihrer Fragen auszusprechen.

»Was wollte Theisen wirklich?« Molly nahm Platz, stützte ihr Kinn in beide Hände und grübelte.

»Er sinnt auf Rache«, gab Malte zur Antwort.

Die Möwe flatterte wieder auf den Fenstersims.

Molly schielte zu ihr hinüber. Sie war überzeugt, es war immer derselbe Vogel. »Was für ein anhängliches Tier«, sagte sie. »Und ja, der Theisen will Rache. Er fühlt sich heute noch von seinem Nebenbuhler verletzt. Seine Gefühle konnte er nicht verbergen, auch wenn er sich darum bemüht hat. Der Mann hat wenig schauspielerisches Talent. Ich denke, seine größte Wut und Enttäuschung sind verpufft. Nach rund zehn Jahren ist das so. Aber er will späte Revanche dafür, dass Ahlert sich seine Hilda ausgeliehen hat.«

»Vermutlich braucht er die auch«, mutmaßte Malte, »um vor seinem Adoptivsohn das Gesicht zu wahren.«

»Und vor den Nachbarn«, ergänzte Molly, »überhaupt vor der Öffentlichkeit. Ich schätze, mit jeder neuen Tat des Herzmuschelmörders wird er von seinem sozialen Umfeld wieder darauf angesprochen.«

Malte nickte. »Das kocht immer wieder hoch, und er will und muss endlich damit abschließen können.«

Molly ließ ihre Gedanken weiterlaufen und äußerte die nächste Frage. »Seinen eigenen Worten nach hat Theisen damit gerechnet, dass seine Frau sich totsäuft oder ihre Medikamente versehentlich in einer tödlichen Dosis einnimmt. Wenn er so um ihre Gesundheit besorgt war, warum hat er dann nicht, wie er heute selbst beklagt, mit aller Kraft versucht, sie zurückzuhalten?«

»Ich habe einen ziemlich bösen Gedanken«, sagte Malte. »Den darf ich aber nicht laut aussprechen.«

»Dann sprich ganz leise. Ich höre weg.«

»Ich nehme ihm nicht ab, dass seine Frau sich für den Verbleib in der Familie entschieden hat. Das kann er uns gegenüber frech behaupten, aber nachprüfen kann das niemand. Was ist, wenn es genau umgekehrt war? Wenn sie ihn verlassen wollte?«

»Wofür die Tatsache sprechen könnte, dass sie mit ihrem Geliebten ganz offiziell in den Urlaub gefahren ist«, bekräftigte Molly seine These.

»Sehe ich auch so. Nehmen wir an, sie hätte tatsächlich beschlossen, ihren Mann zu verlassen, dann hätte er ein klassisches Motiv gehabt, sie umzubringen.«

»Er oder der Sohn.« Molly schlug sich die Hand vor den Mund. »Das hab ich jetzt auch nicht laut gesagt.«

Malte winkte ab. »Ich hab auch nichts gehört.«

Er grinste. Eigentlich war er ein toller Kollege.

Molly lehnte sich zurück. Die Arme vor der Brust verschränkt, drehte sie sich zur Seite, stemmte die Füße gegen die Heizung und wippte mit der Rückenlehne des Stuhls vor und zurück. Die schaukelnden Bewegungen beruhigten ihre aufgewühlten Nerven.

Nach wie vor stand Ole im Fokus ihrer Gedanken. Aber ein Schatten schob sich neben ihn. Der zurzeit noch konturlose Schatten eines anderen Mannes.

Wie war der Name? – Roluf Ahlert.

»Wir gucken uns diesen Architekten an«, beschloss sie. »Ich möchte seine Alibis für die Nächte haben, in denen die drei Herzmuschelmorde verübt wurden, die in unseren Bereich fallen. Aber wir müssen auch noch mal mit Martin Theisen reden und mit seinem Sohn.«

Malte guckte sie ungläubig an. »Du willst Alibis für Nächte haben, die fünf und acht Jahre zurückliegen?«

Molly setzte sich wieder gerade hin und stützte die Arme auf den Tisch. »Natürlich.«

Malte stöhnte. »Du bist echt gnadenlos.« Er nahm sich eine der alten Akten vor und blätterte darin herum. »Verraten Sie mir doch bitte mal, Frau Kollegin«, sagte er mit unterdrücktem Schmunzeln, »was haben Sie in der Nacht vom dritten auf den vierten Juni vor acht Jahren gemacht? Ich bitte um ein lückenloses Alibi für die Zeit von sechs Uhr abends bis zwei Uhr morgens. Bitte auch Belege wie Kinokarten oder Restaurantrechnungen beibringen.«

Molly beugte sich zu ihrem Kollegen hinüber. Sie zog sich mit einem Finger das untere Augenlid herunter und ließ es wieder los.

»Mensch, Malte, das ist doch das Verräterische daran. Wenn ich mir nichts zuschulden hab kommen lassen, habe ich auch kein Alibi für so lange zurückliegende Zeitpunkte. Wenn ich aber Jahre nach einem bestimmten Tag, an dem ganz zufällig ein Mord verübt wurde, genau nachweisen kann, was ich zur Tatzeit getan habe, dann ist was faul an dem Alibi.«

Malte pfiff anerkennend durch die Zähne. »Du bist wirklich ein Schlitzohr.«

Molly lehnte sich wieder zurück und schob sich mit beiden Händen die krausen roten Haare aus dem Gesicht. »Ob der Theisen wirklich glaubt, wir hätten nicht gemerkt, dass er uns auf Roluf Ahlert angesetzt hat?«

Malte schüttelte den Kopf. »Dem Mann ist egal, was wir von seinem Auftritt halten. Hauptsache, wir reagieren. Er hat ein Ziel, und darauf steuert er zu.«

Der Gedanke passte Molly nicht. Sie fühlte sich von Theisen manipuliert. »Wenn er uns nur nicht bewusst auf eine falsche Fährte gesetzt hat.«

»Das finden wir raus«, sagte Malte. »Ich fisch uns die Adresse und die Telefonnummer vom Ahlert aus dem Internet und mach einen Termin mit ihm. Am liebsten würde ich gleich morgen früh zu ihm fahren. Wir begründen das damit, dass wir Auskünfte über die letzten Stunden von Hilda Theisen brauchen, um mögliche Parallelen zum Tod der drei Opfer aus der Lübecker Bucht erkennen zu können.«

»Du denkst an eine öffentliche Veranstaltung, bei der auch Hilda Theisen ihrem Mörder über den Weg gelaufen sein könnte?«

Malte nickte. »Vielleicht hat es auch auf Bornholm ein Konzert oder eine Strandparty gegeben. Oder etwas Ähnliches wie den Skulpturen-Workshop, den Annika Ketelsen besucht hat.«

»Okay.« Die Erinnerung an den Workshop trieb Molly wieder die Hitze ins Gesicht. Doch sie versuchte, so cool wie möglich zu bleiben. »Mach du den Ahlert ausfindig und vereinbare einen Termin. Ich bitte in der Zeit das LKA darum, die zuständige Dienststelle für die Kooperation mit dem Ausland in Bewegung zu setzen. Die Einsicht in die Akten, die die dänischen Kollegen zum Tod von Hilda Theisen erstellt haben, könnte uns bei unseren Ermittlungen weiterhelfen.«

»Wenn es die noch gibt«, wandte Malte ein. »Auch die Dänen werden ihre Unterlagen nach zehn Jahren vernichten.«

Molly hob beide Zeigefinger und wackelte damit hin und her. »Wenn der Fall in Dänemark als nicht geklärt betrachtet wurde, haben sie die fein säuberlich archiviert und bewahren sie noch hundert Jahre und länger auf.«

10

Am Abend in Jannas Haus

Janna empfing Molly mit der typischen Neugier und Offenheit einer Frau, die im Zentrum eines Urlaubsortes eine Buchhandlung mit angeschlossenem Lesecafé betrieb. »Wie war dein erster Tag?«, fragte sie, noch bevor die Soko-Leiterin die Tür hinter sich geschlossen hatte.

Molly blieb in der Diele stehen. Wie sollte sie diesen Tag beschreiben?

Sie hatte noch keine passende Antwort gefunden, da redete Janna weiter. »Geh mal ins Wohnzimmer und mach es dir gemütlich. Ich hab Sandwiches für uns beide vorbereitet. Die hol ich eben, und dann hör ich dir zu. Ich bin gespannt wie ein Hochseil unterm Zirkuszelt.« Sie preschte in die Küche. »Was trinkst du zum Essen?«, rief sie von dort. »Wasser, Bier oder Wein?«

»Wasser bitte, ein stilles.«

Molly streifte die Schuhe ab, ging in die Gästetoilette und wusch sich die Hände. Dann schlich sie erschöpft ins Wohnzimmer. Die Terrassentür stand offen, und von der See wehte ein milder Wind herein.

Janna trug einen großen Teller mit Sandwiches, Servietten, eine Flasche Wasser und Gläser herein. »Dein Kollege macht einen netten Eindruck. Ich hab mich den ganzen Tag gefragt, was sich zwischen euch beiden entwickeln wird. Meinen Segen hättest du jedenfalls.«

Molly sah eine Chance, von der Beichte aus ihrem Leben mit Ole, auf die Janna seit dem Morgen wartete, abzulenken. »Ach, der Malte.« Sie fläzte sich aufs Sofa. »Im Prinzip ist er ganz okay.«

Janna setzte sich zu ihr. »Aber Moment! Bevor du mir von dem Herrn Graf vorschwärmst – wie war das nun mit Ole und dir? Was war euer Problem?«

Molly fluchte still. Bei Janna gab es kein Entkommen. »Wir waren grundverschiedene Charaktere, das weißt du doch.« Sie lächelte traurig. »Ole, der verträumte Künstler. Der Mann, der alles über Farben und Formen wusste. Der ein unglaubliches Gespür für Stimmungen hatte und dafür, wie man sie in ausdrucksvolle Bilder oder imposante Skulpturen umsetzt. Der aber das Teewasser anbrennen ließ und jedes Auto vor die nächstbeste Leitplanke bretterte. Der sich beim Ausfüllen eines Formulars jeden Finger dreimal brach und der mit dem Handy nicht telefonieren konnte, weil er vergeblich nach einer Wählscheibe suchte.«

»Und auf der anderen Seite du als taffe Kriminalkommissarin, die mitten im Leben steht, jeden noch so ausgekochten Gangster aufs Kreuz legt und die, wenn sie ihre Meinung kundtut, nicht immer den Charme für sich gepachtet hat.«

»Ich rede nun mal nicht drum rum«, sagte Molly. »Ich sage die Dinge direkt, dann weiß jeder, woran er ist.«

»Klare Kante«, sagte Janna. »Nur Oles zarte Künstlerseele kam damit nicht gut zurecht. Aber warum beschäftigt dich das alles auf einmal wieder so? Das kommt doch nicht ohne Grund nach zehn Jahren wieder hoch.«

Molly lachte verzweifelt. »Es kommt nicht jetzt erst wieder hoch. Es war immer da, und zwischendurch war es einige Male akut. So akut, dass ich den Job in dieser Soko annehmen musste. Es ging nicht anders.«

Janna sah sie zweifelnd an. »Muss ich das jetzt verstehen?«

Molly schwang die Beine vom Sofa, stützte die Ellenbogen auf die Knie und klemmte ihre eiskalten Fäuste unters Kinn. »In der Zeit, in der Ole auf Bornholm war, ist auf der Insel ein Mord geschehen.«

»Wer war das Opfer?«

Molly schloss die Augen. »Eine deutsche Urlauberin. Eine rothaarige Frau aus der Lübecker Bucht. Sie lag am Strand. Der Mörder hatte ihr Muscheln um den Kopf gelegt. Herzmuscheln. In Form eines Herzens.« Sie öffnete die Augen und blickte in Jannas erstarrtes Gesicht.

»Eine rothaarige Frau, sagst du? So rothaarig wie du?«

Molly nickte. Janna verstand, worauf sie hinauswollte. Was gab es daran auch nicht zu verstehen?

»Du meinst«, fragte Janna vorsichtig, »Ole hat an einer Frau, die dir in gewisser Weise ähnelt, seinen Frust darüber ausgelassen, dass er, was das praktische Leben betraf, dir gegenüber immer wie ein Verlierer dastand?«

Molly fröstelte. Ihr Körper zog sich zusammen. »Es war nicht nur das praktische Leben. Ich habe ihm das Gefühl gegeben, schwach zu sein. Immer war ich die Stärkere, und auch wenn ich ihn geliebt habe, war ich oft genervt von seiner Unbedarftheit und Unfähigkeit im Alltag. Heute würde ich ganz anders mit ihm umgehen, aber in den Jahren unseres Zusammenlebens hab ich ihm zu oft zu verstehen gegeben, dass ich für seine Künstlerseele nur wenig Verständnis aufbringen konnte. Ich hab ihn verletzt. Ungewollt, aber immer aufs Neue.«

»Du denkst, dass er dich mit der Zeit so gehasst hat, dass er eine andere Frau ermorden musste, eine, die dir äußerlich ähnlich war?«

»Ich kann mir nicht anders erklären, warum er damals so merkwürdig war. Von dem Moment an, als er aus Bornholm zurückkam, waren wir uns fremd.«

Janna, die gute Seele, hatte eine harmlose Erklärung dafür parat. »Ist doch kein Wunder nach so langer Trennung. Zwei Monate, in denen Ole in einem anderen Umfeld gelebt und gearbeitet und sicher viele neue Leute kennengelernt hat. Wer weiß, wie er sich künstlerisch weiterentwickelt hat? Auch das hat Einfluss auf die Persönlichkeit. Auf Bornholm ist er ein anderer geworden.«

Molly war den Tränen nah. Selbst ihrer besten Freundin war es nur schwer klarzumachen, wie stark Ole sich während seines Aufenthalts auf der dänischen Insel verändert hatte. »Auf mich hat er nicht den Eindruck gemacht, dass er sich künstlerisch wahnsinnig weiterentwickelt hätte. Da war etwas anderes. Er war völlig durch den Wind. Er war nervös, wälzte sich im Bett hin und her, hat nicht mehr richtig zugehört, hat Bilder angefangen und zerrissen, wenn sie halb fertig waren.«

»Hast du ihn nicht gefragt, was los war?«

»Natürlich hab ich das.« Molly schlug die Faust in das Sofakissen. »Ich kam einfach nicht an ihn ran. Am liebsten hätte ich ihn zu einem Psychotherapeuten geschickt. Aber dann kam ein Brief für ihn aus Dänemark, und drei Wochen später ist er noch mal hingefahren. Diesmal für fünf Tage.«

»Hat er dir erzählt, warum?«

»Nichts. Kein Wort.« Molly schüttelte den Kopf.

Der Wind frischte auf, es wurde kühl im Wohnzimmer. Janna stand auf, schloss die Terrassentür und setzte sich wieder. »Meinst du, der zweite Aufenthalt stand mit dem ersten in Verbindung?«

»Hättest du eine andere Erklärung dafür? Ole hatte nie zuvor in Dänemark zu tun.«

»Als er von der zweiten Reise wieder zurückkam, wie war er da?«

»Bedrückt und dennoch furchtbar aufgewühlt.« Molly nahm ein Brot mit Käse und Gurkenscheiben vom Teller und biss hinein. »Wenige Tage später war er weg.«

»Das klingt so, als hätte er bei dem zweiten Aufenthalt auf Bornholm den Entschluss gefasst, sein bisheriges Leben fluchtartig zu verlassen.«

»Du sagst es.« Molly nickte ihrer Freundin zu, erleichtert darüber, dass sie ihr nun folgen konnte. Es tat gut, mit Janna über diese unerklärliche Angelegenheit zu reden. Endlich fühlte sie sich nicht mehr allein mit der Belastung, die sie seit Jahren mit sich herumschleppte.

Janna sog die Unterlippe ein und biss darauf herum. Es arbeitete gewaltig in ihr. Sie sah zum Garten hinaus und trommelte mit den Fingernägeln auf die Sessellehne. Resolut wandte sie sich wieder Molly zu. »Solange ein Mensch eines Verbrechens nicht überführt ist, hat er als unschuldig zu gelten. Das weißt du besser als ich.«

Molly nickte ergeben.

»Wir wissen nicht, ob Ole die Frau auf Bornholm ermordet hat. Nennen wir den Mörder also nicht beim Namen. Drücken wir es so aus: Es sieht ganz so aus, als hätte der Serienmörder, der seit Jahren in der Lübecker Bucht sein Unwesen treibt, auf Bornholm angefangen.«

Wieder nickte Molly. »So weit waren mein Kollege und ich heute auch schon.« Sie wartete gespannt, was Janna als Nächstes vorbringen würde.

»Warum ist er dann aber von Bornholm in die Lübecker Bucht gegangen und hat ausgerechnet hier weitergemacht? Von Hamburg an die Ostsee ist es ein Katzensprung. Wenn es Ole sein sollte, hätte er doch damit rechnen müssen, dass du von den Morden erfährst, die Zusammenhänge siehst, ihn als Täter verdächtigst und deine Kollegen in Schleswig-Holstein auf ihn ansetzt, damit sie gezielt nach ihm fahnden.«

Molly stand auf. Das Sandwich in der Hand, lief sie im Wohnzimmer auf und ab. »Serienmörder sind eine Spezies für sich«, dozierte sie. »Sie ticken anders. Sie haben ganz andere Beweggründe, zu töten, als Täter, die aus einer bestimmten momentanen Situation heraus morden.« Sie biss in ihr Brot und kaute.

»Du meinst, wer einen Juwelier oder eine Bank überfällt und sich während des Raubes bedroht fühlt, der erschießt einen Menschen ungeplant aus der Panik heraus, um seine eigene Haut zu retten. Ein Serienmörder dagegen ...« Janna überlegte, wie sie sich ausdrücken sollte.

»Serienmörder sind meist psychisch krank oder gestört. Ein und derselbe Serienmörder handelt immer wieder aus derselben Motivation heraus. Manche dieser Täter töten aus Mordlust und Machtgier. Sie brauchen das Gefühl, die Gewalt über Leben und Tod anderer Menschen zu haben. Andere glauben, eine innere Stimme zu hören, die ihnen die Morde befiehlt. Es gibt Serienmörder, die geliebte Menschen umbringen, weil sie überzeugt sind, dass sie sie damit vor einem Unglück bewahren, vor dem Weltuntergang zum Beispiel oder vor einer Sintflut. Und manche Mörder fühlen sich als Vollstrecker, die dazu berufen sind, einen bestimmten Typus von Menschen zu bestrafen.«

Janna wurde blass. Sie schlug die Hände vor dem Gesicht zusammen. »Du vermutest, Ole tötet immer wieder, weil er den Frauentypus, dem du entsprichst, dafür bestrafen will, dass du seine Künstlerseele verletzt hast?«

Molly ließ sich wieder aufs Sofa fallen. Sie fühlte sich kaum in der Lage, zu sprechen. »Ja, ich glaube, dass er mich symbolisch tötet.«

Janna schob ihren Teller mit solch einem Schwung von sich weg, dass er fast auf den Boden geschlittert wäre. »Satan, da hast du dich aber in was hineingesteigert. Ich verstehe zwar, dass du eine Verbindung zwischen Ole und den Morden für möglich hältst. Aber das sind doch alles nur völlig unbewiesene Vermutungen.«

Molly zuckte mit den Schultern.

Janna griff nach Mollys Hand. »Hast du Ole vom ersten Moment an, als du von dem Mord auf Bornholm erfahren hast, für verdächtig gehalten?«

»Zuerst nicht. Auch nicht, als er sich so merkwürdig verhielt. Aber alle Morde dieser Serie wurden an Tagen verübt, die für Ole oder mich eine Bedeutung hatten.«

Janna runzelte die Stirn. »Was für Bedeutungen waren das?«

»Die Frau auf Bornholm starb genau an dem Tag, an dem ich fünfunddreißig Jahre alt geworden bin. Der erste weitere Mord vor acht Jahren, der in der Lübecker Bucht verübt wurde, fiel auf den dreizehnten Jahrestag unseres Kennenlernens. Drei Jahre später wurde eine Frau an exakt dem Tag ermordet, an dem Ole und ich unseren zehnten Hochzeitstag gefeiert hätten. Und der Mord vorgestern Nacht – ich muss dir nicht sagen, dass Annika Ketelsen ihr Leben an dem Tag gewaltsam verlor, an dem ich meine Wohnung in Hamburg endgültig aufgegeben habe und nach Timmendorfer Strand gezogen bin.«

»Und es war genau zehn Jahre nach Oles Verschwinden«, ergänzte Molly sichtlich erschüttert. Sie fuhr sich mit den Händen über die Unterarme, auf denen sich die Härchen aufgerichtet hatten. »Das ist echt gruselig. Jetzt verstehe ich deine Befürchtungen.«

»Glaube mir, Janna, ich habe lange nach einer Möglichkeit gesucht, mir Klarheit darüber zu verschaffen, ob Ole die Morde begangen hat oder nicht. Ich wusste nicht, wie ich das anstellen sollte, ohne meinen Kollegen diesen Verdacht zu offenbaren, und ich hatte höllische Skrupel, Oles Schicksal in deren Hände zu legen.«

»Weil du immer noch hoffst, dass du dich irrst«, sagte Janna, »und weil du wieder mit ihm leben wollen würdest, wenn er nur auftauchte.«

Sie hatte recht, doch Molly ging über ihre Bemerkung hinweg. »Jetzt, als Chefin der Soko Mysterious, bietet sich mir eine Chance, die Wahrheit herauszufinden. Verstehst du, warum ich alles darangesetzt habe, einen Kollegen in Schleswig-Holstein aufzutun, der bereit war, das Bundesland zu tauschen, damit ich Hamburg verlassen und diesen Job hier annehmen konnte?«

»Und ich dachte, du hättest dich um den Posten beworben, weil du besonders gut dafür geeignet bist.«

Molly grinste. »Das bin ich auch.«

»Aber du konntest doch nicht ahnen, dass so bald wieder einer dieser ...«, Janna gestikulierte vage, »... dieser Herzmuschelmorde verübt würde? Und dann auch noch ausgerechnet hier, in Timmendorfer Strand.«

»Das natürlich nicht. Aber mir war klar, dass der Täter irgendwann erneut zuschlagen würde. Serienmörder machen erfahrungsgemäß so lange weiter, bis sie geschnappt werden. Oder bis sie sterben. Ich hätte mir die

Akten der in Deutschland verübten Morde kommen lassen und ermitteln können, ohne dass jemand Verdacht geschöpft hätte. Cold Cases gehören nämlich mit zu meinen Aufgaben.«

»Na denn.« Janna überlegte. »Wie alt ist Ole jetzt eigentlich? Er war zwei, drei Jahre jünger als du, wenn ich nicht irre.«

»Nein, wir sind nur ein paar Wochen auseinander. Er wird in diesem Sommer fünfundvierzig.«

Janna legte sich die Hand an die Wange und grübelte. »Würdest du ihn wiedererkennen, wenn er dir über den Weg laufen würde? Ich kann mich noch gut an sein Gesicht erinnern. Er hatte so einen sanften Blick, diese schönen braunen Augen. Und sein Mund, er hat immer gelächelt.«

Molly lachte. »Wer weiß, ob er den sanften Blick heute noch hat? Wenn ich in den letzten Jahren in Hamburg in einem Einkaufszentrum war oder woanders unter vielen Menschen, ist es mir oft passiert, dass ich dachte, ich sehe Ole von hinten. Aber wenn die Männer sich umdrehten, wurde ich jedes Mal enttäuscht.«

Janna hob den Zeigefinger. »Ich sag's doch, du willst ihn wiederhaben.«

»Vermutlich hast du recht.« Molly wurde unsicher. »Aber nach so langer Zeit? Charakterlich hat er sich bestimmt stark verändert. Und ich habe nicht einmal eine Ahnung, wie er heute aussieht. Sein Blick, ja, der war typisch. Kein anderer Mann guckte so wie er. Aber ob ich ihn wiedererkennen würde, wenn er auf einmal vor mir stünde? Und er dürfte natürlich kein Mörder sein.«

Jannas Miene wurde auf einmal so ernst, wie Molly ihre Freundin noch nie zuvor gesehen hatte.

»Sag mal ...« Janna beugte sich vor und stellte die Teller zusammen. »Angenommen, Ole wäre wirklich der Mörder – hast du gar keine Angst um dein eigenes Leben?«

Molly wich ihrem Blick aus. Diese Frage beschäftigte sie bereits seit letzter Nacht. In den Stunden, in denen sie nicht schlafen konnte, hatte sie tief in sich hineingehorcht. Doch alles in ihr war taub.

»Solange ich in Hamburg gelebt habe«, antwortete sie nachdenklich, »habe ich mich sicher gefühlt. Ich wusste, in der Stadt taucht er nie wieder auf.«

»Aber du bist nicht mehr in Hamburg, du bist an der Ostsee, und der Serienmörder ist ebenfalls hier. Wenn wirklich dein Mann der Täter sein sollte und wenn er sich Opfer aussucht, die deinem Typus entsprechen, dann bist auch du jetzt in Lebensgefahr.«

»Ich weiß nicht.« Molly verspürte eine innere Unruhe. Sie erhob sich vom Sofa und stellte sich vor die Terrassentür. So konnte sie ihre unschlüssige Miene unauffällig vor Jannas Argusaugen verbergen.

Ihre Blicke verloren sich im Garten, der ähnlich wie der der Dienstvilla zur Strandpromenade hin lag. Am Ende des Grundstücks standen in größeren Abständen und unregelmäßig versetzt knorrige Kiefern.

»Ich glaube, mir tut er nichts«, sagte sie schließlich. »Hätte er das jemals vorgehabt, dann hätte er sich nicht erst an anderen Frauen vergriffen. Er hätte mich sofort getötet.«

»Da wäre ich mir nicht so sicher. Ich muss dir wohl nicht wiederholen, was du mir vor wenigen Minuten erst über die Psyche von Serienmördern erzählt hast.« Janna nahm die Teller und marschierte damit in die Küche.

Aufgebracht drehte Molly sich um. »Wenn er mich umbringen wollte, hätte er es doch längst getan«, rief sie ihr hinterher. Einen Moment später fragte sie sich, ob sie an das glaubte, was sie sagte.

Janna klapperte mit dem Geschirr, verstaute es in der Spülmaschine und kehrte ins Wohnzimmer zurück.

»Wenn Ole der Täter sein sollte«, sprach Molly weiter, »dann ist er vor mir geflohen und hat sich unter falschem Namen wer weiß wo niedergelassen. Sehr wahrscheinlich an der Ostsee. Er konnte nicht ahnen, dass ich einmal hier landen würde. Ich würde nicht einmal ausschließen, dass er jetzt, wo ich in der Lübecker Bucht lebe, woanders hingehen wird. Wenn ich ihn nicht vorher schnappe.«

Janna betrachtete sie lange. »Oder er hat dir eine Falle gestellt.« Sie zeigte auf die Gläser und die Wasserflasche. »Jetzt einen Prosecco oder weiter nur ein Stilles?«

Molly lächelte müde. »Gerne einen Prosecco.«

Während Janna in der Küche hantierte, genoss sie den Blick hinaus in den urwüchsigen Garten und zur See. Ein Bild der Ruhe bot sich ihr. Was für ein Glück, in diesem Urlaubsparadies zu leben!

Plötzlich huschte jemand über die einsame Strandpromenade. Schemenhafte Umrisse eines Mannes zeigten sich zwischen den Bäumen. Als hätte er Mollys Blicke gespürt, blieb der Mann stehen und sah eine Sekunde zu ihr hinüber. Dann lief er weiter.

Der Unbekannte erinnerte sie an Ole. Er hatte seinen schlanken Körper, diese Bewegungen, die denen eines Pantomimen glichen, und den traumtänzerischen Gang.

Molly presste die Fäuste gegen den Mund. Einen Moment lang setzte ihr Herz aus.

Ihre Waffe lag im Keller der Dienstvilla hinter einer verschlossenen Stahltür im Tresor. War es ein Fehler gewesen, sie nicht mitzunehmen? Wie konnte sie so arglos sein?

Ein sattes ›Plopp‹ ließ Molly zusammenschrecken. Irritiert drehte sie sich um.

Janna war mit der Sektflasche ins Wohnzimmer zurückgekehrt.

Das Getränk schäumte über.

Janna schenkte zwei Gläser voll und reichte Molly eins. »Auf deine private und berufliche Zukunft in der Lübecker Bucht.«

Sie stießen miteinander an.

Molly ließ den Schaumwein die Kehle hinabrollen. Genüsslich nahm sie einen zweiten Schluck und einen dritten. Ihre Miene entspannte sich, ihre Seele zog nach.

»Das tut gut, was?«, sagte Janna. »Es macht dich wieder locker.«

»Ja, ganz locker.« Molly stellte das Glas ab und setzte sich aufs Sofa. »Lässt du eigentlich nachts nie die Rollläden runter?«

Janna lächelte verständig. »Wenn es dir lieber ist, mach ich das gern.«

11

Am Morgen des nächsten Tages

Janna begleitete Molly auf die Terrasse. »Du siehst heute deutlich besser aus als gestern Abend.«

»Ich hab auch gut geschlafen«, sagte Molly, »dank deiner beruhigenden Worte.«

Janna betrachtete sie skeptisch. »Ich glaube, das dritte Glas Prosecco hat mehr bewirkt als ich.«

»Ach, Janna.« Molly drückte ihre Freundin an sich. Dann nahm sie ihr Fahrrad und bog auf die Strandpromenade Richtung Niendorf ein. Sie schwang sich in den Sattel, winkte Janna zu und trat in die Pedale.

»Fahr vorsichtig«, rief Janna ihr hinterher.

»Ich versuch's«, erwiderte Molly.

Was für ein Geschenk es war, am Strand entlang zum Dienst radeln zu dürfen! In Hamburg kämpften sich um diese Uhrzeit zigtausende Menschen in ihren Autos oder in überfüllten Bussen, U- und S-Bahnen durch die Stadt.

Mollys Blicke wechselten von der See, die noch ruhig dalag, zu den Grundstücken, die die gegenüberliegende Seite der Strandpromenade säumten.

Sie kannte keinen anderen Ort an der See, der von so vielen verschiedenen Baustilen geprägt war. Solide, hell verputzte Einfamilienhäuser aus den Sechzigerjahren trotzten modernen, extravaganten Strandvillen. Glaspaläste aus der jüngsten Zeit thronten neben verwunschenen Villen aus vermoostem Backstein. Schnörkellose Architektur im Bauhausstil fand sich neben schiefergedeckten Türmchen, aus denen Rapunzel ihr Haar hätte herablassen können. Ein ausgesprochener Blickfang waren die drei japanischen Häuser, die ein Hamburger Geschäftsmann sich vor Jahren hatte errichten lassen.

Die eigentümliche Atmosphäre, die von der Strandpromenade ausging, lenkte Molly von der Panik ab, die sie gestern Abend beim Anblick des Schattenmannes erfasst hatte. Inzwischen war von den düsteren Gedanken nur noch ein Rest übrig, der mit jedem Meter, den sie radelte, ein Stück weiter verflog.

Trotzdem rumorte etwas tief in ihr. In den letzten Jahren vor dem Wechsel an die Ostsee hatte sich die Unruhe in ihr auf einen halbwegs erträglichen Zustand eingependelt. Im Vergleich dazu wuchs die Nervosität nun auf einmal wieder überproportional an.

Das ständige Schwanken zwischen ›Ole war's‹ und ›Ole war's nicht‹ ließ Molly an sich selbst verzweifeln.

Es war kein gutes Gefühl, der Wahrheit, wie auch immer sie sich gestalten würde, mit den aktuellen Mordermittlungen jeden Tag ein Stück näher zu kommen. Doch sie hatte es so gewollt, und die Aussicht, sich bald Klarheit verschaffen zu können, bedeutete letztlich auch eine gewisse Erleichterung. Sie konnte nicht ewig den Kopf in den Sand stecken.

Seit zehn Jahren war Oles Existenz für Molly unsichtbar. Doch in ihrer Vorstellungskraft nahm sie mit einem Mal mehr und mehr Konturen an.

Molly hatte keinen Zweifel mehr daran, dass Ole in Norddeutschland lebte. In ihrer Fantasie wohnte er in einer abgelegenen Hütte in einem verschlafenen Dorf an der Ostseeküste Schleswig-Holsteins. Dass er von anderem als von Kunst lebte, hielt sie für unwahrscheinlich.

Doch mit dem Verkauf seiner Bilder und Skulpturen würde er sich verraten. Auch wenn er einen anderen Namen angenommen hatte – seine künstlerische Handschrift war unverwechselbar.

Womöglich bot er Seminare an. Als Lehrer an einem Gymnasium Kunst zu unterrichten hatte er immer abgelehnt. Es reichte, wenn einer von ihnen beiden Staatsdiener sei, hatte er ihr einmal gesagt. Doch wenn er mit Hobbykünstlern zusammentraf, war er nicht darin zu bremsen, sie mit seinem eigenen Enthusiasmus anzustecken und ihnen die kreative Arbeit nahezubringen.

Verdiente er seinen Lebensunterhalt seit seinem Verschwinden damit, Kunstbegeisterten das Zeichnen, die Aquarellmalerei oder das Entwerfen und Gestalten von Skulpturen aus Ton, Marmor oder Holz beizubringen?

Bald erreichte Molly die Seebrücke beim Grand Hotel Seeschlösschen. Das japanische Teehaus, das auf dem Ende der Brücke lag, wurde von der rötlichen Morgensonne beschienen.

Schräg gegenüber der Brücke, unmittelbar neben dem Hotelkomplex, lag der Mikado Garden mit der ehemaligen, liebevoll restaurierten Lesehalle von Timmendorfer Strand, in der seit Jahren eine ungewöhnliche Buch- und Kunsthandlung residierte. Das anderthalbgeschossige, weiß verputzte Gebäude mit den markanten, weiß und rot gerahmten bodentiefen Sprossenfenstern und der halbrunden Gaube im Reetdach zog Molly an wie ein Magnet.

Zu dem Zeitpunkt, als die Lesehalle geschlossen wurde, war es Mollys eigener heimlicher Traum gewesen, das Gebäude zu kaufen und etwas Außergewöhnliches daraus zu machen.

Warum hatten Ole und sie diesen Traum nie wahrgemacht? Er hätte hier sein Atelier betreiben und Hobbykünstler unterrichten können. Und sie? Sie hätte hinter dem Gaubenfenster gesessen und Krimis geschrieben.

Noch immer in Erinnerungen an diesen Traum versunken erreichte Molly die Dienstvilla. Sie stellte ihr Rad am Fahrradständer vor der Haustür ab.

Die Tür war aufgeschlossen. In der Küche stand der Tee bereit. Molly nahm einen Becher aus dem Schrank und schenkte ihn voll.

Mit einem Mal stand Malte hinter ihr. Demonstrativ blickte er auf seine Armbanduhr.

»Du bist fünf Minuten zu spät, aber das macht nichts. Es liegt 'ne Menge Arbeit an, und wir kommen heute bestimmt nicht pünktlich aus dem Kommissariat. Damit gleicht sich die Verspätung aus.«

Molly grinste. »War ich gestern wirklich so streng?«

»Noch viel strenger.«

»Das kann nur daran gelegen haben, dass ich so wenig geschlafen hatte. Ich mach das wieder gut.«

Maltes Augen blitzten auf. »Aha. Wie denn?«

Verflixt, sie hatte ihm unfreiwillig Hoffnung gemacht. »Weiß ich noch nicht. Ich lass mir was einfallen. Ein Mittagessen im Teehaus auf der Seebrücke vielleicht?«

»Wäre 'ne Möglichkeit.« Er deutete mit dem Daumen zu seinem Büro, das schräg gegenüber der Küche lag. »Während du ausgeschlafen hast, habe ich mir die Akten der beiden früheren Mordfälle angeguckt. Und von der Rechtsmedizin ist auch ein Bericht eingetrudelt.«

»Dann können wir jetzt loslegen.« Molly folgte ihm in sein Büro und zog den Besucherstuhl, der in einer Ecke stand, an seinen Schreibtisch.

Malte schob ihr die Unterlagen der Rechtsmedizin zu. »Der Bericht ist digital gekommen, ich hab ihn dir ausgedruckt. Kann man besser mit arbeiten.«

Er nahm einen Filzstift und markierte eine Passage. »Kurz gesagt: Annika Ketelsen ist an Alkohol in Verbindung mit einer Überdosis Liquid Ecstasy gestorben.«

»Auf Deutsch gesagt: an K.-o.-Tropfen«, stellte Molly fest. »Geruchs- und geschmacklos und somit mordsgefährlich.« Sie zog den Bericht näher zu sich heran. »Aber das Zeug ist doch nur schwer im Körper nachweisbar. Es lässt sich nur innerhalb der ersten wenigen Stunden nach der Einnahme im Blut oder im Urin aufspüren. Wurde Annika Ketelsen früh genug gefunden?«

»Die Rechtsmedizin war vorgewarnt, der Leiche wurden sofort nach dem Auffinden Proben entnommen.«

»Was meinst du mit vorgewarnt?«

»Du hast doch die Akten der vorherigen Fälle gelesen«, erwiderte Malte.

»Jedes Wort. Bei beiden Opfern war viel Alkohol im Spiel gewesen, ähnlich wie bei Hilda Theisen. Aber es wurden keine K.-o.-Tropfen nachgewiesen.«

»Da stand auch noch nicht fest, dass es sich um einen Serienmörder handelte. Im Mordfall Annika Ketelsen hatten bei der Spurensicherung und der Rechtsmedizin vom ersten Augenblick an die Warnleuchten geblinkt.«

»Bei den anderen beiden Opfern, die in der Lübecker Bucht ums Leben kamen, wurden keine Spuren von Gewalteinwirkung festgestellt, nicht mal ein blauer Fleck. Wie sieht es bei Annika Ketelsen aus?«

»Genauso. Keine Gewalt.«

»Da ein Serienmörder in der Regel all seine Opfer auf die gleiche Weise ins Jenseits befördert«, folgerte Molly,

»können wir davon ausgehen, dass sie allesamt an einer Überdosis Liquid Ecstasy gestorben sind.«

»Vermutlich ist das so.«

Molly wurde nachdenklich. »Die Kollegen in Dänemark haben sich noch nicht gemeldet?«

Malte musterte sie mit einem zweifelnden Blick aus dem Augenwinkel. »Du hast die Kontaktaufnahme doch erst gestern auf den Weg gebracht.«

»Ich hab es dringlich gemacht. Wir haben keine Zeit zu verlieren. Der Sommer beginnt gerade erst. In den nächsten Monaten wird es jede Menge Veranstaltungen in den Orten an der Küste geben. Alle drei Opfer, die in unseren Einsatzbereich fallen, sind auf einer öffentlichen Veranstaltung in der Lübecker Bucht gestorben. Alle hatten eine erhebliche Menge Alkohol im Blut.«

Malte nahm ihre Faust, mit der sie unermüdlich auf die Unterlagen der Rechtsmedizin pochte, und drückte sie leicht. »Nun mal keine Panik, Frau Kollegin. Der Mörder schlägt im Abstand von mehreren Jahren zu.«

»Wie beruhigend. Wie viele Jahre willst du dir denn Zeit lassen mit der Aufklärung?«

Mollys Ton war schärfer ausgefallen, als beabsichtigt. Sicher lag es daran, dass sie den Eindruck hatte, bereits seit zehn Jahren in diesem Fall zu ermitteln, ohne auch nur einen Schritt voranzukommen. Sie musste sich ins Gedächtnis rufen, dass Malte erst gestern begonnen hatte, sich in die Mordserie einzuarbeiten.

Sie bemühte sich um einen ruhigeren Ton. »Wenn bei Hilda Theisen K.-o.-Tropfen nachgewiesen worden wären, hätte man ihrem Mann das gesagt. Bekannt ist die Sache mit dem Alkohol- und Medikamentenmissbrauch. Der Alkohol wäre eine Parallele zu unseren Fällen.«

Malte stimmte ihr wortlos zu.

Auf einmal kam ihr eine Idee. »Mich würde interessieren, ob bei Hilda auch ein Selbstmord infrage käme.«

Der Gedanke gefiel ihr. Er konnte Ole entlasten. Warum war sie nicht schon viel eher darauf gekommen?

Malte lehnte sich zurück. »Interessante Frage, aber wer soll sie dir beantworten? Lass uns nicht zu viel Zeit und Energie auf das Rätsel um Hilda Theisens Tod verschwenden.« Er klopfte mit dem Filzstift auf die Unterlagen der Rechtsmedizin. »Wir haben drei Fälle, die mit Sicherheit auf ein und dasselbe Konto gehen. Wenn wir den Täter haben, können wir immer noch nachhaken, ob er mit Hilda Theisens Tod in Verbindung steht.«

Molly stand auf und ging ans Fenster. Radfahrer fuhren über die Promenade. Eine unbändige Lust überkam sie, sich selbst aufs Rad zu schwingen, zum Brodtener Ufer zu fahren, die See und die Weite auf sich wirken zu lassen und über diesen verzwickten Fall nachzudenken.

Wer außer Ole konnte der Täter sein?

Sie drehte sich zu Malte um. »Du hast recht. Die Akten über Hilda Theisen werden zwar nicht uninteressant für uns sein. Wir könnten Parallelen zu unseren Fällen entdecken. Aber bis wir die Unterlagen haben, konzentrieren wir uns auf unsere drei Opfer. Lass uns darüber nachdenken, was für ein Mensch der Täter sein muss. Was geht in ihm vor? Warum sucht er sich genau diesen Typ von Frauen aus, was verleitet ihn zu den Morden, und was empfindet er nach der Tat?«

Malte suchte in den Akten zum jüngsten Fall nach etwas. »Hier.« Er nahm die Kopie des Gedichts heraus, das der Täter bei Annikas Leiche hinterlassen hatte. »Meine Ansicht kennst du. Ich denke, er fühlt sich von diesem Frauentyp angezogen, und er empfindet Macht bei dem Gefühl, über ihr Leben zu entscheiden.«

»Erstaunlich ist«, sagte Molly, »dass es keinen sexuellen Kontakt zwischen dem Täter und seinen Opfern gegeben hat. Oder hat die Untersuchung der Leiche von Annika Ketelsen etwas Gegenteiliges ergeben?«

»Nein, nichts dergleichen.«

»Dem Täter geht es also nur darum, das Vertrauen der Frauen zu gewinnen, bevor er sie tötet. Ob es eine Mischung aus Macht und Selbstbestätigung ist, die er sucht? Was meinst du als Mann dazu?« Molly kaute auf ihrem Stift herum und wartete auf Maltes Antwort.

Malte blätterte in der Akte zum Fall Ketelsen vor und zurück, ohne dass seine Blicke an einem der Dokumente haften blieben.

»Möglicherweise handelt es sich um einen Mann, der stark mit Komplexen beladen ist. Ich könnte mir jemanden vorstellen, der als junger Mensch von den Mädchen, für die er schwärmte, zurückgewiesen wurde und das nicht verkraftet hat.«

»Es müssen nicht mehrere Frauen gewesen sein, die ihn abgewiesen haben«, sagte Molly. »Eine würde reichen, eine rothaarige. An der hat er vermutlich mit ganzem Herzen gehangen, und er unterliegt bis heute dem Zwang, sich zu beweisen, dass er die Zuneigung und Anerkennung dieser Frau sehr wohl gewinnen könnte. Also sucht er sich Frauen, die ihr ähnlich sehen. Wenn er eine gefunden hat, kippt etwas in seiner Seele um, und er rächt sich an seinem Opfer für das, was die eine von damals ihm angetan hat.«

»Klingt plausibel«, meinte Malte. »Dafür spräche auch die vergleichsweise gewaltfreie Art, auf die er die Frauen umbringt – auch wenn diese Formulierung gänzlich unpassend klingt. Jedes Tötungsdelikt ist nun mal ein Akt der Gewalt.«

Seine Blicke baten Molly um Entschuldigung für seine zynisch anmutende Wortwahl.

»Ich verstehe, was du meinst«, sagte Molly. »Unser Täter lässt seine Opfer sterben, ohne ihnen körperliche Schmerzen zuzufügen.«

»Wahrscheinlich fügt er ihnen nicht einmal seelische Schmerzen zu«, überlegte Malte. »Die Gesichter auf den Fotos der Leichen lassen darauf schließen, dass sie sogar sanft und selig entschlafen sind. Es sieht aus, als wären sie mitten in einem schönen Traum gestorben. Dem Akt der Tötung ist offensichtlich keine Auseinandersetzung zwischen Opfer und Täter vorausgegangen.«

Er nahm eins der Fotos aus dem Ordner, auf denen der von Muscheln eingerahmte Kopf von Annika Ketelsen zu sehen war.

»Dass er die Köpfe der Frauen mit einem Herzen schmückt, lässt ebenfalls darauf schließen, dass die Begegnung zwischen Opfer und Täter von einer gewissen Harmonie geprägt war. Zumindest aus seiner Sicht.«

Molly setzte sich wieder auf den Besucherstuhl. »Ich würde gerne wissen, ob er mit dem Herzen gewartet hat, bis die Frauen tot waren, oder ob er es gelegt hat, als sie noch lebten, und sie dann allein gelassen hat.«

»Macht das einen Unterschied?«

»Eventuell. Wenn er gewartet hat, bis sie gestorben waren, bedeutet dass, dass er ihren Tod bewusst herbeigeführt hat. Wenn er aber vorher gegangen ist, kann es sein, dass er sie mit den K.-o.-Tropfen lediglich willenlos machen wollte, um ihnen dieses Herz zu schenken.

Bei seinem ersten Opfer war ihm vielleicht nicht einmal bewusst, dass es an den Tropfen sterben könnte. Für die spätere Anklage wäre das von Bedeutung.«

Malte ließ sich die Worte durch den Kopf gehen. »Ob der Täter uns das verraten wird, wenn wir ihn gefasst haben? Er wird versuchen, sich rauszureden.«

»Wenn nicht er selbst, dann wird sein Anwalt das übernehmen.« Molly deutete mit dem Kinn auf die Ordner, die Malte auf seinem Schreibtisch aufgestellt hatte. »Du hast doch inzwischen alle Akten studiert. Dann weißt du, dass der Täter von jedem seiner Opfer etwas mitgenommen hat.«

»Ja, das ist merkwürdig. Jeder der Frauen hat er eine Haarsträhne abgeschnitten. Ich hab mir das auf den Fotos angesehen. Obwohl die Frauen so wilde Locken haben, erkennt man deutlich, wo die Strähne fehlt.«

»Wilde Locken.« Protestierend fuhr Molly sich mit der Hand über ihre ungestüme Frisur.

»Nicht persönlich nehmen«, warf Malte ihr zu.

»Allem Anschein nach«, sinnierte Molly, »hat er von jedem seiner Opfer ein Souvenir haben wollen.«

»Oder es sind Trophäen, die der Täter zur Krönung seiner Taten braucht.«

Molly schmunzelte verhalten. »So, wie ein Jäger sich das Geweih eines erlegten Hirsches übers Sofa hängt?« Sofort wurde sie wieder ernst. »Ich frage mich, wie und wo er die Strähnen aufbewahrt. Und ob er sich dazu etwas notiert. Ort und Datum der Tat, den Namen der Frau, wie er sie kennengelernt und worüber er mit ihr geredet hat. All solche Dinge.«

»Du meinst so eine Art Protokoll über die Taten?«

»So stelle ich mir das vor.«

Malte dachte über ihre Worte nach. »Ob er ein Album zu seinen Taten angelegt hat, wird eine Hausdurchsuchung zeigen, wenn wir soweit sind.«

Plötzlich schlug er sich mit der Hand vor die Stirn. »Ich Depp, unser Termin!«

»Was für ein Termin?«

»Für zehn Uhr sind wir mit Roluf Ahlert verabredet, in seinem Architekturbüro. Das liegt in der Nähe des Niendorfer Kurparks.«

Molly sprang auf. »Das schaffen wir nicht zu Fuß. Da müssen wir die Rührschüssel nehmen.«

12

›Architekturbüro Ahlert und Andersen‹ stand auf dem Messingschild am Gartenzaun.

Molly öffnete die Pforte zu dem großzügigen Vorgarten. Sie drehte sich zu Malte um. »Das sieht mir mehr nach Wohnhaus aus als nach Bürogebäude.«

Malte schloss das Tor. »Warum auch nicht?«, raunte er Molly zu. »Guck dir die Hütte an. Wenn Ahlert nicht gerade mit Frau und fünf Kindern hier lebt, ist das Gebäude ideal zum Wohnen und Arbeiten unter einem Dach.« Er deutete auf den Kurpark, der an das Grundstück grenzte. »Schön ruhig ist es hier jedenfalls.«

Molly klingelte an der Tür. Ein altmodisch anmutendes ›Dingdong‹ ertönte. Mit zwei Schritten Abstand zum Eingang wartete sie darauf, dass Ahlert ihnen öffnete.

Eine mondän gekleidete Frau mit langem dunkelbraunem Haar erschien in der Tür. »Sie wünschen?«

Molly und Malte zeigten ihre Dienstausweise vor.

»Wir haben einen Termin mit Herrn Ahlert vereinbart«, sagte Malte. »Für zehn Uhr sind wir verabredet.«

»Davon weiß ich nichts.« Die Dame wandte sich um. »Roluf, stimmt das? Wir haben jetzt einen Termin? Davon hast du mir gar nichts gesagt.«

»Das ist mein Termin, nicht unserer«, rief eine männliche Stimme aus dem hinteren Bereich des Hauses.

Kurz darauf eilte der blonde Schönling, dem sie gehörte, durch den Flur. »Sie sind sicher die Leute von der

Kripo.« Er dirigierte die Brünette mit einer sanften Geste zur Seite. »Ich bin Roluf Ahlert. Sie dürften der Herr Graf sein.« Er streckte Malte die Hand entgegen.

Molly sah darüber hinweg, dass er sie ignorierte. Im Laufe des Gesprächs würde sie ihm schon klarmachen, wer der Chef der Soko Mysterious war.

»Sie sind die Ehefrau?«, fragte Malte die Dame, die ihnen geöffnet hatte.

»Die Partnerin. Rosa Andersen.« Sie reichte ihm die Hand. Dann wandte sie sich an Molly. »Und Sie?«

»Hauptkommissarin Molly Bleck.«

Ahlert rieb sich die Hände. »Tja, dann gehen wir am besten mal nach hinten durch. Bitteschön.«

Er streckte den Arm aus und führte seine Gäste in einen Raum, der eher an einen futuristischen Operationssaal erinnerte als an ein Büro, in dem man es mehrere Stunden täglich aushalten sollte.

Jedes Möbelstück wirkte kubisch und steril: die zwei weiß lackierten Schreibtische mit den Rollcontainern darunter, die kantigen Bürostühle mit den hellen Lederbezügen, die weißen Schränke.

Ahlert bat sie an einen großflächigen quadratischen Tisch, vor dem acht würfelförmige, ebenfalls weiß lackierte Hocker mit weißen Sitzkissen standen, an jeder Seite zwei. »Nehmen Sie doch Platz. Kaffee?«

»Nur, wenn er pechschwarz ist«, erlaubte Malte sich, zu scherzen.

»Rosa, würdest du dich bitte darum kümmern?«

Molly sah der Dame an, dass diese Aufgabe unter ihrer Würde war. »Machen Sie sich bitte unseretwegen keine Umstände«, sagte sie.

Mit unbewegtem Gesicht setzte Rosa sich dazu.

Molly war irritiert. Welche Rolle spielte diese Person? Verabredet waren sie mit Roluf Ahlert, und Malte dürfte ihm bei der Terminabsprache deutlich gemacht haben, dass sie nicht kamen, um sich eine Villa mit Pool entwerfen zu lassen.

»Darf ich fragen, in welcher Beziehung Sie zu Herrn Ahlert stehen?«, fragte sie. »Bei unserem Termin geht es um Dinge privater Natur.«

Ahlert räusperte sich verlegen. »Ist schon okay. Wenn Sie nichts dagegen haben, bleibt Frau Andersen bei dem Gespräch dabei.«

Molly blickte ihn verwundert an. Ihr erster Eindruck sagte ihr, dass keine Liebesbeziehung zwischen den beiden bestand. Irrte sie? War ihre Liebe so steril wie der Raum? »Von mir aus«, meinte sie. Wenn Ahlert das Gespräch zu brisant wurde, konnte er Rosa Andersen immer noch bitten, den Raum zu verlassen.

»Wenn wir dann beginnen könnten«, sagte Ahlert. »Rosa und ich haben noch zu tun.«

»Wir kommen wegen Frau Theisen«, sagte Molly.

»Das ist mir klar. Ihr Kollege hatte das am Telefon bereits angedeutet.« Ahlert rieb sich über das Gesicht. Seine Haut war aschfahl, er wirkte unausgeschlafen und mies gelaunt. »Die Sache wird mich ein Leben lang verfolgen. Wann immer in unserer Region eine Frau ermordet wird, werden die Leute mit Fingern auf mich zeigen und sagen: Der Ahlert muss es gewesen sein. Der hat doch schon mal so was gemacht, damals in Dänemark.«

Malte hob theatralisch die Hände. »Wir sind nicht hier, um Sie zu verhören. Frau Theisens Tod fällt ohnehin nicht in unseren Bereich. Uns interessieren allerdings die Umstände, unter denen sie ums Leben kam.«

»Die Ermittlungsergebnisse der dänischen Polizei kennen wir nicht«, ergänzte Molly. »Wir haben die Akten angefordert, aber es kann dauern, bis wir sie erhalten, und für uns zählt jede Stunde. Wir haben es mit einem Serienmörder zu tun, der sich jederzeit wieder ein Opfer suchen kann.«

»Aber Hilda Theisen wurde nicht ermordet.« Ahlert sprach mit einer Bestimmtheit, als lägen ihm handfeste Beweise für seine Behauptung vor.

»Uns wurden anderslautende Vermutungen zugetragen«, brachte Molly vorsichtig vor. »Und es ist möglich, Menschen umzubringen, ohne dabei Spuren zu hinterlassen, die bei der Obduktion erkennbar wären.«

Rosa Andersen lachte hysterisch auf. »Wie soll das denn gehen? Heutzutage wird doch alles nachgewiesen.«

»Einzelheiten können wir Ihnen aus ermittlungstaktischen Gründen nicht nennen«, sagte Molly. »Nehmen Sie es bitte einfach so hin.«

Sie wandte sich wieder an Ahlert. »Im Zusammenhang mit dem Tod von Hilda Theisen gab es charakteristische Details, die wir bei den Morden an den drei Frauen in der Lübecker Bucht wiederfinden.«

»Wieso überhaupt drei Morde?«, eiferte Rosa sich. »Zwei davon müssten doch längst geklärt sein.«

Molly erwiderte nichts darauf. Sie überlegte, ob sie Ahlert besser in ihre Dienstvilla bestellen sollten. Allein.

»Herr Ahlert«, fuhr Malte fort, »Sie sind die einzige Person, die uns bekannt ist, die mit Hilda Theisen in den letzten Tagen vor ihrem Tod zusammen war.«

»Niemand«, ergänzte Molly, »kann derzeit ausschließen, dass auch Frau Theisen dem Serientäter zum Opfer gefallen ist, der innerhalb von acht Jahren drei Morde in der Lübecker Bucht begangen hat. Wegen der Parallelen, die wir feststellen konnten, würden wir gern von Ihnen wissen: Wie und mit wem außer Ihnen hat Hilda Theisen die letzten Stunden vor ihrem Tod verbracht?«

Ahlert zuckte mit den Schultern. »Wie soll sie die Zeit verbracht haben? Ganz normal und immer mit mir an ihrer Seite. Wir haben Spaziergänge gemacht, Radtouren. Wir haben zusammen gekocht, gegessen, im Wohnzimmer oder auf der Terrasse gesessen und gelesen.«

»Sie hatten ein Ferienhaus?«

»Ja, eins, das in der Nähe des Balka-Strands lag, im Südosten Bornholms, etwas abseits vom Trubel. Das Grundstück war nicht einsehbar. Hilda wollte ihre Ruhe haben und ich, ehrlich gesagt, auch.«

»Was hat Sie so ruhebedürftig gemacht?«, fragte Molly geradeheraus. Ahlert hatte sich so schön in den Fluss geredet, dass sie auf weitere aufschlussreiche Informationen hoffte.

»Martin Theisen, wer sonst?«

»Es gab Streit zwischen ihm, seiner Frau und Ihnen?«

Ahlert seufzte laut. »Streit? Stress, würde ich das nennen. Martin hat Stress gemacht. Er hat Hilda erdrückt mit seinen väterlichen Gefühlen. Hat ständig den Beschützer und Behüter rausgekehrt. Nichts konnte Hilda mehr machen, ohne dass er ihr dazwischenfunkte. Als wäre sie unmündig gewesen.«

»Sie hatte ein gravierendes Suchtproblem«, wandte Molly ein. »Vielleicht hat er sich nur Sorgen gemacht.«

»Wenn Sie mich fragen ...« Ahlert nahm einen weißen Würfel zur Hand, der auf dem Tisch lag und von dem Molly nicht sagen konnte, welche Funktion er hatte. War es ein Briefbeschwerer, oder sollte es ein Salzstreuer sein? »Martin Theisen selbst hat das Problem bei seiner Frau hervorgerufen. Oder zumindest verschärft.«

Molly sah ihn zweifelnd an. »Führt Überbehütung zu Alkoholabhängigkeit und Tablettensucht?«

Ahlert stutzte einen Moment. Dann gab er seine Erklärung zu dem Thema ab. »Nicht Überbehütung macht süchtig, aber Liebe. Hilda war schon einmal verheiratet. Ihr erster Mann ist früh an Krebs gestorben. Er war ihre große Liebe. Er hat ihr alles gegeben, wonach sie sich sehnte. Und dann war er auf einmal nicht mehr da. Sie war bis zum letzten Tag ihres Lebens süchtig nach seiner Liebe, und da niemand ihr geben konnte, was sie brauchte, hat sie ihre Sucht mit Alkohol und Medikamenten zu stillen versucht. Was natürlich nicht gelingen konnte.«

Molly glaubte, zu verstehen, was Hilda Theisen mit dem deutlich jüngeren Roluf Ahlert verbunden hatte. Es war kein Spleen gewesen, es war nicht das Verlangen danach, sich noch einmal jugendlich zu fühlen.

»Sie haben erkannt, dass Hilda bei Martin Theisen nicht annähernd das fand, was sie brauchte«, sagte sie. »Sie haben sie geliebt, und Sie hatten die Hoffnung, ihr einen Teil dessen, was sie vermisste, geben zu können.«

Roluf Ahlert senkte den Kopf. »Sie sind eine gute Psychologin«, sagte er leise.

»Sie haben gehofft«, fuhr Molly fort, »Hilda Theisen durch Ihre Zuneigung von ihrer Sucht abbringen zu können.«

»Was sich ohne eine professionelle therapeutische Begleitung sehr schwierig gestaltet hätte«, warf Malte ein. »Haben Sie das erkannt, während Sie mit Hilda Theisen auf Bornholm waren?«

Ahlert brauste auf. »Was soll denn diese Frage? Verdächtigen Sie mich, Hilda ermordet zu haben, weil sie nicht so schnell von der Sucht loskam, wie ich mir das vorgestellt hatte? Denken Sie etwa, ich bin vor Enttäuschung ausgerastet und habe sie daraufhin mit Alkohol abgefüllt, bis ihre Organe komplett versagten?«

Rosa Andersen war dem Gespräch stumm gefolgt. Molly war nicht entgangen, dass sie sich unangenehm berührt fühlte, seit sie über die Beziehung zwischen Roluf Ahlert und Hilda Theisen sprachen.

»Wenn Sie von Roluf ein Alibi für den Mord an dieser Annika haben wollen«, sagte sie plötzlich und mit einer Schärfe in der Stimme, die Molly erschreckte, »ich war in der Nacht zum Sonntag mit ihm zusammen.«

Das Gespräch lief aus der Bahn, die Stimmung eskalierte. Es war an der Zeit, die Rede wieder auf die Parallelen zwischen allen vier Todesfällen zu bringen.

»Danke, Frau Andersen. Wir hätten später sicherlich noch routinemäßig danach gefragt. Aber deshalb sind wir nicht gekommen. Es liegen keinerlei Verdachtsmomente gegen Herrn Ahlert vor. Wir sind auf der Suche nach einem Phantom, das wieder ein Opfer finden wird, wenn wir es nicht vorher dingfest machen. Dabei sind wir auf jede Hilfe angewiesen. Deshalb sind wir hier.«

Ahlert hatte Molly während dieser Worte intensiv angesehen. Als sie geendet hatte, atmete er sichtlich auf.

»Herr Ahlert«, fuhr Molly fort, »hat Frau Theisen auf Bornholm eine Veranstaltung besucht, auf der sie neue Bekanntschaften geschlossen hat? Eine Strandparty, ein Konzert oder so etwas? Ich frage, weil das bei den anderen Opfern der Fall war. Wir suchen nach jemandem, der möglicherweise allen vier Frauen begegnet ist.«

Statt auf die Frage zu antworten, konterte Ahlert mit einer Gegenfrage. »Hat Martin Theisen Sie darum gebeten, die Ermittlungen zu Hildas Tod neu aufzurollen?«

»Das können wir gar nicht. Hilda Theisen ist in Dänemark gestorben«, betete Molly herunter. »Bitte beantworten Sie doch meine Frage. Wir suchen einen Mann, der auf allen Veranstaltungen war, auf denen auch die drei Opfer aus der Lübecker Bucht waren. Von den Angehörigen und Freunden der drei Frauen haben unsere Kollegen, die bisher ermittelt haben, nichts darüber erfahren. Daher versuchen Herr Graf und ich es nun bei Ihnen. Vielleicht kann Hilda Theisen der Schlüssel zu unseren Mordfällen sein.«

»Sie gehen tatsächlich davon aus, dass Hilda ermordet wurde«, stellte Ahlert fest. Der Gedanke schien ihn stärker zu bewegen als die Aussicht, dabei helfen zu können, einen oder drei oder sogar vier Morde aufzuklären.

»Das ist doch absurd«, schimpfte Rosa Andersen. »Jeder weiß, was mit Hilda Theisen los war, und jeder weiß, wie so was endet.«

»Ach«, sagte Molly, »ist das so?«

Rosa schwieg wie alle anderen am Tisch. »Und wenn es Selbstmord war?«, sagte sie auf einmal in die Stille hinein.

»Wie kommen Sie auf Selbstmord?« Molly fragte sich, wie viel diese Frau wusste und auf welches Ziel sie mit ihren Einwürfen zusteuerte.

»Das ist völlig abwegig, das weißt du auch«, raunzte Ahlert sie an. Er öffnete die Hände und faltete sie wieder zusammen. »Darüber haben die ermittelnden Beamten in Dänemark damals schon spekuliert«, erklärte er Molly. »Aber sie kamen zu dem Schluss, dass es kein

Suizid war. Es gab auch keinen Abschiedsbrief. Ihrem Sohn hätte Hilda eine derartige Tragödie sowieso niemals angetan. Und mir auch nicht.«

»Sicher nicht«, sagte Molly, um ihn zu beschwichtigen. Ahlert hatte ihr ein Stichwort gegeben, das ihr half, indirekt nach dem Gedicht zu fragen, das der Mörder bei den anderen Opfern hinterlassen hatte. Sie durfte jetzt nur kein Täterwissen preisgeben. »Apropos Abschiedsbrief. Gab es denn sonst irgendeine Nachricht, die bei Hilda Theisen gefunden wurde?«

»Was denn für eine Nachricht?«, fragte Ahlert, der mittlerweile sichtlich genervt war.

»Was schon?«, maulte Rosa. »Einen letzten Gruß.«

Malte rettete Molly aus der Verlegenheit. »Frau Theisen starb allein, soweit wir wissen. Oder waren Sie zu dem Zeitpunkt bei ihr?«

Ahlert verneinte die Frage.

»Falls sie am Strand kein Handy dabeihatte, wäre es doch denkbar, dass sie spürte, dass sie einer Ohnmacht nahe war, und eine Nachricht für denjenigen, der sie finden würde, in ein Buch gekritzelt hat, das sie las.«

»Da war nichts. Jedenfalls weiß ich nichts darüber.« Weiter äußerte Ahlert sich nicht dazu.

»Sie beide«, Molly zeigte mit der Hand abwechselnd auf Roluf Ahlert und Rosa Andersen, »darf ich fragen, wie lange Sie sich schon kennen?«

»Wir haben zusammen studiert«, erwiderte Ahlert müde. »Wir kennen uns seit dem ersten Semester.«

Molly zögerte. »Sie müssen auf meine Frage nicht antworten, aber – sind Sie ein Paar oder waren Sie eins?«

»Ts!« Rosa sprang entrüstet auf und schob nervös Zeichnungen auf einem der Schreibtische herum.

»Nein«, sagte Ahlert ruhig. »Wir sind kein Paar, und wir waren es auch nie.«

»Danke für Ihre Offenheit«, sagte Molly.

Rosa nahm wieder Platz.

Malte richtete das Wort an Ahlert. »Da wäre noch unsere Frage nach einer Veranstaltung offen, die Frau Theisen auf Bornholm besucht haben könnte.«

»Sie hat keine Partys oder Konzerte besucht«, erwiderte Ahlert. »Nach so was stand weder ihr noch mir der Sinn. Hilda hat lediglich einen Malkurs besucht, das war alles.«

»Einen Malkurs?« Molly glaubte, sofort das Drehbuch auswechseln zu müssen.

»Ja, einen Aquarellmalkurs. Im Dorf war ein deutscher Künstler zu Gast, der so was angeboten hat.«

»Wie viele Teilnehmer waren in dem Kurs?«, fragte Malte.

»Es war eine kleine Gruppe, alles Frauen. Außer Hilda zwei Studentinnen aus Köln und eine Rentnerin aus Schweden. Unter denen würden Sie den Täter kaum finden, wenn es wirklich Mord gewesen sein sollte.«

Molly nahm alle Kraft zusammen. Sie musste darauf achten, dass ihre Stimme nicht zitterte. »Der Kursleiter«, fragte sie hoch konzentriert, »dieser Aquarellmaler, wissen Sie, wie der hieß?«

Ahlert guckte Rosa Andersen an, als erwartete er, dass sie ihm auf die Sprünge half. »Hab ich den Namen mal erwähnt?«, fragte er sie.

Sie schüttelte den Kopf.

Ahlert lachte kurz auf. »Der hatte sowieso nur einen Vornamen. Künstler und die, die es sein möchten, duzen sich alle und reden sich nur mit dem Vornamen an.«

»Gibt es eine Teilnehmerliste?«, fragte Malte.

»Ich habe nie eine gesehen.«

Molly nickte ihm zu. »Tut ja vermutlich auch nichts zur Sache, wenn nur ein paar Frauen dabei waren. Was haben die denn gemalt in dem Kurs? Maritime Motive?«

Malte griff nach Mollys Hand. »Ich denke, das führt jetzt zu weit. Wenn du selbst Interesse daran hast, guck doch nachher in der Pause mal im Internet nach.«

»Gute Idee. Entschuldigung, ich wollte jetzt nicht ins Private abdriften.« Molly straffte die Schultern. Sie hatte sich weit vorgewagt. Das durfte ihr nicht wieder passieren. Nicht, solang Ole noch ihr Geheimnis war.

»Die Nacht von Samstag auf Sonntag«, sagte sie und rieb sich mit zwei Fingern die Stirn, »die haben Sie beide zusammen verbracht, wenn ich Sie, Frau Andersen, vorhin richtig verstanden habe.«

»So ist es.«

Das falsche Lächeln und das Blinzeln verrieten Molly, dass Rosa Andersen log. Jetzt schnippte die Frau auch noch geschäftig etwas vom Ärmel, das gar nicht vorhanden war. Wie linkisch und auffällig sie sich verhielt.

»Waren Sie am Samstagabend selbst auf der Musikveranstaltung am Strand?«, fragte sie weiter.

Stumm, um nicht zu sagen: starr klebte Ahlert auf seinem Hocker.

»Nein«, sagte Rosa. »Wir waren hier. Wir haben an einem Entwurf gearbeitet.« Sie stand auf und zog eine breite Schublade an einem der Unterschränke auf. Mit beiden Händen entnahm sie ihr eine Mappe, die sie auf dem Tisch ausbreitete. »Sehen Sie selbst. Wir nehmen an einer Ausschreibung für ein Mutter-und-Kind-Kurheim in Travemünde teil.«

»Sie müssen sich nicht rechtfertigen«, sagte Molly. Sie wartete, bis Rosa die Mappe weggeräumt und wieder am Tisch Platz genommen hatte. Dann fuhr sie fort. »Wenn ich noch eine Frage stellen dürfte?«

Roluf Ahlert überlegte einen Moment. »Fragen Sie«, sagte er dann.

»Sie schließen einen Mord an Hilda Theisen aus. Ist Ihnen denn zu keinem Zeitpunkt der Gedanke gekommen, dass Ihre Freundin durch die Hand eines anderen Menschen ums Leben gekommen sein könnte?«

Ahlert wich ihrem Blick aus. »Wenn ich ehrlich sein soll, zuerst habe ich geglaubt, Martin hätte sie umgebracht. Als ich sie tot am Strand liegen sah, dachte ich, er wäre uns nach Bornholm gefolgt und hätte verhindern wollen, dass Hilda sich endgültig von ihm trennt.«

»Sie haben sie selbst am Strand gefunden?«

Ahlert nickte, noch immer mit gesenktem Blick.

»Was haben Sie gedacht, als Sie das Herz aus Muscheln um Hildas Kopf gesehen haben?«

Ahlert überlegte. »Ich konnte nichts mehr denken.«

»Frau Theisens Trennung von ihrem Mann war beschlossene Sache?«, fragte Molly mitfühlend.

Ahlert blickte wieder auf. »Ja. Hilda wäre nicht mehr lange bei Martin geblieben. Die Trennung war für die Tage nach unserer Rückkehr geplant.«

»Wie stand denn Frau Theisens Sohn dazu?«, fragte Malte. »Wusste der überhaupt von Ihnen?«

Ahlert schien aufrichtig traurig zu sein. »Heiko kannte mich nicht persönlich, aber Hilda hat gesagt, er würde sofort mit ihr zusammen zu mir ziehen. Er fühlte sich bei Martin nicht gut aufgehoben, er wollte da weg.«

»Aber er lebt heute noch bei seinem Adoptivvater.«

»Fragen Sie ihn doch mal, warum.«

»Erzählen Sie es uns.« Molly war sicher, dass Ahlert bestens über die Gründe informiert war.

»Martin ist nicht arm, und Heiko hängt mit der Ein-Mann-Firma, die er vor sieben Jahren gegründet hat, immer ein bisschen in der Luft. Sein Adoptivvater gibt ihm eine finanzielle Sicherheit, die er nicht so bald aufgeben wird.«

»Das klingt plausibel«, sagte Molly. Sie druckste herum. »Eine Frage noch. Sie sagten vorhin, dass Sie sich bei jedem der Morde des Herzmuschelmörders an den Tod von Hilda Theisen erinnert fühlten.«

Sie unterbrach sich selbst, um Roluf Ahlerts Reaktion einzufangen.

Er nickte kaum merklich.

»Dann können Sie sich bestimmt an die Morde erinnern, die vor acht und fünf Jahren begangen wurden. Wie haben Sie von diesen Taten erfahren?«

»Wie meinen Sie das?«, fragte Rosa Andersen mit unüberhörbarer Aggression in der Stimme.

Molly sah nicht sie an, sondern Roluf Andersen. »Wo waren Sie, als Sie davon erfahren haben?«

»Das weiß ich noch, als wäre es heute gewesen«, erwiderte Ahlert. »Bei dem Mord vor acht Jahren war ich auf einem Seminar in Travemünde. Am Abend haben alle Teilnehmer bei einem Bier zusammengesessen.«

»Ich hatte einen Wein«, rief Rosa dazwischen.

»Am nächsten Morgen haben wir aus dem Radio erfahren, was unweit von unserem Seminarort geschehen war. Und drei Jahre später ...« Ahlert sah zu Rosa hinüber.

»Da waren wir hier. Du hattest Gäste eingeladen. Wir hatten was zu feiern. Ein großes Projekt, das wir gewonnen hatten. Es war ein schwüler Sommerabend. Wir haben im Garten gesessen. Am nächsten Tag kam dann die Meldung im Radio, und ich hab noch gedacht: Wir sitzen hier so schön zusammen und trinken auf unsere Zukunft, und quasi um die Ecke, in Haffkrug, passiert so was.«

Molly nickte und mimte die Verständnisvolle. »Das geht unter die Haut, das verstehe ich gut. Aber Sie kannten die Frauen nicht, die ermordet wurden?«

Roluf Ahlert wollte antworten, aber Rosa Andersen kam ihm zuvor. »Nein, wir kannten sie alle drei nicht.«

»Okay.« Molly machte sich eine mentale Notiz, dass sie die Angehörigen der Opfer fragen wollte, ob sie von Roluf Ahlert gehört hatten. Oder von Rosa Andersen.

Sie wandte sich noch einmal an Ahlert. »Ist Ihnen aufgefallen, dass Hilda Theisen, nachdem Sie sie tot aufgefunden haben, etwas fehlte?«

Ahlert zog die Stirn kraus. »Was meinen Sie, was soll ihr gefehlt haben? Ihre Uhr oder ein Schmuckstück?«

»Eine Haarsträhne.«

Ahlert schüttelte den Kopf. »Nicht, dass ich wüsste.«

Das Telefon auf einem der Schreibtische klingelte.

Rosa sprang auf, hechtete zu dem Apparat und nahm den Hörer ab. »Ahlert und Andersen. Sie sprechen mit Rosa Andersen.« Konzentriert lauschte sie dem Anrufer. »Okay, wir treffen uns in einer halben Stunde«, sagte sie schließlich und legte auf.

Sie kehrte an den Tisch zurück und blieb davor stehen. »Ich will nicht unhöflich sein, aber bei uns stehen noch wichtige Termine an.«

»Bei uns auch.« Molly erhob sich mit kühlem Lächeln. »Auf Wiedersehen, Frau Andersen.« Sie reichte Rosa die Hand. »Herr Ahlert. Danke, wir finden alleine hinaus.«

Beim Verlassen des Gebäudes überreichte Malte dem Architekten eine Visitenkarte der Soko. »Für den Fall, dass Ihnen etwas einfällt, das Sie unbedingt loswerden wollen.«

Schweigend liefen die Ermittler zum Wagen. Wie ein eingespieltes Team ließen sie sich gleichzeitig auf die Sitze gleiten und schlossen die Türen.

Malte steckte den Zündschlüssel ins Schloss, startete den Motor und guckte stur geradeaus. Er gab so heftig Gas, dass Molly in den Sitz gedrückt wurde.

Sie legte sich eine Hand auf den Magen, der zu revoltieren drohte. Angestrengt suchte sie nach Worten, um die Stille zu vertreiben, die sich während der Fahrt zwischen ihnen ausbreitete.

»Zwei Männer und eine Frau, und beide Kerle beschuldigen sich gegenseitig, ihre Liebste ermordet zu haben«, sagte sie. »Aus der Geschichte könnte man eine Vorabendserie mit fünf Staffeln fürs Bezahlfernsehen stricken.«

Malte nickte bedächtig. »Die Rosa war mächtig nervös.«

»Und aggressiv.«

»Warum nur?« Malte guckte kurz zu Molly hinüber.

»Das frage ich mich auch.«

Molly sah zum Seitenfenster hinaus und dankte dem Himmel dafür, dass Malte sie nicht auf ihr deplatziertes Interesse an dem Aquarellmalkurs auf Bornholm ansprach.

13

Nach der Rückfahrt von Ahlert und Andersen

Malte parkte seinen Wagen in der Strandallee vor dem Grundstück der Dienstvilla. »Geh'n wir zu dir oder zu mir?«, fragte er, bevor sie ausstiegen.

Molly schälte sich aus der Rührschüssel. »Mir egal. Hauptsache, es gibt 'nen anständigen Tee.«

»Eine Kleinigkeit zu essen wäre auch nicht verkehrt«, erwiderte Malte. »Lass uns doch zu deiner Freundin ins Lesecafé gehen. Oder hat sie nur Kuchen?«

»Janna hat alles. Gebäck, Salate, Sandwiches, Pfannkuchen süß oder salzig – was immer du magst.«

»Klingt verlockend. Fahren wir hin oder laufen wir?«

Molly guckte demonstrativ auf Maltes leichten Bauchansatz und schmunzelte. Dann säuselte sie: »Ein kleiner Spaziergang durchlüftet uns beiden das Hirn.«

Sie rief Janna an, um einen ruhigen Tisch für zwei Personen zu reservieren.

Janna lachte. »Ein ruhiger Tisch um die Mittagszeit? Du bist lustig. Ruhe herrscht bei mir jetzt bestenfalls auf dem Herrenklo.«

»Du wirst bestimmt ein Eckchen finden, in das mein Kollege und ich uns verkrümeln können.« Molly steckte das Handy ein, nickte Malte zu und marschierte los.

Um diese Uhrzeit herrschte im Ortszentrum Hochbetrieb. Die Außenbereiche der Restaurants und Cafés, die die nordwestliche Seite des Timmendorfer Platzes und der Kurpromenade dominierten, waren voll besetzt.

Elegant gekleidete Damen und versnobte Herren, die Gesichter hinter verspiegelten Sonnenbrillen verborgen, beherrschten die Szene in der Fußgängerzone.

Vor den Schaufenstern der Geschäfte an der Kurpromenade flanierten Urlauber und Tagesgäste mit und ohne Eiswaffeln in der Hand und bestaunten die Auslagen. Molly bezweifelte, dass all diese Leute wirklich das Geld besaßen, sich die teuren Uhren, Parfüms, Sneakers oder Gemälde leisten zu können. Im Zentrum von Timmendorfer Strand galt es, elegant, schick und wichtig daherzukommen und den Anschein zu erwecken, die Portokasse sei unerschöpflich.

»Wie weit ist es noch?«, fragte Malte.

»Geht dir schon die Puste aus?«, fragte Molly zurück. »Wie hast du bloß den sportlichen Part der Aufnahmeprüfung geschafft, als du dich bei der Polizei beworben hast? Hast wohl ein Double dafür engagiert, was?« Sie grinste und knuffte ihn in die Flanke.

»Statt freche Fragen zu stellen, erzähl mir lieber, wie Rosa Andersen in das gesamte Schema passt.«

»Das überlege ich auch die ganze Zeit.« Molly blieb in der Eingangstür einer Parfümerie stehen. Schon lange träumte sie von einem Bademantel, der so flauschig war wie der, der hier auf der Stange hing.

»Steht dir sicher gut.« Malte taxierte sie von oben bis unten. »Willst du den eben anprobieren? Ich gebe gern mein fachmännisches Urteil dazu ab.«

»Das könnte dir so passen!« Molly ließ den Ärmel los und ging weiter. »Wie die Rosa ins Konzept passt, willst du wissen? Wenn ich meiner Fantasie freien Lauf lassen dürfte, würde ich als Erstes die These aufstellen, dass sie schrecklich eifersüchtig ist.«

»Eifersucht macht Frauen von vornherein verdächtig«, sinnierte Malte. »Sie ist ein so verdammt klassisches Mordmotiv, klassischer geht es gar nicht.«

»Rosa muss gelitten haben wie ein Tier, als Roluf Ahlert mit Hilda Theisen seine Zukunftspläne geschmiedet hat. Ich frage mich, warum eigentlich aus den beiden, Roluf und Rosa, kein Paar geworden ist.«

Malte jaulte auf. »Das fragst du dich im Ernst? Du hast die Ausstrahlung dieser Frau erlebt. Lieber würde ich mit einem Eisbär kuscheln als mit Rosa Andersen.«

Molly fühlte sich veranlasst, ihrer Geschlechtsgenossin, auch wenn sie ihr unsympathisch war, solidarisch beizustehen. »Nun übertreib mal nicht. Ahlert ist auch nicht gerade ein Herzenswärmer. Aber gut, das ist nicht unser Bier. Akzeptieren wir einfach, dass die beiden liebestechnisch nicht zusammenpassen, sich beruflich aber gut ergänzen. Nichts spricht gegen so eine Beziehung.«

»Ernst wird es nur, wenn die Dame dem Herrn entgegenschmachtet, der Herr sein Herz aber einer anderen schenkt«, sprach Malte betont geschwollen.

»In dem Fall blüht die Eifersucht auf, und damit gerät viel Sand ins Getriebe. Aber all diese Überlegungen sind für uns nur am Rande interessant. Wir haben nicht den mysteriösen Tod von Hilda Theisen aufzuklären, sondern die Morde an den drei anderen Frauen. Ob die von Rosa Andersen verübt wurden, sei dahingestellt. Ihr Motiv wäre mir zum jetzigen Zeitpunkt schleierhaft.«

»Aber wir suchen eine Spur, die von Hilda Theisen zu den anderen Opfern führen könnte«, insistierte Malte.

Sie liefen am Fischrestaurant Gosch vorbei, das auch in Timmendorfer Strand mittlerweile unumgänglich war, und erreichten das Ende der Kurpromenade.

Molly zeigte auf das Gebäude, in dem Jannas Lesecafé lag. »Hier isses.« Sie ging durch die offen stehende Eingangstür direkt auf ihre Freundin zu, die gerade am Verkaufstresen Sandwiches arrangierte. »Hi, Janna.«

Janna kam hinter der Theke hervor, umarmte sie, begrüßte Malte und musterte ihn bemüht unauffällig.

»Du schickst uns aber nicht wirklich aufs Herrenklo, oder?«, fragte Molly.

Malte stand mit irritiertem Blick daneben.

»Ich hab euch unseren kleinen Aufenthaltsraum reserviert«, sagte Janna. Sie bat die beiden, ihr zu folgen.

Als sie den Raum betreten hatten, schob Janna die Tür halb zu. »Siehst du den Mann«, raunte sie Molly zu, »der an dem Tisch gleich neben der Tür sitzt, mit dem dicken Schmöker in der Hand?«

Im Schutz der Tür guckte Molly zu dem Gast hinüber. »Wer ist das?«, fragte sie leise.

»Das ist Heiko Theisen, der Sohn von Hilda und Martin Theisen.«

Jannas Worte weckten auch Maltes Neugier. Er stellte sich hinter Molly und guckte ihr über die Schulter.

Sie wich zurück und trat ihm dabei versehentlich auf den Fuß. »Anzug, schiefer Absatz und 'ne Tchibo-Uhr«, zischelte sie, »das sind die Typen, die ich liebe.«

Malte blickte erschrocken drein. »Meinst du mich?«

»Trägst du 'nen Anzug?« Molly drückte die Tür zu. »Nein, ich meine Heiko Theisen. Du kennst ihn näher, Janna?«

»Nee«, erwiderte Janna, »den kennt niemand näher. Ich glaube, der kennt sich nicht mal selbst. Er hat zu keinem Menschen im Ort privaten Kontakt. Wir kennen ihn nur vom Sehen. Er macht was mit Technik. Computer und so. Selbständig. Lebt bei Vattern im Keller. Wenn er überhaupt mal rauskommt aus seinem Loch, dann nur, weil er zu einem eiligen Kunden muss.«

»Was macht er dann bei dir im Café?«

»Dem wird es nicht anders gehen als jedem anderen. Wenn der Herzmuschelmörder zugeschlagen hat, denken alle an seine Mutter, und mein Laden ist nun mal der Top-Nachrichtenumschlagplatz von Timmendorfer Strand. Heiko sitzt hier, weil er wissen will, ob die Ermittlungen schon was ergeben haben. Dem ist sicher genauso an der Aufklärung des jüngsten Falles gelegen wie seinem Vater und wie euch selbst. Niemand glaubt daran, dass Hilda Theisen an ihrer Alkoholsucht starb, und niemand glaubt, dass es zwei Herzmuschelmörder gibt.«

»Interessant«, sagte Molly. »Dann werden in deinem Café oder im Buchladen wohl schon Wetten darauf abgeschlossen, wer der Mörder ist.«

Janna verkniff sich mit Mühe ein Grinsen.

Molly schloss aus der Miene ihrer Freundin, dass sie richtig geraten hatte. »Auf wen wird gesetzt?«

»Das will ich jetzt auch wissen.« Malte hob sich auf die Zehenspitzen, streckte den Rücken und machte ein Gesicht wie Kriminaldirektor Willi Wichtig in Aktion.

Janna zuckte mit den Schultern. »Och, die einen sagen so, die anderen so.«

Molly stöhnte auf. »Janna, wenn du so freundlich wärst, das eine ›So‹ durch einen Namen und das zweite ›So‹ durch einen anderen Namen zu ersetzen? Dann ernenne ich dich auch zur Kommissarin ehrenhalber.«

»Na gut, wenn ich das dann auch bezahlt bekomme.«

»Janna, mach's nichts so spannend. Wer wird hier gehandelt?«

»Martin Theisen natürlich und Roluf Ahlert. Das ist aber völlig unverbindlich bitte, ja? Das sind nur Gerüchte. Keiner weiß nichts und ich schon gar nicht.«

»War Martin Theisen denn nicht in Timmendorfer Strand, als seine Frau starb?«, fragte Molly. »Die Kollegen in Dänemark haben ihn garantiert nach seinem Alibi gefragt. Er hatte doch nun echt ein Motiv.«

Janna hob die Achseln. »Von einem Alibi weiß ich nichts. Es hat sich vermutlich niemand darum geschert, wo Martin Theisen sich aufhielt, als seine Frau in Dänemark war. Erst als ihr Tod publik wurde, sind die Leute auf ihn aufmerksam geworden. Dass er als Ehemann kurz nach der Todesnachricht auf Bornholm war, schien jedem selbstverständlich, auch wenn Hilda mit ihrem Geliebten auf die Insel gefahren war.«

»War Heiko auch auf Bornholm?«, fragte Malte.

»Ja, er und Martin sind zusammen hingefahren. Wie es heißt, am selben Tag, an dem Hilda gefunden wurde.«

»Wie alt war Heiko Theisen damals?«

»Irgendwas um Anfang zwanzig.«

»Dann sind die zwei auf Bornholm mit Roluf Ahlert zusammengeprallt«, überlegte Molly. Sie öffnete die Tür noch einmal einen Spalt breit. »Und jetzt sitzt er hier und liest ein Buch und trinkt einen Kaffee.«

»Kamillentee.«

»Oder so. Etwas ungewöhnlich ist er schon.« Molly schloss die Tür wieder. »Werden nur diese zwei, Theisen und Ahlert, als Täter gehandelt? Ich meine, das ist ein bisschen einfallslos. Malte und ich haben uns schon darüber mokiert, dass beide Männer sich gegenseitig beschuldigen. Gibt es nicht noch Geheimtipps? Unbeteiligte haben doch oft mehr Fantasie als die Betroffenen.«

Janna hob abwehrend die Hände. »Ich höre, sehe und sage grundsätzlich nichts. Ich weiß nur eins: Wenn ihr den Täter habt, seht zu, dass er nicht dem Heiko Theisen in die Finger gerät. Dann wird es nämlich ernst.«

»Keine Angst«, sagte Malte. »Wir passen schon auf.«

Jannas Wangen hatten Farbe angenommen. »Wenn jemand fragt, woher ihr euer Wissen habt – ich verkaufe nur Bücher und Snacks. So, und euch beiden bereite ich jetzt was Feines zu. Was möchtet ihr denn trinken?«

»Wasser«, sagte Molly, »und ein Kännchen Tee bitte.« Auch Malte bat um ein Wasser.

»Zwei Wasser, ein Tee und ein paar Häppchen.« Janna öffnete die Tür. »Es reicht, wenn andere Leute Gerüchte verbreiten«, sagte sie mit einem mahnenden Blick über die Schulter und verzog sich eilig in die Küche.

Malte schloss die Tür hinter ihr, lehnte sich dagegen und hielt die Klinke fest, als befürchtete er, dass gleich wieder jemand eintreten könnte.

»Ich würde mich keiner der beiden Wetten anschließen«, sagte er mit leiser, aber resoluter Stimme. »Nicht Theisen und nicht Ahlert. Aber ich gehe auch davon aus, dass alle vier Frauen ein und demselben Mörder über den Weg gelaufen sind. Einem, der sie ganz gezielt aufgrund ihrer Haarfarbe ausgesucht hat und wer weiß, wegen welcher weiterer Eigenschaften.«

Molly stimmte ihm zu. »Es wird auch die Ausstrahlung gewesen sein. Ein Merkmal allein reicht meist nicht aus, um Opfer eines Serientäters zu werden.«

»Wie dem auch sei«, fuhr Malte fort, »wenn es einer aus der engsten Umgebung wäre, der Ehemann oder der Lover, wäre die Sache viel zu einfach. Ich hätte einen viel spannenderen Tipp.«

Er legte einen Finger an den Mund, als wollte er seine Lippen verschließen.

»Och komm.« Molly rüttelte ihn an der Schulter. »Rück raus damit.«

»Tina Berner und Sabrina Kock haben gestern den Skulpturen-Workshop erwähnt, den Annika Ketelsen besucht hat. Und Roluf Ahlert hat von einem Aquarellmalkurs gesprochen, an dem Hilda teilgenommen hat.«

Mollys Knie wurden weich. »Komm, wir setzen uns schon mal an den Tisch«, sagte sie und nahm Platz. »Janna wird gleich das Essen bringen.«

Vor Eifer strotzend ließ Malte sich auf den Stuhl ihr gegenüber plumpsen und stützte die verschränkten Arme auf. Aufgeregt kippelte er mit dem Sitz nach vorn. »Wir sollten als Erstes nach den Künstlern suchen. Da gibt es Überschneidungen, ich hab das im Gefühl. Ich schätze, die Opfer haben alle so einen Kurs besucht.«

»Dann hoffe ich für uns«, sagte Molly, »dass mit deinem Gefühl alles in bester Ordnung ist. Das wird eine aufwendige Suche. Wir haben keine Namen der Seminaranbieter, und Künstler gibt es an der Ostseeküste so viele wie Sandkörner.« Sie wandte den Blick von Malte ab. »Wie sollen wir einen Mann finden, der vor zehn Jahren auf Bornholm einen Malkurs angeboten hat?«

»Wir fragen Martin und Heiko Theisen, ob sie den Namen des Malers wissen«, sagte Malte. »Und wenn sie nicht weiterhelfen können, beginnen wir eben mit dem Künstler, an dessen Skulpturen-Workshop Annika Ketelsen teilgenommen hat.«

Durch Mollys Magen fuhr eine Achterbahn. Doch als Chefin der Soko durfte sie sich nicht gegen Maltes Vorschlag sperren. »Hmhm, okay. Ja, das machen wir.«

»Ist dir nicht gut?«, fragte Malte.

»Nur ein bisschen flau im Magen. Das gibt sich gleich wieder, wenn ich was gegessen hab.«

»Fein.« Malte rieb sich tatendurstig die Hände. »Nach dem Essen ruf ich den Wichmann an und frag ihn, ob wir heute Nachmittag zu den Ketelsens fahren können. Was meinst du, wäre das okay?«

Molly stimmte zu. »Für die Ermittlungen wäre es gut, wenn das heute möglich wäre. Anschließend reden wir mit den Angehörigen der beiden früheren Opfer. Wir müssten in Erfahrung bringen, ob Katja Born und Paulina Kröger auch an Kursen teilgenommen haben.«

»Und dann brauchen wir so bald wie möglich die Ermittlungsakten der Kollegen aus Dänemark.«

»Unbedingt«, sagte Molly kleinlaut. Wieder spürte sie die Blockade in sich. Doch wenn sie sich selbst treu bleiben wollte, durfte sie keinen Rückzieher machen.

Auf einem Tablett brachte Janna die Getränke, einen Becher und Gläser herein. »Das Essen kommt gleich«, sagte sie und verschwand wieder.

Malte zog sein Smartphone aus der Jackentasche. »Ich ruf den Wichmann jetzt sofort an. Dann kann er den Termin mit den Ketelsens absprechen.«

»Okay.« Molly gab sich einen Ruck. »Die Theisens müssen wir ebenfalls kurzfristig befragen. Heute, spätestens morgen. Rufst du auch bei denen an?«

Malte nickte. Während er darauf wartete, dass sein Chef sich meldete, sprudelten die Ideen weiter aus ihm heraus. »Wichmann soll auch bei der Behörde in Dänemark noch mal höchstpersönlich Gas geben. Die Herausgabe der Akten kann doch so lange nicht dauern. Wir können ja fast nach Dänemark rüberwinken.«

Wichmann meldete sich.

Lebhaft brachte Malte seine Anliegen vor. Er machte richtig Druck beim Chef. Wenn er still sein musste, weil der Kriminaldirektor ihm Antwort gab, blinzelte er Molly aufgeräumt zu.

»Der Termin am Nachmittag ist fix«, sagte Malte, als das Telefonat beendet war. »Fünfzehn Uhr. Wichmann hat mit den Ketelsens gesprochen, noch während ich mit ihm telefoniert hab.«

Janna brachte die Teller mit den Snacks herein. »Lasst es euch schmecken.«

»Danke«, sagte Molly mechanisch. Sie griff zur Gabel und ließ sie gleich wieder sinken.

Kein Appetitzügler hatte eine so durchschlagende Wirkung wie der Mordfall Annika Ketelsen.

14

An der Schwelle zu seinem Büro blieb Malte stehen. Zuerst guckte er auf die Uhr, dann drehte er sich zu Molly um, die gerade Treppe in den ersten Stock hinaufsteigen wollte. »Wir haben nur noch eine halbe Stunde«, sagte er, »dann müssen wir los. Da lohnt es sich kaum, sich noch mal an den Schreibtisch zu setzen.«

»Tapp nicht in die Zeitfalle«, rief Molly ihm zu. »Jeder Augenblick lässt sich mit etwas Sinnvollem füllen.«

Als sie ihr Büro betrat, klingelte das Telefon. An der Vorwahl erkannte sie, dass der Anruf aus Dänemark kam. »Kriminalhauptkommissarin Molly Bleck, Sonderkommission Mysterious«, meldete sie sich in aller Form.

»Hej, Molly. Thure Petersen hier, Kriminalpolitiet Bornholm.«

»Hej, Herr Petersen, äh, Thure.« Blitzschnell schaltete Molly von beamtenmäßig kühl auf skandinavisch-kollegial um. Sie erinnerte sich noch gut an den Dänisch-Kurs, den sie vor langer Zeit an der Volkshochschule absolviert hatte. So wie im Englischen gab es im Dänischen kein ›Sie‹, und in Dänemark ging es generell denkbar fröhlich, freundlich und formlos zu, wie die Dozentin, eine gebürtige Dänin, ihnen beigebracht hatte.

»Willem hat gesagt, du wartest sehnlichst auf meinen Anruf«, sagte Thure. Sein dänischer Zungenschlag mit dem scharfen, akzentuierten ›s‹ machte ihn noch sympathischer, als seine Stimme allein schon klang.

»Ja«, erwiderte Molly, die noch immer etwas verunsichert war. Der Kollege redete mit ihr, als wären sie einander seit Langem in bester Freundschaft verbunden. Sie wusste nicht, wie er aussah, hatte aber sofort ein Bild von ihm vor Augen: kräftig, blond, gemütlich.

»Wir haben die Akten zu dem Fall Hilda Theisen heute Morgen zu euch auf den Weg gebracht. Du müsstest sehr bald in eurem System darauf zugreifen können.«

»Das ist eine gute Nachricht«, sagte Molly. »Ich probiere das gleich mal. Ohne einen Blick in eure Unterlagen wären wir ziemlich aufgeschmissen. Du kennst das sicher: Wenn man fremde Akten liest, findet man entweder Hinweise, die weiterhelfen, oder man kann bestimmte Verdachtsmomente, die einem durch den Kopf geistern, für die weiteren Ermittlungen ausschließen.«

»Ja, das kennen wir nur zu gut. Kann ich dir denn am Telefon schon mit etwas weiterhelfen? Brauchst du eine Auskunft zu einem bestimmten Anliegen?«

Molly fiel Malte ein, der im Erdgeschoss an seinem Schreibtisch saß und hoffentlich nicht in einen kurzen Büroschlaf verfallen war. »Einen Augenblick bitte, Thure, ich rufe eben meinen Kollegen dazu und schalte den Lautsprecher ein, damit er mithören kann.«

Sie hielt die Hand vor die Sprechmuschel und rief, so laut sie konnte. »Malte? – Malte! Hörst du mich?«

»Was ist denn? Das klingt ja wie ein Überfall.«

»Unser Kollege aus Dänemark ist in der Leitung.«

Malte sprang die Treppe hinauf und setzte sich zu ihr.

Molly drückte auf die Lautsprechertaste. »Thure? Bist du noch da? Mein Kollege Malte Graf sitzt jetzt neben mir.«

»Hej, Malte. Thure hier.«

»Hej, Thure. Schön, dich zu hören.«

»Ja, dann kann es jetzt losgehen mit euren Fragen. Die Ermittlungen zu dem Fall habe ich selbst geleitet. Ich kann euch also hoffentlich alles erzählen, was ihr wissen wollt.«

»Ihr habt vermutlich gehört«, begann Molly, »dass wir in drei Fällen ermitteln, die uns an Hilda Theisen erinnern. Wie sicher ist es, dass sie nicht ermordet wurde?«

»Nun, die rechtsmedizinischen Untersuchungen hatten ergeben, dass sie an einer zu hohen Dosis verschiedener Medikamente in Verbindung mit großen Mengen an Alkohol gestorben ist. Der Alkohol allein hätte schon tödlich sein können. Gewalteinwirkungen haben wir nicht festgestellt. Kein Sexualdelikt, keine Hämatome, keine Knochenbrüche, keine Hautabschürfungen.«

»Und ein Suizid?«, fragte Malte.

Thure wägte seine Antwort offenbar gründlich ab. »Sagen wir so: Wir haben keinen Abschiedsbrief gefunden. Weder bei ihr noch im Ferienhaus oder auf dem Grundstück. Aber wenn ihr mich fragt: Wer so viel Gift in sich hineinschüttet, der bringt sich auf gewisse Weise selbst um, meint ihr nicht? In meinen Augen ist so etwas Selbstmord auf Raten.«

Molly konnte nicht anders, sie musste ihm recht geben. Was für ein trauriges Leben hatte Hilda Theisen geführt!

»Wie ist denn das mit dem Alibi von Roluf Ahlert? War das wasserdicht?«

Thure lachte. »Wasserdicht ist gut. Nein, das war es sicher nicht. Die beiden hatten sich in ihrem Ferienhaus – wie sagt man – eingeigelt. Sie haben die Ruhe genossen, den Wind um die Nase und den Strand vor ihrer

Tür. Es war niemand in ihrer Nähe, der sie hätte beobachten können. Ahlert hat uns gesagt, er war den ganzen Abend im Ferienhaus. Es gab keine Zeugen dafür, aber wir hatten keinen Grund, ihm nicht zu glauben.«

»Gab es in der Zeit, in der sie auf Bornholm waren, Strandpartys oder andere öffentliche Veranstaltungen in dem Bereich, in dem sie wohnten?«, fragte Molly.

»Nein, es war sehr ruhig dort.«

Im Geiste formulierte Molly die nächste Frage. Ihr Herz schlug dabei wie wild. Sie legte eine Hand an den Hals. »Soweit wir informiert sind, hat Hilda einen Malkurs besucht. Der Lehrer soll ein deutscher Künstler gewesen sein. Wisst ihr, wie er hieß und woher er kam?«

»Einen Malkurs? Nein, das ist mir neu.«

Malte warf Molly einen erstaunten Blick zu.

»Hat er den euch gegenüber wirklich nicht erwähnt?«, fragte Molly. »Denk bitte noch mal ganz scharf nach.«

»Nein«, sagte Thure, »von einem Malkurs haben wir nichts gehört, ich schwöre. Wir haben aber auch nicht gezielt danach gefragt. Es gab keine Veranlassung dazu.«

»Okay, verstehe. Bei den Frauen, zu deren Todesfällen wir recherchieren, hat der Mörder ein Gedicht hinterlassen, einen Vierzeiler. Hat es bei Hilda Theisen auch so etwas gegeben?«

»Einen Vierzeiler? Nein, damit kann ich leider auch nicht dienen. Ich weiß, ihr wollt darauf hinaus, dass Hilda Theisen ermordet wurde und dass der Mörder auch eure drei Opfer auf dem Gewissen hat. Aber ich glaube, da liegt ihr falsch.«

»Habt ihr festgestellt, dass bei der Leiche, als ihr sie gefunden habt, eine Haarsträhne abgeschnitten war?«

»Nej, auch nicht. Tut mir leid.«

Malte sackte auf seinem Stuhl zusammen und machte ein langes Gesicht.

Auch Molly spürte die Enttäuschung. »Okay. Dann gibt es nicht so viele Parallelen, wie wir geglaubt hatten. Ich vermute, ihr habt die Leiche von Frau Theisen auf fremde DNA hin untersucht?«

»Ja, das haben wir. Es ist nicht viel dabei herausgekommen. Wir haben DNA von Roluf Ahlert an ihrer Kleidung und an ihrem Schmuck gefunden. Auch die von ihrem Mann. Der kam sofort nach Bornholm, als er die Nachricht vom Tod seiner Frau erhielt, und er hat gut mit uns kooperiert. Genauso wie sein Sohn.«

»Das muss eine schwierige Situation für euch alle gewesen sein«, sagte Molly.

»Oh ja, das sag ich dir. Martin und Heiko Theisen waren von Anfang an davon überzeugt, dass Roluf Ahlert ihre Frau und Mutter umgebracht hat. Wir haben vergeblich versucht, den beiden klarzumachen, dass Hilda keine Gewalt angetan worden war.«

»Apropos keine Gewalt«, warf Malte ein. »Ist die Leiche auch auf K.-o.-Tropfen hin untersucht worden?«

Thure blieb einen Moment lang stumm, dann seufzte er. »Ihr wisst, GHB oder Liquid Ecstasy ist im Nachhinein schwierig nachzuweisen. Dafür war bereits zu viel Zeit vergangen, als die Tote gefunden wurde.«

»Ja«, sagte Molly, »das ist immer das Problem bei diesem Stoff. Aber erzähl ruhig weiter. Vater und Sohn Theisen sind auf Bornholm auf Roluf Ahlert geprallt. Wie hat Roluf auf die beiden reagiert?«

»Er ist Martin an den Hals gesprungen und hat ihn beschuldigt, ihnen heimlich nach Bornholm gefolgt zu sein und Hilda ermordet zu haben.«

»Habt ihr geprüft, ob er wirklich erst an dem Tag angereist ist, an dem Hilda gefunden wurde?«

Wieder überlegte Thure, was er antworten sollte. »Wir haben ihn zu Hause auf dem Festnetz erreicht.«

»Er kann sich auf Bornholm aufgehalten und die Festnetznummer aufs Handy umgeleitet haben. Habt ihr das überprüft?« Mollys Ton klang härter als beabsichtigt.

»Nein. Das war wohl ein Fehler, wie ich heute erkenne. Da keine Hinweise auf ein Tötungsdelikt vorlagen, sind wir in dem Punkt nicht so in die Tiefe gegangen. Und wenn ihr Martin Theisen und seinen Sohn gesehen hättet, dann hättet ihr selbst als hartgesottene deutsche Kriminaler ausgeschlossen, dass einer der beiden Hilda ins Jenseits befördert haben könnte. Ein klein wenig kennen wir die mennesker, glaubt mir.«

»Die was?«, fragte Malte verdutzt.

»Die Menschen«, übersetzte Molly ihm das unbekannte Wort.

»Wir haben nur ein einziges DNA-Material entdeckt«, fuhr Thure fort, »das wir niemandem zuordnen konnten: ein ganz feines hellblondes Haar auf der Schulter des T-Shirts, das Hilda bei ihrem Tod trug. Die DNA-Analyse ergab, dass es weder Roluf Ahlert noch Martin oder Heiko Theisen gehörte. Da es, wie gesagt, keine Hinweise auf Gewalt gab und niemand in den Stunden vor ihrem Tod in Hildas Nähe gesehen wurde, haben wir nach der unbekannten Person nicht gefahndet.«

Molly guckte Malte an. »Hast du noch Fragen?«

Er schüttelte den Kopf. »Im Moment nicht. Vielleicht, wenn ich die Unterlagen gesehen habe.«

Die Kommissarin wandte sich wieder dem Telefonapparat zu. »Danke, Thure, das wär's fürs Erste.«

»Gern geschehen. Und guckt mal in euer System. Da müssten die Unterlagen jetzt drinnen sein.«

»Mach ich sofort.«

»Ruft gerne an, wenn ihr noch was wissen wollt.«

»Machen wir. Tak og farvel, Thure.«

»Farvel, Molly. Farvel, Malte.«

Molly legte den Hörer auf.

Malte saß mit hängenden Schultern da. »Kein Gedicht mit roten Lippen, keine abgeschnittene Haarsträhne. Sieht ganz so aus, als hätte unser Mörder nichts mit Hilda Theisen zu tun.«

»Da wäre ich nicht so sicher.«

Molly stand auf und ging ans Fenster. Auf dem Brunnen saßen Möwen. Am Strand tummelten sich Liebespaare und Eltern, die mit ihren Kindern spielten. Und hinten auf der See segelten Boote daher. Was für eine traumhafte Kulisse! Die Leute hatten längst vergessen, was sich in der Nacht zum Sonntag hier ereignet hatte.

Sie drehte sich zu Malte um. »Roluf Ahlert könnte die Verbindung zwischen allen Todesfällen sein.«

»Wie kommst du darauf?«

Molly zuckte mit den Schultern. »Bauchgefühl.«

»Soso, Bauchgefühl.« Malte rieb sich über den Magen und stand auf. »Okay, ich geh schon mal runter, trinke noch schnell einen Espresso, und dann müssen wir bald los, zu den Eltern von Annika Ketelsen.«

»Ich komme gleich nach. Ein paar Minuten bleiben uns noch.«

»Jaja, ich weiß. Jeder Augenblick lässt sich sinnvoll nutzen.« Malte winkte ihr zu und verließ das Büro.

Molly setzte sich wieder an den Schreibtisch und meldete sich bei dem System an, in dem die Unterlagen aus

Dänemark mittlerweile gespeichert sein mussten. Fünf Klicks, dann hatte sie die Akten gefunden. Sie scrollte durch eine Liste mit Dokumenten. Zuoberst fand sie die Protokolle der Gespräche mit Roluf Ahlert und den beiden Theisens. Weiter unten standen die Berichte der Kriminaltechnik und der Rechtsmedizin.

Mit zittriger Hand führte sie den Mauszeiger auf die DNA-Analyse des Haares, das bei Hilda Theisen gefunden wurde. Sie schloss die Bürotür, damit Malte das sanfte Surren des Laserdruckers nicht hörte, und druckte das Dokument aus.

Hastig schob sie das Papier in einen Umschlag und verstaute ihn in ihrer Handtasche. Dann meldete sie sich von dem System ab und fuhr den Rechner herunter.

Ein Blick auf die Uhr verriet ihr, dass sie noch drei Minuten hatte. Sie wählte Jannas Handynummer.

»Hi, Molly«, meldete Janna sich. »Habt ihr Hunger, soll ich euch noch was bringen lassen?«

»Janna, ganz kurz nur. Ich hab eine riesige geheime Bitte an dich. Malte und ich fahren gleich nach Lübeck. Ich werde ihn überreden, vorher noch einen Schlenker bei dir vorbei zu machen. Du musst bitte eine Sache für mich übernehmen.«

»Da bin ich gespannt.«

»Bist du in fünf bis acht Minuten im Laden, und bist du dann für mich unter vier Augen zu sprechen?«

»Im Laden bin ich den ganzen Tag, und du weißt, für dich hab ich immer Zeit.«

»Dann bis gleich. Danke, Janna.«

Sie nahm ihre Handtasche und ging zu Malte hinab.

Er erwartete sie bereits mit dem Autoschlüssel in der Hand.

»Würdest du mir einen ganz großen Gefallen tun?«, sagte sie. »Ich muss noch eben bei Janna vorbei. Die Zeit haben wir. Fährst du mich schnell rum?«

»Klar.« Er geleitete Molly zum Wagen. »Was gibt es denn so Wichtiges?«, fragte er, als er die Autotüren entriegelte.

Molly nahm auf dem Beifahrersitz Platz, befestigte geschäftig den Sicherheitsgurt und lächelte Malte dankbar an. »Wie gut, dass du nicht neugierig bist.«

Malte verstand. Er startete den Motor und fuhr Molly so dicht wie möglich an Jannas Café am Ende der Fußgängerzone heran. »Ich warte hier«, sagte er. »Nicht, dass du noch deine Meinung über mich änderst.«

Molly sprang aus dem Wagen und rannte auf Jannas Lesecafé zu.

Janna stand in dem Bereich ihres Ladenlokals, in dem die Buchhandlung untergebracht war. Sie sortierte Bücher in ein Regal ein, legte die Exemplare aber sofort auf einem Tisch ab, als sie Molly erblickte.

»Komm ins Büro«, sagte sie und ging voran.

Molly schloss die Tür hinter sich. »Stell mir jetzt bitte keine Fragen, ich hab nur einen Augenblick Zeit. Heute Abend erklär ich dir alles.« Sie holte den Umschlag mit dem Ergebnis der DNA-Analyse hervor.

»In der untersten Schublade der Kommode in meinem Schlafzimmer findest du eine kleine Schmuckschatulle.«

Janna zog die Augenbrauen hoch. »Wie gut, dass dein Schmuck in der Kommode im Schlafzimmer liegt. Kein Einbrecher käme jemals darauf, da nachzugucken.«

»Janna, bitte. Ich hab wirklich keine Zeit, und mir steht auch nicht der Sinn nach Ironie. In der Schatulle befindet sich ein silbernes Medaillon. Du kennst es, ich hab das früher an einer Kette um den Hals getragen.«

»Du und Ole, ihr hattet beide so ein Teil. Ich hab mich immer darüber gewundert.«

»Es sind Haare darin.«

Janna verzog das Gesicht. »Haare?«

»Haare. In Oles Medaillon lag eine Locke von mir und in meinem eine Haarsträhne von ihm. Nein, jetzt frag nichts weiter, bitte. Ich muss gleich wieder gehen, Malte wartet an der Straßenecke im Auto auf mich.«

»Was soll ich mit dem Medaillon tun?«

»Bitte nimm ein Haar heraus. Eins nur, höchstens zwei, die anderen will ich behalten. Dann suchst du ein Labor, das DNA-Analysen für Vaterschaftstests macht.«

»Ist das nicht verboten? Darüber hat doch mal was in der Zeitung gestanden. Es gab sogar Gerichtsprozesse.«

»Das ist jetzt schietegal, Janna. Ich brauch die Analyse nicht beruflich, ich brauch sie privat. Schick bitte dieses Papier dahin. Es ist die Analyse der DNA einer unbekannten Person. Das Labor soll die DNA von Ole mit dieser hier vergleichen. Das alles läuft bitte auf deinen Namen. Egal, wie teuer es ist, ich zahle jeden Preis.«

Janna nahm ihr das Papier aus der Hand. »Ich vermute, das soll spätestens bis vorgestern erledigt werden.«

Molly standen die Tränen der Erleichterung in den Augen. »Wenn es möglich ist, auch gerne eher.«

»Das wird schon. Ich übernehm das gleich und mach dem Labor mächtig Feuer unterm Hintern. Ich sag einfach, es geht um eine Vaterschaftsfrage im Zusammenhang mit einem ranghohen europäischen Thronfolger.«

»Lieber nicht«, sagte Molly, »dann hast du gleich die Presse am Hals.«

Molly stand auf. »Wir sehen uns heute Abend. Ich weiß nicht genau, wann ich nach Hause komme. Malte und ich haben einige wichtige Gespräche in Lübeck zu führen. Aber es wird früh genug sein, dass noch Zeit für einen Klönschnack mit dir bleibt.«

»Ich bleib auf jeden Fall auf, bis du zurück bist.« Janna schlang ihre Arme um Molly und drückte ihre Freundin liebevoll an sich. »Nicht doch noch ein bisschen Nervennahrung für unterwegs?«, fragte sie, als sie sich wieder voneinander gelöst hatten.

Molly schüttelte den Kopf. »Danke, Janna. Du tust so viel für mich. Ich hoffe, ich kann mich eines Tages revanchieren.«

Sie lief aus dem Büro und winkte Janna von der Straße aus noch einmal zu.

Malte wartete geduldig im Parkverbot und diskutierte lautstark mit einem Beamten der uniformierten Polizei.

»Da kommt meine Kollegin«, hörte sie ihn sagen.

»Sie hatten gerade einen Einsatz?«, fragte der Beamte.

Molly kramte ihr charmantestes Lächeln hervor. »Es ging dabei um Leben und Tod.«

15

Wenn Molly zu der Zeit, als sie Abitur machte, gewusst hätte, wie hart es war, mit den Angehörigen eines Mordopfers kurz nach Aufdeckung der Tat zu sprechen, hätte sie sich wahrscheinlich für eine andere Tätigkeit entschieden. Aber diese Momente gehörten inzwischen zu ihrem Leben, und sie konnte sich keinen anderen Beruf vorstellen, der sie so ausgefüllt hätte wie dieser.

Die Atmosphäre im Haus der Ketelsens war erdrückend. Als der Vater des Opfers die Tür öffnete, schlug Molly eine unermessliche Trauer entgegen. Das zurückhaltende Lächeln, das sie üblicherweise zeigte, wenn sie jemanden begrüßte, gefror bei seinem Anblick wie Regen auf vereistem Asphalt.

Für den Vater einer Frau von fünfundzwanzig Jahren wirkte Ketelsen uralt. Aus den Akten wusste Molly, dass er Ende fünfzig war. In den letzten Tagen musste er um Jahre gealtert sein. Mit schlaffer Hand begrüßte er die Ermittler. Dann führte er sie wortlos ins Wohnzimmer.

Auch die Mutter von Annika war ein Schatten ihrer selbst. Während der Vater sich in eine Ecke zurückzog und fast verschluckt wurde von dem tiefen Ledersessel, einem Einzelstück, das wohl als Fernsehsessel diente, hockte die Mutter auf der Sofakante und nestelte an den Ärmeln ihres Pullis herum.

Offensichtlich zu schwach, sich zu erheben, blieb sie sitzen, als Molly und Malte den Raum betraten.

Die Ermittler gaben ihr die Hand, trauten sich aber nicht, fest zuzudrücken. Sie sprachen den Eltern ihr Mitgefühl zum Tod von Annika aus und nahmen Platz.

»Werden Sie ihn finden?«, fragte Monika Ketelsen.

Molly suchte nach einer dieser schrecklich unsinnigen Ausflüchte und hoffte, Worte zu finden, die mehr als leere Hülsen waren. »Wir setzen all unsere Energie in die Ermittlungen.«

Das war nicht überzeugend, doch es klang besser als ein hoffnungsloser Satz wie ›Lassen Sie uns ein wenig Zeit.‹ oder ›Wir stehen noch ganz am Anfang.‹.

»Wer macht so etwas?«, fuhr die Mutter verzweifelt fort. »Unsere Annika war so ein lieber Mensch. Sie hat nie jemandem etwas angetan.«

Das war auch so ein Satz. Molly hatte ihn schon unzählige Male gehört. Er war ein fester Bestandteil dieser Situation. Die Opfer konnten sich nicht mehr verteidigen. Die Hinterbliebenen fühlten sich oft schuldig, nicht genügend auf die Angehörigen achtgegeben zu haben, und stellten sie als gänzlich unbedarfte Wesen dar.

Alles verständlich. Doch es half bei den Ermittlungen nicht weiter. Molly sammelte sich innerlich.

Fakt war: Annika hatte sich in einer ungeschützten Umgebung einem Mann anvertraut, den sie kaum kannte. Sie hatte mit ihrem Leben dafür bezahlt. Nun mussten Malte und sie herausfinden, wer dieser Mann gewesen war. So, wie ein Chirurg dem Patienten nicht helfen konnte, ohne ihm den Bauch aufzuschneiden, mussten sie als Ermittler die Eltern mit der harten Wahrheit konfrontieren. Dabei durften ihre Worte auf keinen Fall den Anschein eines Vorwurfs erwecken – als was sie auch nicht gedacht waren. Es war ein verbaler Drahtseilakt.

»Frau Ketelsen, hat Annika in der letzten Zeit vor ihrem Tod von einem Mann berichtet, den sie gerade erst kennengelernt hatte?«

Monika Ketelsens Blicke wanderten in die Vergangenheit. »Annika war eine hübsche junge Frau, attraktiv und lebhaft. Sie hat immer im Mittelpunkt gestanden. Unsere Tochter war sehr beliebt.«

»Das glaube ich Ihnen. Aber hat sie von einer neuen Bekanntschaft berichtet, von einem Mann, mit dem sie sich am Samstag auf dem Konzert hat treffen wollen?«

Es war, als hätte jemand ein Ventil geöffnet und die Luft aus Monika Ketelsens Lunge gelassen. Mit einem Schlag fiel die Frau in sich zusammen.

»Nein, davon hat sie kein Wort gesagt.«

Der Vater meldete sich aus der Tiefe seines knautschigen Sessels zu Wort. »Sie hatte niemanden in letzter Zeit. Sie hat sich mehr auf das Studium konzentriert als auf die Suche nach einem Partner.«

Die Mutter guckte unverwandt geradeaus, als hätte sie die Worte ihres Mannes nicht gehört.

»Annika hat Kunstgeschichte studiert, soweit wir wissen«, sagte Molly.

»Da laufen sowieso nur Frauen rum«, sagte Ketelsen tonlos. »Da lernt man keine Männer kennen.« Auch er sah weder seine Frau noch die Kommissare an. Er stierte auf den Fernseher, der ausgeschaltet war.

Molly wagte sich weiter vor. »Ihre Tochter hat kürzlich einen Skulpturen-Workshop besucht, wie wir von Sabrina Kock und Tina Berner wissen.«

»Skulpturen? Nein. Ein Zeichenkurs war das«, erklärte die Mutter. »Perspektivisches Zeichnen. Annika hat sich sehr für Architektur interessiert. Sie wäre gerne

Architektin geworden. Aber sie hätte das Studium nicht geschafft. Bauphysik und Statik waren ihre Sache nicht.«

Das Wort ›Architektur‹ löste ein Kribbeln in Molly aus. Würde sie ihr Bauchgefühl bestätigt finden?

»Wer hat den Kursus angeboten?«, fragte sie. »Wissen Sie den Namen?«

Die Mutter schüttelte den Kopf. »Um so was hab ich mich nicht gekümmert.«

Es hielt Molly kaum noch auf dem Sitz. Am liebsten wäre sie sofort aufgesprungen, in Annikas Zimmer gegangen und hätte dort nach Unterlagen gesucht.

»Gibt es eine Rechnung zu dem Kurs, die Annika aufbewahrt hat?«, fragte sie. »Oder eine Teilnehmerliste oder irgendetwas, das uns weiterhelfen könnte?«

Monika Ketelsen schüttelte den Kopf. »Das weiß ich nicht.«

Der Vater quälte sich aus dem Sessel. »Wenn's wichtig ist – ich geh mal gucken.«

»Nein«, kreischte seine Frau. »Du rührst Annikas Sachen nicht an. In das Zimmer geht niemand rein.« Ihre Stimme hätte Gläser bersten lassen können.

Malte mit seiner klaren, beruhigenden Art redete auf sie ein. »Die Information ist ungeheuer wichtig für uns. Wenn wir Glück haben, kann sie uns auf direktem Weg zum Mörder ihrer Tochter führen.«

Monika Ketelsen erhob sich schwerfällig. Sie stand auf wackeligen Füßen im Raum und versperrte ihrem Mann den Weg. »Annika hätte nicht gewollt, dass wir in ihren Sachen wühlen.«

Die Ermittler sprangen von ihren Sitzen auf. Molly, die nicht so viel Geduld aufbrachte wie Malte, berührte die Mutter am Arm.

»Frau Ketelsen, wir haben es mit einem Mann zu tun, der innerhalb von acht Jahren drei Frauen ermordet hat, vielleicht sogar eine vierte. Und er wird es wieder tun. Wenn Sie uns den Einblick in Annikas Unterlagen verweigern, zwingen Sie uns dazu, die Erlaubnis dafür vom Staatsanwalt einzuholen.«

Der Vater schob seine Frau behutsam zur Seite und schlurfte mit gesenktem Kopf aus dem Wohnzimmer. »Warten Sie nur, ich mach das schon.«

»Egon!«, rief Monika Ketelsen. Dann ließ sie sich von Malte und Molly zum Sofa zurückführen.

»Kann ich Ihnen etwas zu trinken bringen?«, fragte Molly. »Ein Glas Wasser vielleicht?«

Die Mutter reagierte nicht. Dennoch ging Molly in die Küche. Sie nahm ein Glas aus einem der Schränke und schenkte Wasser aus einer Flasche ein, die sie im Kühlschrank fand.

Auf dem Weg zurück ins Wohnzimmer kreuzte sie den Weg des Vaters, der die Treppe heruntergekommen war, einen Ordner unter dem Arm.

»Unsere Annika war ein ordentliches Mädchen. Sie hat schon immer alles jahrelang aufbewahrt, von den Kontoauszügen über Seminarpläne bis zu ihren Anmeldungen zu Sportvereinen, Urlaubsreisen und bestimmt auch zu diesem Zeichenkurs.«

»Hat sie nur einen Kurs besucht?«, fragte Molly.

»Ja, nur diesen. Der mit den Skulpturen sollte folgen.«

Er schlug den Ordner auf und holte ein Blatt heraus. »Anfang April war das, in Lübeck. In der Innenstadt haben sie und ein paar andere Studenten unter der Anleitung eines Architekturdozenten das Zeichnen von Häusern und Straßenzügen geübt.«

»Wie hieß der Dozent?«, wollte Malte wissen.

Ketelsen reichte ihm das Papier herüber.

Malte überflog die Zeilen. Dann guckte er Molly entgeistert an. »Wusstest du, dass Roluf Ahlert Zeichenkurse an der Volkshochschule gibt?«

Molly erwiderte nichts. Die Frage hatte im Bruchteil einer Sekunde einen Sturm in ihr ausgelöst, der sie taub und sprachlos machte. Sie nahm Malte das Blatt aus der Hand. »Perspektivisches Zeichnen. Dozent: Roluf Ahlert«, las sie kaum hörbar vor.

»Kennen Sie den Mann?«, fragte Egon Ketelsen.

Molly hob den Kopf und tat das, was Ketelsen vorhin getan hatte: Sie stierte gebannt auf den ausgeschalteten Fernseher. »Er ist Architekt in Niendorf. Wir sind ihm kürzlich begegnet.«

Sie wandte sich Egon Ketelsen zu. »Dürfen wir das mitnehmen? Ich vermute, Sie haben keinen Kopierer im Haus.«

»Doch, natürlich«, erwiderte Ketelsen. »Annika hat einen Multifunktionsdrucker in ihrem Zimmer. Da kann ich das kopieren.«

Er nahm das Blatt wieder entgegen und ging hinauf. Sein Gang hatte sich im Vergleich zu eben völlig gewandelt. War die Energie, die sich gerade geballt in Molly ausbreitete, auf seine Person übergesprungen?

Monika Ketelsen bewegte die Lippen. »Jetzt geht er wieder in Annikas Zimmer«, flüsterte sie.

Molly beugte sich vor, nahm ihre beiden Hände und drückte sie sanft. »Das ist ganz im Sinne Ihrer Tochter, Frau Ketelsen, glauben Sie mir.«

Egon Ketelsen kehrte zurück. Er reichte Molly die Kopie und hefte das Original sofort wieder ab.

Molly ahnte, von wem Annika die Ordnungsliebe geerbt hatte. Hätte sie doch auch die Vorsicht, die der Vater ausstrahlte, und die Weitsicht von ihm geerbt!

»Vielen Dank, Herr Ketelsen.«

Malte und Molly ließen ihre Visitenkarten da und verabschiedeten sich von den Eltern.

»Schmunzelst du immer noch über mein Bauchgefühl?«, fragte Molly, als sie im Wagen saßen.

»Zumindest lach ich mich nicht mehr kaputt«, antwortete Malte zerknirscht. »Aber ein Zertifikat im Hellsehen würde ich dir im Moment noch nicht verleihen.«

»Ich für meinen Teil weiß jetzt jedenfalls, dass ich bei den Angehörigen der beiden anderen Opfer nicht lange im Fragenbrei herumrühren muss. Nach der Ouvertüre gehe ich in die Vollen. Wenn du magst, kannst du dann all die Fragen stellen, die ich übersprungen habe.«

Malte blieb eine Weile still. Er kutschierte Molly zur Polizeistation von Travemünde. Dorthin hatte Willem Wichmann die Eltern des einen und den Bruder des anderen der vorherigen Opfer zum Gespräch eingeladen.

Die Eltern von Paulina Kröger, die vor fünf Jahren in Haffkrug ums Leben gekommen war, erwarteten die Ermittler bereits. Sie machten auf Molly einen gefassten Eindruck. Doch es war ihnen anzusehen, dass die Ereignisse um Annika Ketelsen die alte Wunde wieder aufgerissen hatten.

»Wie viele Frauen wird er noch umbringen, bis Sie ihn endlich für den Rest seines Lebens dahin bringen, wo er hingehört?«, fragte der Vater ohne Umschweife.

Molly hatte Verständnis für seine Worte. Doch sie baute darauf, dass auch er Verständnis dafür aufbrachte, dass sie auf rhetorische Fragen keine Antwort gab.

»Ihre Tochter hat den Abend, an dem sie ums Leben kam, auf einer Strandparty mit Livemusik in Haffkrug verbracht«, wiederholte sie, was sie aus den Akten erfahren hatte.

»Ja«, sagte die Mutter. »Sie ist mit einer Freundin dahin gefahren, hat sich dann aber mit ihr zerstritten. Den Rest des Abends haben sie getrennt verbracht. Leider.«

Malte stellte dem Ehepaar Kröger die Frage, ob Paulina in den letzten Tagen vor ihrem Tod eine neue Bekanntschaft mit einem Mann geschlossen hatte.

»Wir haben den Beamten damals, als es passiert war, schon gesagt, dass Paulina ein ausgesprochen kontaktfreudiger Mensch war. Sie hat ständig neue Leute kennengelernt. Wen genau, das wissen wir nicht.«

Gezielt lenkte Molly das Gespräch auf die Freizeitaktivitäten von Paulina Kröger.

»Paulina war eine begeisterte Seglerin.« Das Gesicht der Mutter verklärte sich, als sie von den Erfolgen ihrer Tochter berichtete, die in einem Segelklub in Travemünde für nationale Wettkämpfe trainiert hatte. »Und wenn sie nicht gestorben wäre«, sie machte eine kurze Pause, »dann hätte sie auch international Karriere gemacht.«

Der Vater räusperte sich verlegen. Die Lobeshymne seiner Frau und die Floskel, die an das Ende von Märchen erinnerte, schienen ihm unangenehm zu sein.

Molly blinzelte ihm verständnisvoll zu.

»Paulina hatte viele Talente«, fuhr die Mutter fort.

»Ihre Tochter hat Mathematik studiert, wie ich den Akten entnommen habe«, sagte Molly leicht verwundert.

Bei Mathematikern dachte sie eher an nüchtern kalkulierende Menschen als an Frauen, die vor sportlichen oder musischen Talenten nur so überschäumten.

»Angefangen hatte sie mit Architektur. Sie hat davon geträumt, große Häuser zu bauen. Aber dann ...«

Die Erläuterungen der Mutter, aus welchem Grund Paulina das Studienfach gewechselt hatte, rauschten an Molly vorbei. Am Rande hörte sie noch etwas von zwei Semestern, nach denen die Tochter zur Mathematik umgeschwenkt war. Danach zwirbelten sich ihre Gedanken in einer Spirale immer weiter nach oben.

»Aber das Zeichnen hat sie trotzdem niemals aufgegeben«, schloss die Mutter ihre Erläuterungen.

Malte, der nun selbst von einem vagen Bauchgefühl ergriffen schien, kam Molly mit seiner Frage zuvor. »Hat Ihre Tochter das Zeichnen als Hobby weiterbetrieben?«

»Oh ja«, sagte der Vater. »Das Zeichnen und das Malen. Sie hat verschiedene Kurse besucht, an der Volkshochschule in Lübeck und bei einem freien Maler.« Er sah seine Frau an. »Was haben die noch alles gemacht?«

»Schiffe haben sie gezeichnet«, berichtete die Mutter. »Und Strandmotive haben sie gemalt, Muscheln, Seesterne. Mit Aquarellfarben und in Acryl. In einem kleinen Atelier am Ufer der Trave haben sie sich getroffen und lange Abende da verbracht.«

»Wissen Sie, wie der freie Maler hieß?«, fragte Molly.

Die Eltern sahen sich schulterzuckend an.

»Keine Ahnung«, antwortete der Vater. »Einen Namen hat Paulina nie erwähnt.«

»Gibt es noch Unterlagen über die Kurse Ihrer Tochter?«, fragte Molly. »Teilnahmebescheinigungen oder Rechnungen?«

Die Mutter guckte betreten zu Boden. »Mein Mann und ich, wir haben letztes Jahr Paulinas Zimmer aufgelöst. Es ist uns ungeheuer schwergefallen, aber einmal musste es sein. Wir brauchten das auch für uns, um endlich mit der Sache abschließen zu können.«

»Das verstehe ich voll und ganz«, beeilte Molly sich, zu sagen. Aus eigener Erfahrung wusste sie, wie schwer es war, den Nachlass eines geliebten Menschen aus dem eigenen Leben auszusortieren. Dabei machte es sicher keinen Unterschied, ob der Angehörige gestorben oder seit vielen Jahren verschollen war.

Der Vater taxierte sie und Malte. »Sie haben einen Verdacht? Glauben Sie, einer der Teilnehmer hat unsere Tochter ermordet?«

Molly wiegte sich in den Schultern. »Wir haben gewisse Anhaltspunkte. Genaueres kann ich im Moment nicht sagen. Aber machen Sie sich bitte keine Vorwürfe, weil Sie das Zimmer Ihrer Tochter ausgeräumt haben. Es gibt im Leben einen Punkt, an dem muss man das tun.« Sie guckte Malte an. »Wir werden bei der Volkshochschule nachfragen. Die müssten die Unterlagen aufbewahrt haben.«

»Fragen Sie nach den letzten drei Jahren vorm Tod unserer Tochter. In der Zeit hat sie regelmäßig an Kursen teilgenommen«, erläuterte die Mutter. »Immer abwechselnd ein Semester Zeichnen, im nächsten Malen.«

»Danke«, erwiderte Molly, »das ist ein guter Anhaltspunkt.« Sie guckte Malte an. »Hast du noch Fragen?«

Ein Beamter klopfte an die Tür und teilte mit, dass der nächste Besucher im Raum nebenan auf die Ermittler wartete.

»Wir kommen sofort«, sagte Malte. »Nein, keine Fragen. Ich denke, wir sind soweit auf dem Stand.«

Molly und Malte verabschiedeten sich vom Ehepaar Kröger und marschierten in den Nebenraum.

Nach einer freundlichen Begrüßung und einem kurzen Small Talk mit dem Mann, dessen Schwester Katja Born vor acht Jahren dem Mörder zum Opfer gefallen war, kam Molly zu dem Thema, das im Zentrum der Ermittlungen stand.

»Ihre Schwester war als Kunstgewerblerin selbständig. In der Lübecker Altstadt hatte sie Geschäftsräume, in denen sie ihre Werke herstellte und verkaufte.«

Thomas Born rückte sich auf dem Stuhl zurecht. »Ja, Katja war schon als Kind künstlerisch hoch begabt, im Gegensatz zu mir. Ich bin Rechtsanwalt geworden.«

»Was hat Katja hergestellt?«, fragte Malte.

Die Antwort darauf fand sich in den Akten, die sie vor diesem Termin gelesen hatten. Doch Molly wusste, dass Malte die Frage stellte, um auf unauffällige Weise den Weg für die weitere Befragung vorzubereiten.

»Sie war auf Geschirr, Vasen und andere Gegenstände aus Glas und Keramik spezialisiert. Auch Schmuck hat sie gelegentlich hergestellt, meist aus Leder, Steinen und anderen Naturmaterialien.«

»Hat sie auch gezeichnet?«, fragte Molly. »Oder gemalt?«

»Malen war ihr Hobby«, sagte der Bruder, »Zeichnen Teil ihres Berufs. Sie hätte die Malerei gern professionell betrieben. Aber das ist bekanntlich eine brotlose Kunst. Man muss schon gute Beziehungen zu angesehenen Galerien haben, wenn man davon leben will.«

»Wenn Ihre Schwester so gern gemalt hat«, brachte Molly hervor, »hat sie auch Kurse besucht?«

Thomas Born guckte amüsiert. »Besucht nicht, aber sie hat selbst welche angeboten. Neben ihrer Geschäftstätigkeit war sie Dozentin an der Volkshochschule, und sie hat in einem kleinen Verein unterrichtet, in dem sich Hobby-Maler zusammengetan hatten, um sich gemeinsam Lehrer ihrer Wahl leisten zu können.«

Molly verabscheute Fragen, die die Antwort enthielten. Doch in diesem Fall, acht Jahre nach dem Tod der Frau, wäre es naiv gewesen, eine offene Frage zu stellen. »Die Teilnehmerlisten existieren wohl nicht mehr?«

Der Besucher schüttelte den Kopf. »Die Wohnung meiner Schwester haben wir kurz nach ihrem Tod aufgelöst. Sie hat alleine gelebt, und wir haben den ganzen Papierkram natürlich entsorgt.«

»Natürlich«, sagte Molly. »Erinnern Sie sich, wie der Verein hieß, für den Ihre Schwester tätig war?«

Born warf den Kopf in den Nacken, schloss die Augen und massierte sich die Lider. »Wie hießen die noch? Ich glaube, Verein der Travemünder Mal- und Zeichenfreunde. Die sitzen irgendwo auf dem Priwall.«

Molly notierte sich den Namen und überlegte, ob sie die Frage wagen sollte, die ihr auf der Zunge lag. Sie entschied sich dafür.

»Hat Ihre Schwester mit anderen Mal- oder Zeichenlehrern zusammengearbeitet oder sich privat mit ihnen getroffen, bei Künstlerstammtischen beispielsweise?«

Born überlegte. »Nicht, dass ich wüsste.«

»Sagt Ihnen der Name Roluf Ahlert etwas?«

»Nie gehört. Oder? Nein, der ist mir nicht bekannt.«

»Schade«, sagte Molly. »Hätte ja sein können.«

Ähnlich wie die Krögers stellte Thomas Born den Kommissaren die Frage, ob sie in einem der Kurse nach dem Mörder seiner Schwester suchten.

»Nicht direkt«, redete Molly sich heraus. »Wir suchen nur nach gewissen Querverbindungen.«

Sie erging sich mit Born noch in einer Plauderei über Kunstgewerbe und malerisches Talent. Dann beendete sie das Gespräch und verabschiedete den Besucher.

Malte schloss die Tür des Büros hinter Thomas Born und setzte sich wieder an den Tisch. »Dein Bauchgefühl könnte mir unheimlich werden.«

Molly grinste. »Gib's zu, du hast inzwischen dasselbe Gefühl wie ich, und unheimlich ist es dir, weil es sein kann, dass wir uns auf der Spur zum Mörder befinden.« Sie drehte den Kopf leicht zur Seite und fixierte Malte aus dem Augenwinkel. »Ist das der erste Serienmörder, den du jagst?«

Malte beantwortete die Frage nicht. »Wir lassen uns von der Volkshochschule die Teilnehmerlisten aller Mal- und Zeichenkurse der letzten acht Jahre kommen«, sagte er resolut. »Und nach diesem Verein der Hobbymaler suchen wir auch. Mein Bauchgefühl sagt mir, dass Roluf Ahlert bei denen Mitglied ist.«

»Das glaub ich nicht«, sagte Molly spontan. »Er ist nicht der Typ, der sich mit Leuten zusammentut, die das Malen oder Zeichnen als Freizeitbeschäftigung betreiben. Als Dozent, als Oberlehrer ja, aber nicht als Mitglied in so einer Vereinigung.«

»Stimmt auch wieder. Dafür trägt er seine hübsche Nase viel zu hoch.«

»Trotzdem, ansehen sollten wir uns den Verein«, sagte Molly. »Es kann kein Zufall sein, dass wir drei oder auch vier Opfer haben, die das Malen und Zeichnen liebten und Kurse darin besucht haben. Und es kann kein Zufall sein, dass das jüngste der Opfer einen Kurs bei Roluf Ahlert belegt hat, der sich seltsamerweise nicht daran erinnert, die Frau gekannt zu haben.«

Drohend hob Malte den Finger. »Komm mir bloß nicht auf die Idee, dich bei einem Zeichen- oder Malkurs anzumelden, bevor wir den Täter gefasst haben.«

»Als Köder wäre ich vielleicht gar nicht so schlecht.« Molly biss sich auf die Zunge. Wie ernst hatte sie diese Bemerkung gemeint?

Schnell schob sie die düsteren Gedanken beiseite und schnippte mit den Fingern. »Auf jeden Fall machen wir eine Strichliste, wenn wir die Namen der Kursleiter aus den Unterlagen der Volkshochschule raussuchen. Was wettest du, wie oft taucht der Name Roluf Ahlert darauf auf?«

16

Malte hielt Molly die Tür zur Dienstvilla auf. »Noch ein Espresso und ein Klönschnack bei mir im Büro, bevor wir in den Feierabend gehen?«

»Für mich nicht, danke schön«, erwiderte sie. »Mir ist danach, Nägel mit Köpfen zu machen. Ich verschanze mich gleich hinter dem Monitor und suche im Internet nach diesem Verein der Mal- und Zeichenfreunde.«

Malte reckte den Daumen nach oben. »Super. Ich fertige das Protokoll unserer heutigen Gespräche an, dann mach ich mich auf den Weg nach Hause.«

Molly wandte sich der Treppe zu.

»Wenn du schon beim Googeln bist«, rief Malte ihr hinterher, »guck doch auch mal nach dem freien Maler, der Paulina Kröger Unterricht gegeben haben könnte.«

»Mach ich gern.« Molly blieb am Treppenabsatz stehen. »Aber es wird nicht einfach sein, ihn zu finden. Nicht jeder Künstler ist im Internet vertreten. Oft läuft das mit dem Unterricht über Mundpropaganda. Irgendjemand kennt einen Maler, fragt ihn, ob er Lust darauf hat, Unterricht zu geben, und wenn es so ist, kommt ein Kurs zustande.«

Malte guckte erstaunt. »Du kennst dich in Künstlerkreisen aus?«

»Nicht wirklich«, log Molly. »Aber es klingt doch logisch, oder? Ich denke, ich muss einfach mit einem Maler in Kontakt kommen und mich dann durchfragen.«

»Du machst das schon«, rief Malte, als Molly bereits auf der halben Treppe nach oben war. »Wenn du Unterstützung brauchst, ruf mich dazu. Ein Stündchen bin ich wohl noch im Haus.«

Molly sah ihn in der Küche verschwinden. Oben angekommen, beugte sie sich übers Treppengeländer.

»Malte? Kümmerst du dich heute noch darum, dass wir die Genehmigung bekommen, die Teilnehmerlisten der Volkshochschulkurse aus den letzten acht, neun Jahren und die des Vereins der Malfreunde einzusehen?«

»Das erledige ich sofort.« Malte erschien in der Küchentür, winkte Molly kurz zu und machte sich anschließend wieder an der Kaffeemaschine zu schaffen.

Molly schloss die Tür zu ihrem Zimmer. Sie brauchte das Gefühl, unbeobachtet und abgeschottet zu sein.

Einen Moment lang stierte sie zum Fenster hinaus und dachte nach. Sie beschloss, den privaten Verein und die Volkshochschule erst dann zu kontaktieren, wenn der richterliche Beschluss zur Einsichtnahme in die Teilnehmerlisten vorlag. Zuerst wollte sie nach freien Malern suchen. Schon aus rein privatem Interesse.

Sie öffnete den Browser auf ihrem Bildschirm und gab einige Keywords in die Suchmaschine ein. Anschließend klickte sie auf den Suchen-Button. Eine halbe Sekunde später prangte ihr die Ergebnisliste auf dem Monitor entgegen.

Hoch konzentriert studierte sie die Einträge.

Es gab mehr Anbieter von Mal- und Zeichenkursen in Lübeck, als sie vermutet hatte, insbesondere im Stadtbezirk Alt-Travemünde mit seinen künstlerisch inspirierenden Vierteln und auf der Halbinsel Priwall.

Sie scrollte durch die Liste.

Beim ersten Betrachten der Einträge suchte sie gezielt nach Roluf Ahlert. Ihr Unterbewusstsein jedoch schickte die Augen auf die Suche nach Ole Bleck.

Was für ein Unsinn! In ganz Deutschland war Ole nicht mehr unter seinem wirklichen Namen gemeldet. Und sie wusste nicht einmal mit Sicherheit, ob er heute noch als Künstler tätig war.

Sie rief sich zur Ordnung und fokussierte ihre Aufmerksamkeit auf die Namen, die ihr tatsächlich angezeigt wurden, statt auf die, die sie zu finden wünschte.

Einige der Einträge betrachtete sie intensiver. Die Eltern von Paulina Kröger hatten von einem Atelier am Ufer der Trave gesprochen. Wahllos suchte Molly Adressen aus der Ergebnisliste heraus und ließ sich die Lage der Straßen auf Google Maps anzeigen.

Es war eine Suche nach der Nadel im Heuhaufen, nur dass der Haufen höchst übersichtlich war.

Die Namen und Anschriften, die ihr auf den ersten Blick interessant erschienen, stellte Molly in einer Textdatei zusammen. Auch die Telefonnummern, die Mailadressen, sofern vorhanden, und die Adressen der Internetauftritte übertrug sie dort hinein.

Sie sah sich einige der Websites an. Nach Bauchgefühl entschied sie, welche Maler sie sofort anrufen und welche sie sich für später aufbewahren würde.

Am besten wäre es, sich als Privatperson zu melden. Die Kriminalkommissarin würde sie nur dann herauskehren, wenn sich eine konkrete Spur auftat. Andernfalls würde sie Staub aufwirbeln und im schlimmsten Fall ungewollt einen Warnschuss abgeben.

Sie holte ihr privates Handy aus der Handtasche und tippte die erste Nummer ein.

Eine Dame mit auffallend freundlicher Stimme meldete sich.

Molly hatte einen Mann erwartet. Sie erkundigte sich, ob sie die richtige Telefonnummer gewählt hatte.

Die Dame bejahte. Sie erklärte, dass sie die Lebensgefährtin des Künstlers sei, den Molly unter dieser Nummer erreichen wollte. »Mein Freund befindet sich seit Monaten im Ausland«, fuhr sie fort. »Er ist seit April auf Inspirationsreise in Südamerika und kommt erst Anfang September zurück. Sie können ihn aber per Mail erreichen. Soll ich Ihnen seine Mailadresse geben?«

»Vielen Dank, das ist nicht nötig.« Molly fantasierte sich schnell eine Ausrede zusammen. »Ich suche jemanden, der in diesem Sommer Malunterricht anbietet. Meine Nichte aus München möchte gern einen Kurs besuchen. Der September wäre ihr aber zu spät.«

Sie verabschiedete sich und versuchte es unter der nächsten Nummer in ihrer Liste.

Auch hier hatte sie kein Glück. Der Maler war selbst am Apparat. Er war jedoch denkbar wenig gewillt, sich auf die Frage nach einem Malkurs einzulassen.

Der dritte Künstler dagegen freute sich überschwänglich über den Anruf und das Interesse daran, sich von seinem Können ein Scheibchen abzuschneiden. Er bot allerdings keine Kurse an.

»Versuchen Sie es mal bei meinem besten Freund.« Er nannte Molly den Namen und die Telefonnummer. »Er sitzt zusammen mit Kollegen auf dem Priwall, ganz idyllisch«, fügte er hinzu. »Das ist die optimale Umgebung. Da kann Ihre Nichte total in die Natur abtauchen und sich ungestört der Malerei hingeben.«

»Danke«, antwortete Molly. »Das ist ein guter Tipp.«

Die Nummer, die der Mann ihr gegeben hatte, fand sich nicht auf ihrer Ergebnisliste. Vielleicht war sie gerade deshalb interessant, redete Molly sich selbst gut zu. Sie glaubte an den Wink des Schicksals.

Sie trank einen Schluck Cola, stand auf und ging vor dem Fenster auf und ab. Ihr Blick fiel auf ein Motorboot, das über die See flitzte. Eine Wasserskiläuferin im Neoprenanzug ließ sich in weiten Kurven über die Wellen ziehen. Fasziniert folgte Molly dem akrobatischen Geschehen und träumte davon, diesen Sport einmal selbst zu erlernen.

Ein lautes Klopfen an der Tür ließ sie zusammenschrecken. Sie drehte sich um.

Malte stand im Türrahmen.

»Du bist noch hier?«, rief Molly erstaunt aus. »Wolltest du nicht schon weg sein? Die Stunde ist längst um.«

»Ich gehe doch nicht, bevor ich meinen Job für heute erledigt habe.« Er hielt ihr ein Papier hin. »Das ist gerade per Fax gekommen. Morgen können wir richtig loslegen. Volle Kraft voraus.«

Sie warf einen Blick auf das Blatt. Dann lächelte sie Malte bewundernd an. Er hatte im Eilverfahren die Genehmigung erwirkt, die Teilnehmerlisten der Malkurse anzufordern.

»Jetzt weiß ich«, sagte Molly, »warum Willem Wichmann meinte, du wärst der beste Mann für diesen Job.«

Malte grinste stolz, wünschte ihr einen angenehmen Abend und mahnte sie, selbst auch bald nach Hause zu gehen. »Was soll denn deine Janna sagen, wenn du dir die Nächte im Büro um die Ohren schlägst?«

Molly wurde heiß. Fast hätte sie vergessen, dass sie Janna über den DNA-Vergleich aufklären wollte.

»Du hast recht«, sagte sie. »Noch ein, zwei Anrufe, dann gehe ich auch nach Hause. Gute Fahrt, schönen Abend und bis morgen.«

»Tschüs.« Malte hob die Hand. Er zog die Tür hinter sich zu und verließ die Dienstvilla.

Molly rieb sich die Hände, die vor Aufregung kalt geworden waren. Der Zettel mit der Telefonnummer, die der freundliche Maler ihr genannt hatte, lag zusammen mit ihrem Handy neben der Tastatur. Es handelte sich um eine Gemeinschaft von Malern, die auf dem Priwall ein Atelier betrieben, in dem sie malten und Workshops für Anfänger und Fortgeschrittene abhielten. Sie wählte die Nummer und wartete gespannt auf eine Reaktion.

Nach mehrfachem Klingeln meldete sich eine Frau mit heller Stimme, die außer Atem schien.

»Ich hoffe«, sagte Molly entschuldigend, »ich habe Sie nicht gerade von der Staffelei weggeholt.«

»Nein, keine Sorge. Ich selbst male nicht, ich organisiere nur den Laden hier.«

Erneut trug Molly ihr Anliegen vor, einen Kurs für ihre Nichte aus Süddeutschland buchen zu wollen.

»Wir raten den Interessenten immer«, erklärte die Dame, »bei uns vorbeizuschauen, damit sie sehen, ob sie sich in unseren Räumen und auf dem Gelände wirklich wohlfühlen. Nur dann kann das mit dem Malen funktionieren. Vielleicht mögen Sie das für Ihre Nichte tun?«

»Das ist ein schöner Vorschlag«, erwiderte Molly und verstummte gleich darauf. War es sinnvoll, der Einladung zu folgen? Übermäßig viel Zeit hatte sie nicht, doch die Idee war es wert, darüber nachzudenken.

»Sekunde«, sagte ihre Gesprächspartnerin auf einmal und wandte sich jemand anderem zu.

»Ole! Ole! Huhu, hier bin ich, im Büro!«

Im nächsten Moment sprach die Frau wieder in den Hörer. »Entschuldigen Sie bitte. Einer meiner Kollegen suchte mich in der falschen Ecke. Jetzt bin ich wieder bei Ihnen. Also, wie gesagt, wenn Sie mal vorbeikommen möchten, herzlich gern.«

Molly musste nicht länger überlegen. »Ich halte das für eine super Idee. Ich komme gerne mal vorbei. Wie sieht es denn zeitlich bei Ihnen aus?«

»Von uns ist immer jemand da, der Ihnen die Räumlichkeiten und die Außenanlagen zeigen und Sie informieren kann, wie wir bei unseren Kursen vorgehen. Sie können also kommen, wann immer Sie wollen, vorausgesetzt, es ist nicht vor zehn Uhr morgens.«

»Dann komme ich gern im Lauf dieser Woche. Über den Tag und die Zeit muss ich noch nachdenken. Ich rufe Sie auf jeden Fall an, bevor ich zu Ihnen fahre.«

»So machen wir das. Wir freuen uns auf Sie.«

»Ich mich auch«, sagte Molly mit rauer Stimme.

Sie legte auf. ›Molly, du spinnst‹, flüsterte sie. ›Du machst dir Illusionen. Aber du fährst trotzdem hin.‹

Langsam ließ sie die Hand mit dem Smartphone sinken. Wie viele Männer gab es in Norddeutschland, die Ole hießen? Und bestimmt war nicht nur einer von ihnen Künstler. Hätte sie die Stimme des Mannes gehört, wäre sofort klar gewesen, dass es nicht ihr Ole war – der Ole, der diesen Namen sowieso nicht mehr trug.

Trotzdem ... Wenn dies kein Wink des Schicksals war!

Es war spät geworden, doch das letzte Telefonat hatte alle Müdigkeit und Erschöpfung aus Molly herausgeschleudert. Sie würde noch nach dem Verein der Hobbymaler suchen und dann nach Hause gehen.

Die letzte Suche war schnell erledigt. Es gab nur einen Verein in Travemünde, der tatsächlich so ähnlich hieß, wie Thomas Born es in Erinnerung hatte.

Molly kopierte die Daten heraus, schloss die Anwendungen und klickte auf das Windows-Menü, um das System herunterzufahren.

Bevor sie den letzten entscheidenden Klick ausführte, hielt sie inne. Sie ließ die Maus los, drehte sich auf ihrem Bürostuhl dem Fenster zu, lehnte sich zurück und verschränkte die Hände hinter dem Kopf.

Über den Dünen und der See segelten die Möwen mit dem Wind, ohne die Flügel zu bewegen. Wellen brachen sich am Strand. Unter dem Nordostwind, der seit dem Mittag herrschte, wogte die See.

Molly wandte sich dem Monitor zu. Kurz entschlossen öffnete sie das System, über das sie auf die Akten zum Fall Hilda Theisen zugreifen konnte, und suchte nach den Daten der ermittelnden Beamten.

Wie erwartet stand der Name von Thure Petersen als Leiter der Kommission ganz zuoberst. Und wie erhofft war außer dem Festnetzanschluss auch die Handynummer vermerkt.

Molly zögerte. Noch einmal erhob sie sich, lief unruhig im Raum auf und ab, das private Smartphone mit beiden Händen fest umklammert, als wäre es der Strohhalm, der sie vor dem Ertrinken retten konnte.

Was hatte sie zu verlieren? Schlimmstenfalls ihren Job.

Sie beschloss, es zu versuchen.

Thure meldete sich nach dem zweiten Klingeln.

»Hej, Thure, Molly Bleck hier. Bitte entschuldige die Störung am Abend.«

»Kein Problem, Molly. Wie kann ich dir helfen?«

Thures ausgeglichene, freundliche Stimme machte es ihr leicht. »Thure«, sagte sie, noch immer im Zweifel, ob sie den richtigen Schritt getan hatte. »In dem aktuellen Fall, den wir mit Hilda Theisen in Verbindung bringen, ermitteln wir gerade in Künstlerkreisen. Zu der Zeit, als Hilda auf Bornholm ums Leben kam, soll sich ein Namensvetter von mir in ihrer Umgebung aufgehalten haben, ein gewisser Ole Bleck. Er war Maler und Skulpturen-Designer und hatte ein Künstlerstipendium auf der Insel. Ist dir der Name jemals begegnet?«

»Nein«, sagte Thure schneller und in schärferem Ton als erwartet. »Der Name sagt mir nichts.«

Er schwieg beharrlich.

Wie unverbindlich er auf einmal war!

»Schade.« Molly schluckte.

Was war der beste Weg, dieses Gespräch ohne Gesichtsverlust zu beenden? »Danke dir, Thure«, sagte sie schnell, »und nochmals, entschuldige bitte die Störung.«

»Keine Ursache. Ich hatte ja gesagt, ihr könnt mich jederzeit anrufen, wenn ihr weitere Fragen habt. Wenn ich Auskunft geben kann, mach ich das.«

Wie glatt und kühl seine Worte herüberkamen. Molly verschlug es die Sprache.

»Schönen Abend, Molly. Farvel.«

Jetzt klang Thure wieder so freundlich, wie sie ihn kennengelernt hatte. Und doch war er irgendwie anders.

»Schönen Abend, Thure, und farvel.«

Molly ließ das Smartphone sinken und stierte hinaus.

Thure kannte Ole.

Warum deckte er ihn? Er war Kripobeamter wie sie.

Was war geschehen?

Vor Enttäuschung kamen Molly die Tränen. Mechanisch wählte sie Jannas Nummer aus dem Speicher.

»Ich dachte schon, du übernachtest heute im Büro«, begrüßte Janna sie kurz darauf.

»Janna, ich komme gleich nach Hause. Machen wir noch einen Spaziergang am Strand?«

»Erst essen wir eine Kleinigkeit«, entgegnete Janna. »Dann darfst du mich eine Runde Gassi führen.«

»Okay.« Molly ging hinunter, schloss die Dienstvilla ab und radelte ans andere Ende der Strandpromenade.

Janna hatte Salate vorbereitet und Baguette aufgebacken. Als Molly eintraf, öffnete sie eine Flasche Weißwein. »Ich habe den Tisch auf der Terrasse gedeckt.«

»Wunderbar«, erwiderte Molly. »Erzähl mir bitte nur schnell, bevor wir draußen belauscht werden könnten: Ist alles glattgegangen mit der Sendung an das Labor?«

Janna sah sie strafend an. »Hättest du mir den Job anvertraut, wenn du hättest annehmen müssen, dass ich ihn nicht zu deiner vollsten Zufriedenheit erledige?«

»Entschuldige bitte, Janna, natürlich nicht. Ich wollte nur wissen, wie es abgelaufen ist und wann ich mit dem Ergebnis rechnen kann.«

»Abgelaufen ist die Sache denkbar unkompliziert. Ich habe ein Lübecker Labor im Internet ausfindig gemacht und dort angerufen. Dann habe ich den Umschlag mit dem Analyseergebnis, das dir vorlag, und einen Umschlag mit Oles Haar per Kurier auf den Weg gebracht. In zwei Tagen sollst du das Ergebnis haben.«

»Du hast Oles Haar einem Kurier überlassen?«

»Ja, stell dir vor, das hab ich getan.« Janna guckte Molly an, als zweifelte sie am Verstand der Hauptkommissarin. »Per Mail senden konnte ich das wohl kaum.«

Molly fasste sich an den Kopf. »Nee, natürlich nicht. Sorry, ich bin heute ein bisschen durch den Wind.«

»Ein bisschen?«, fragte Janna. »Und nur heute?« Sie lächelte und schüttelte den Kopf. »Von dem Blatt mit der Analyse hab ich natürlich vorher eine Kopie gemacht. Und was Oles Haar betrifft, ich hatte Gelegenheit, mich zu vergewissern, dass noch genügend weitere Haare von ihm übrig sind. Sag mal, was war das überhaupt für eine Idee mit diesen Medaillons?«

Auch wenn Janna ihre beste Freundin war, war Molly die Sache ein wenig peinlich. »Du weißt doch, dass wir nie Eheringe getragen haben. Ole wollte das nicht, weil er das Gefühl brauchte, die Hände frei zu haben, wenn er malte oder Skulpturen anfertigte. Und ich selbst trage niemals Ringe. Bei einem Ehering hätte ich natürlich eine Ausnahme gemacht. Aber so war es für uns beide okay. Wir wollten lieber etwas ganz Persönliches vom jeweils anderen haben, das wir immer bei uns trugen.«

Janna nickte nachdenklich. »So war das.« Sie brachte die Salate auf die Terrasse. »Bringst du das Baguette noch aus dem Ofen mit?«

Molly nahm den Brotkorb, schnitt das Baguette auf und legte es hinein.

Janna rückte ihren Stuhl an den Tisch. »Eines Tages wirst du das Medaillon wieder tragen.«

Molly guckte sie erstaunt an. »Du sagst das so, als stünde es hundertprozentig fest. Hast du eine Glaskugel konsultiert?«

Janna legte von dem Kartoffelsalat auf ihren Teller, nahm eine Scheibe Baguette dazu und griff nach dem Weißweinglas, an dem Tropfen des Kondenswassers hinab liefen. Sie hob es hoch. »Zum Wohl.«

Auch Molly langte nach ihrem Glas. »Zum Wohl, Janna.« Sie stieß mit ihrer Freundin an.

Janna trank genüsslich und stellte das Glas ab. »Ich brauche keine Glaskugel«, sagte sie resolut. »Ich hab ein untrügliches Bauchgefühl.«

17

Kurz vor Mitternacht desselben Tages

Birger saß Ole in dessen Wohnzimmer gegenüber. Die Beine lässig übereinandergeschlagen, fläzte er sich in dem tiefen Sessel und balancierte das Whiskey-Glas auf den Fingerspitzen einer Hand.

Seit Molly die Soko leitete, guckte Birger täglich vorbei. Und täglich drängte er Ole, eine Entscheidung zu treffen. Er machte Druck, er verlor die Geduld.

Warum? Was hatte sein Kümmerer zu verlieren? Bei Birger ging es lediglich um die persönliche Eitelkeit, im schlimmsten Fall um einen Karriereknick, der sich mit der Zeit wieder ausbügeln ließ. Bei ihm selbst dagegen, Ole, ging es um alles.

Ole taxierte Birger stumm. Warum hatte er sich vor zehn Jahren überhaupt auf dieses Spiel eingelassen? Was brachte es ihm ein außer lebenslangem Verzicht?

Süffisant starrte Birger auf die bernsteinfarbene Flüssigkeit in seinem Glas. »Wenn deine Frau dir plötzlich über den Weg laufen würde«, er blickte auf und musterte Ole provokant, »was würdest du tun? Wie würdest du reagieren?«

Ole lehnte den Kopf zurück und seufzte. Sollte er auf diese Frage antworten? Musste er das? Er schwieg.

»Keinen Plan?«, fragte Birger. Er stellte das Glas ab und strich sich mit der Hand übers Haar.

Ole stand auf. »Du hast wohl heute deinen quengeligen Tag.« Er marschierte in die Küche.

»Weich nicht aus«, rief Birger ihm hinterher. »Was machst du in der Situation?«

Ole kehrte mit einer Flasche Rotwein und einer Tüte Salzgebäck zurück. Er ließ sich Zeit mit dem Entkorken der Flasche, holte den Dekanter aus dem Sideboard und goss den Wein in die große Karaffe. Schließlich schenkte er sich ein Glas ein.

Er nahm auf dem Sofa ebenfalls eine bequeme Haltung ein und betrachtete den roten Rebensaft nun genauso intensiv wie Birger vorhin seinen Hard Drink.

»Hast du mal ein Treffen der Ehemaligen deines Jahrgangs mitgemacht?«, fragte er seinen Kümmerer.

»Du meinst ein Klassentreffen?«

Ole sah auf. »An was dachtest du denn? An die Kumpels aus dem Knast?«

»War ich mal im Knast?«

Verärgert stand Birger auf und ging zu dem Regal mit Oles Musiksammlung. Er zog einen CD-Deckel hervor und hielt ihn, den Rücken Ole zugekehrt, in die Höhe.

»Bist du sicher«, er hielt inne, dann drehte er sich zu Ole um, »dass du keine von all diesen Scheiben in deinem früheren Leben besessen hast?«

»Ausgerechnet du stellst mir diese Frage? Wer wüsste besser als du, was ich aus meinem alten Leben mitgenommen habe? Nichts. Weniger als nichts. Nicht mal meine Zahnbürste oder eine Unterhose, geschweige denn meine Frau.«

Wut stieg in Ole auf. Die Erinnerung tat weh.

Birger machte sich an der Stereoanlage zu schaffen. Er legte die Diskette in den CD-Player, nahm die Fernbedienung auf und drückte auf den Start-Knopf. Die Musik ertönte. Birger setzte sich wieder hin.

Das Ausmaß, in dem Birger Besitz von seinem Leben ergriffen hatte, wühlte Ole auf. Zuerst waren sie beinahe so etwas wie Freunde geworden. Am Anfang hatte er Birger vertrauen müssen. Er war auf Gedeih und Verderb auf dessen Hilfe angewiesen gewesen. Ob er sie bis ans Ende seines Lebens brauchte, fragte er sich seit Mollys Umzug jeden Tag. Ganz darauf verzichten wollte er nicht. Noch nicht. Es könnte tödlich enden.

»Wie kommst du auf die Sache mit dem Klassentreffen?«, fragte Birger. »Und was hat Molly damit zu tun?«

Ole ließ sich Zeit mit der Antwort. Er summte einige Takte des Titels mit, der gerade aus den Lautsprecherboxen ertönte, und nippte an seinem Wein.

»Hast du so ein Treffen mal mitgemacht?«, fragte er erneut und fuhr fort, zu sprechen, bevor sein Gegenüber reagieren konnte. »Das ist witzig. Man geht mit Erwartungen hin. Erinnert sich an die, mit denen man am meisten zu tun hatte, oder an die, die man am tiefsten verabscheut hat. Man überlegt sich, was aus jedem von ihnen geworden ist. Stellt sich vor, wie sie heute aussehen. Der brave Streber von damals, für den es keine andere Berufswahl gegeben haben konnte als die des Bankers. Die hübsche, superschlanke Modepuppe, die ganz sicher Model geworden ist oder eine Casting-Agentur führt. Das Mathe-Genie, das bestimmt international anerkannter Professor geworden ist, und die Sportliche, die Weltmeisterin geworden sein muss.«

»Worauf willst du hinaus?«, fragte Birger. Er hielt sich an seinem Whiskey-Glas fest.

»Hör mir zu«, erwiderte Ole. »Dann verstehst du, was ich sagen will. Du gehst also zu deinem Klassentreffen. Bist voll mit Bildern, die du erfüllt sehen willst. Als Erste begrüßt dich das ehemalige Möchtegern-Model. Du erkennst die Frau nicht. Sie hat vier Kinder bekommen, ihr Gesicht, ihr ganzer Körper sind rund und weich, und sie redet nicht über Mode, sondern über das Mobbing in der Schule, die ihre Sprösslinge besuchen. Das Mathe-Genie ist gleich im ersten Semester Mathematik gescheitert und hat umgeschwenkt auf Deutsch und Geschichte fürs Lehramt. Der Streber, der immer so adrett und penibel war, ist als Outdoor-Spezialist und Umweltaktivist aktiv. Und die vermeintliche Olympionikin, die du als zielstrebig und energiegeladen in Erinnerung hast, ist seit Jahren arbeitslos.«

Ole hörte auf zu sprechen. Er beobachtete Birgers Miene. Ob der Mann verstand, was er sagen wollte?

Birger nahm einen Schluck Whiskey und nickte langsam. »Du meinst, Molly hat sich in eine andere Richtung entwickelt als in die, die du erwartet hättest?«

»Ich weiß es nicht.« Ole brauchte etwas, das er in die Hand nehmen, das er fühlen konnte. Etwas anderes als sein Weinglas. Oder als das Salzgebäck, mit dem er sich gewohnheitsmäßig vollstopfte, um die Nervosität zu dämpfen und das Loch zu füllen, das er oft in sich spürte, seit Molly nicht mehr Teil seines Lebens war.

Er nahm eine Lifestyle-Zeitschrift für Autoliebhaber zur Hand und fächerte die Seiten mit dem Daumen auf. Einige Sekunden blieb er so sitzen. Dann kniff er die Augen zusammen und fixierte Birger mit seinen Blicken.

»Hast du Molly mal gesehen, seit sie hierher gezogen ist?«, fragte er.

Birger erwiderte seinen Blick nicht weniger scharf.

Ole hielt dem stand. Er konzentrierte sich auf einen Punkt, der auf Birgers Stirn lag, zwischen den Augen. So konnte er lange in dessen Gesicht starren, ohne blinzeln zu müssen und ohne dass Birger merkte, dass ihre Blicke sich in Wahrheit nicht trafen.

»Ich weiß, wo sie wohnt«, gab Birger nach einem langen Moment des Schweigens zur Antwort. »Gesehen habe ich sie nicht. Ich würde dir auch dringend dazu raten, sie nicht zu suchen, geschweige denn, sie aufzusuchen, weder zu Hause noch in der Dienstvilla.«

»In der Dienstvilla? Bist du verrückt?«, rief Ole aus. »Da könnte ich auch gleich im Knast vorstellig werden.«

»Du bist nach wie vor überzeugt, Molly stellt ihren Beruf über ihr Privatleben und liefert dich aus?«

Das war die Frage, auf die Ole heute nicht mehr antworten wollte. Er hatte sie sich vor zehn Jahren stellen müssen. Er hatte sie für sich selbst beantwortet und auch für Molly. Damals wollte er seine Frau nicht vor die Entscheidung stellen. Er hatte seine Wahl getroffen. Damit musste er leben, und auch Molly musste das. Und doch – die Hoffnung starb zuletzt.

»Ich weiß es nicht«, sagte er spröde.

»Du hältst an deinem Entschluss fest?«, fragte Birger. »Egal, was geschieht?«

Diese Gespräche führten zu nichts. Ole sog geräuschvoll die Luft ein. So geräuschvoll, dass Birger nicht umhinkonnte, zu verstehen.

»Okay.« Birger nahm noch einen Schluck und stellte sein Glas auf den Tisch. »Ich werde das im Team besprechen. Kann sein, dass wir dich noch einmal vor eine Entscheidung stellen. Sollte es hart auf hart kommen, musst du anschließend selbst sehen, wie es weitergeht.«

Birger hatte in bedrohlich ruhigem Ton gesprochen. Doch Ole wusste, wie es in seinem Kümmerer kochte.

Auch in ihm selbst brodelte es.

»Wenn ich heute zu einem Klassentreffen ginge – wer weiß, wer mich überhaupt noch erkennen würde?«, sagte er genauso beherrscht wie Birger. »Ich bin ein anderer geworden. Übrigens nicht nur äußerlich.«

Birger erhob sich. »Wenn du glaubst, dass dich das schützen kann ...«

Er ging zur Tür.

Ole folgte ihm.

Bevor Birger das Haus verließ, drehte er sich halb zu Ole um.

»Schlaf gut.«

18

Molly und Malte trafen gleichzeitig vor der Dienstvilla ein, sie mit dem Fahrrad, er mit dem Wagen.

»Du weißt«, fragte Malte, »dass Willi Wichtig um zehn Uhr zur Besprechung kommt?«

»Ich hab's gelesen«, erwiderte Molly. »Der Herr Kriminaldirektor«, sie betonte den Titel ihres Chefs, »hat sich auch bei mir gestern Abend per Mail für heute angekündigt. Die Presse drängt offenbar darauf, Hinweise zum Stand der Ermittlungen zu erhalten.«

»Zwei Tage nach dem Fund der Leiche«, sagte Malte, »ist es zu früh, die Öffentlichkeit über Einzelheiten zu informieren. Aber in Schweigen versinken dürfen wir auch nicht. Die Bevölkerung hat ein Recht auf Information. Hier geht es um die Sicherheit der Frauen in der Region. Zumindest sollte unsere Behörde eine Warnung aussprechen, solange der Täter noch nicht gefasst ist.«

»Nutzen wir die Zeit, bis Wichmann eintrifft, um mit Martin und Heiko Theisen zu reden?«

Malte dachte laut nach. »Der eine ist Rentner, der andere Computer-Spezialist. Was Martin Theisen betrifft, dazu kann ich nichts sagen. Aber Computer-Leute sind Nachtmenschen, ausnahmslos. Nach meiner Erfahrung sind die vor zehn Uhr morgens nicht ansprechbar.«

Molly grinste. »Ich wusste gar nicht, dass du so ein Kenner der Lebensweise von Computer-Experten bist. Ich schlage vor, wir rufen an und fragen, ob es passt.«

Sie hüpfte die Treppenstufen hinauf in ihr Büro und wählte Martin Theisens Telefonnummer.

Malte setzte sich ihr gegenüber hin, während sie darauf wartete, welcher der Theisens sich melden würde.

Nach kurzer Zeit ging der Vater an den Apparat.

Molly brachte ihr Anliegen vor. »Es wird nicht lange dauern«, versprach sie. »Um zehn müssen wir zu einem Termin in unserer Dienstvilla sein.«

»Kommen Sie gerne in den nächsten Minuten vorbei«, sagte Theisen. »Mein Sohn ist auch im Haus, und ja, er ist wach und ansprechbar.« Er lachte, während er den letzten Satz sprach. Er wusste offenbar um die Vorurteile gegenüber Computer-Freaks.

»Schön«, erwiderte Molly, »dann sind wir in ein paar Minuten bei Ihnen.«

»Ich arbeite gerade im Garten«, rief Theisen noch in den Hörer. »Gehen Sie einfach ums Haus herum. Wir setzen uns dann auf die Terrasse.«

»Machen wir gerne. Bis gleich.«

Molly legte auf und guckte Malte an. »Gleich lernst du den ersten IT-Spezialisten deines Lebens kennen, der schon vor zehn Uhr wach und ansprechbar ist.«

»Siehst du«, erwiderte Malte. »Deshalb habe ich mir einen Beruf ausgesucht, bei dem man mit vielen Menschen zu tun hat. Man macht immer neue Erfahrungen.«

Aufgeräumt kutschierte er Molly zum Haus der Theisens.

»Woher kommt deine gute Laune?«, fragte Molly.

»Ich hab heute in aller Frühe bei der Volkshochschule in Lübeck vorbeigeschaut, nach den Teilnehmerlisten der Mal- und Zeichenkurse der letzten acht Jahre gefragt und den richterlichen Beschluss vorgelegt.«

»Dafür gibt es einen dicken Pluspunkt in der Personalakte. Bevor wir nachher mit Wichmann sprechen, rufe ich bei dem privaten Verein an und fordere auch da die Listen an.«

Malte parkte den Wagen am Straßenrand vor Martin Theisens Haus und schaltete den Motor aus. Seine Augen blitzten Molly an. »Das ist es, was mir gute Laune macht. Ich bin seit gestern Abend absolut sicher, dass wir den Täter fassen werden.«

Mit aller Kraft verdrängte Molly den Gedanken daran, dass sie erst morgen das Ergebnis des DNA-Vergleichs erhalten würde. Sie stieg aus. »Du bist sicher, dass wir ihn unter den Teilnehmern der Kurse finden?«

»Du nicht?«

Die Ermittler gingen um das Haus herum. Wie angekündigt, fanden sie Martin Theisen im Garten vor.

Er begrüßte sie. Es schien ihm besser zu gehen als bei der ersten Begegnung am Montag. Es mochte daran liegen, dass das Treffen diesmal in seinem eigenen Haus stattfand. Oder er hatte den Rückfall in die schmerzlichen Erinnerungen überwunden, den er mit jedem weiteren Opfer des Herzmuschelmörders erlitt.

»Setzen Sie sich doch.« Theisen wies auf die Gartenstühle, die um den Tisch auf der Terrasse standen. »Kaffee habe ich nicht gekocht, aber wenn Sie mögen, ist das schnell nachgeholt. Vielleicht kann mein Sohn das übernehmen.« Er wandte sich der offen stehenden Terrassentür zu. »Heiko?«

Niemand antwortete.

»Heiko?«

»Lassen Sie nur«, sagte Molly. »Für die kurze Zeit lohnt sich der Aufwand nicht.«

Sie nahmen an dem Tisch Platz, und mit einem Mal machte Martin Theisen einen unsicheren und zerstreuten Eindruck. Er drückte sich steif gegen die Rückenlehne, verschränkte die Hände vor dem Bauch und drehte die Daumen umeinander.

»Sie möchten noch etwas von mir wissen?«, fragte er. »Oder gibt es Ihrerseits neue Erkenntnisse?«

»Unsere Ermittlungen«, antwortete Molly, »konzentrieren sich im Moment auf Künstlerkreise. Wir haben Übereinstimmungen bei allen Opfern entdeckt. Sie alle haben an Mal- oder Zeichenkursen teilgenommen.«

Molly unterbrach sich. Die Nervosität kletterte deutlich spürbar von ihren Füßen durch den Bauch bis in den Kopf hinauf.

Malte übernahm das weitere Gespräch. »Ihre Frau hatte auf Bornholm Malunterricht genommen.«

Theisen nickte. »Sie hatte ein gewisses Talent, und das Malen und Zeichnen hat sie von ihrem Schicksal abgelenkt, das durch die Krankheit und den frühen Tod ihres ersten Mannes nicht ganz ohne war. Heiko hat ihr lange Zeit Sorgen gemacht. Er hat enorm darunter gelitten, dass sein leiblicher Vater auf einmal nicht mehr da war, als er ihn so sehr gebraucht hätte.«

»Verständlich«, sagte Malte. Er räusperte sich unangenehm berührt. »Um auf unsere Frage zurückzukommen: Wir wissen inzwischen, dass Roluf Ahlert Zeichenunterricht erteilt.«

»Das ist so«, sagte Theisen. »Er hat auch meine Frau unterrichtet. So haben sie sich kennengelernt.«

Malte beugte sich vor und blickte Theisen intensiv an. »Warum hat Ihre Frau dann auf Bornholm bei einem anderen Maler Unterricht genommen?«

»Ganz einfach. Ahlert kann zeichnen. Malen kann er nicht. Das war Hilda auf Dauer zu einseitig. Sie wollte mehr, aber mehr konnte Ahlert ihr nicht bieten.«

Theisen grinste zufrieden. Er konnte nicht verhehlen, dass seine Feststellung als bewusster Seitenhieb auf Roluf Ahlerts persönliche Grenzen gemeint war.

Molly verstand seinen Triumph, doch sie blieb neutral und ging über die Spitze hinweg. Mittlerweile hatte sie sich wieder gesammelt.

»Wir versuchen, herauszufinden, wie der Maler hieß, bei dem Ihre Frau Unterricht genommen hat. Hat sie den Namen Ihnen gegenüber mal erwähnt?«

Theisen verneinte.

»Hat sie mit Ihrem Sohn darüber gesprochen?«, fragte Molly weiter. »Hat er ihr den Künstler vielleicht sogar selbst aus dem Internet herausgesucht?«

Sie wunderte sich über die Coolness, mit der sie sprach. Im schlimmsten Fall schaufelte sie mit ihrer Frage Ole und sich selbst das Grab. Ahlerts Worte von einem deutschen Künstler, der in dem Dorf auf Bornholm zu Gast gewesen war, hatten sich in ihr Gedächtnis eingebrannt. Sie konnte sich gut vorstellen, dass Ole dort Malkurse angeboten hatte. Doch Bornholm lag nicht aus der Welt. Andere deutsche Künstler konnten sich zur gleichen Zeit wie er auf der Insel aufgehalten haben. Daher gab es noch immer einen Funken Hoffnung, dass ihre Ängste sich in Nichts auflösten.

Gebannt blickte sie Theisen an, der bisher nicht auf ihre Frage geantwortet hatte. Er schien nach verdrängten Erinnerungen zu suchen.

»Ob Hilda mit Heiko darüber gesprochen hat, weiß ich nicht«, sagte er endlich. »Da muss ich ihn fragen.«

Er stand auf und rief nochmals nach seinem Sohn.

An der Schwelle zum Wohnzimmer blieb er stehen und lauschte mit einem Ohr ins Haus hinein.

»Heiko müsste da sein«, sagte er. »Er hat sein Büro im Keller. Ich guck mal eben nach.«

Er verschwand aus den Blicken seiner Besucher.

Sie hörten ihn noch einmal nach Heiko rufen, als er die Treppe hinunterging. Eine metallene Tür fiel schwer ins Schloss. Dann herrschte Stille.

Molly wie auch Malte blieben angespannt schweigend sitzen. Sie guckten sich fragend an, als sie keinen Laut mehr von Martin Theisen vernahmen.

»Hier stimmt was nicht«, flüsterte Molly ihrem Kollegen zu.

»Soll ich ihn rufen?«, raunte Malte zurück.

»Nein, besser nicht. Ich geh mal gucken.« Sie rutschte auf die Stuhlkante vor, um aufzustehen.

Malte legte seine Hand auf ihre Schulter und hielt sie zurück. »Soll ich nicht mitkommen?«

»Nein, bleib du hier. Ich bin gleich wieder zurück.«

Molly stand auf, schlich sich auf Zehenspitzen durchs Wohnzimmer und tapste leise die Stufen hinunter.

Es war düster im Kellerflur. Nur ein schwaches Licht fiel durch ein Küchenfenster herab.

Eine Stahltür lag schräg vor ihr. Langsam drückte sie die Klinke herunter und zog die Tür auf.

Martin Theisen stand vor einem großen Schreibtisch, der übersät war mit Monitoren, Tastaturen, USB-Sticks und Computermagazinen. In speziell dafür angefertigten Schränken an einer der Wände waren etliche Computer untergebracht. Der Raum war erfüllt von dem leisen Surren der Lüfter.

»Alles okay, Herr Theisen?«

Theisen sah Molly unverwandt an. Die Fingerkuppen seiner Hände tippten auf der Schreibtischplatte herum.

»Jaja, alles in Ordnung.« Er zuckte mit dem Kopf. Dann streckte er erschrocken die Arme aus und ging auf Molly zu. »Bitte gehen Sie keinen Schritt weiter. Mein Sohn kann jeden Moment zurück sein.«

Er schob Molly aus dem Raum, drängte sie zur Treppe und nahm ihren Arm, um sie ins Erdgeschoss zu führen.

Draußen auf der Terrasse ließ er sich auf seinen Gartenstuhl fallen. »Ein Glück, dass Heiko uns nicht gesehen hat. Der Raum ist sein Heiligtum, den darf niemand betreten, nicht einmal ich.«

»Aber Sie waren gerade drin«, stellte Malte fest.

»Verraten Sie ihm das nicht, bitte«, sagte Theisen flehentlich. »Er hat hoch geheime Unterlagen da drin. Bei seinen Kunden muss er Geheimhaltungsvereinbarungen unterschreiben. Wenn er die bricht, ist er geliefert.«

»Beruhigen Sie sich«, sagte Molly. »Niemand hat uns beide da unten gesehen. Wenn Ihr Sohn zurückkommt, fragen Sie ihn doch bitte, ob er weiß, wie der Maler hieß, der seiner Mutter in Dänemark Unterricht erteilt hat.«

Theisen nickte geistesabwesend. »Ja, das mache ich.« Wieder zuckte er mit dem Kopf. Dann sah er Molly entschlossen an. »Eigentlich weiß ich gar nicht, ob sie wirklich Unterricht bei jemand anderem genommen hat. Vielleicht war das nur eine Aussage von Roluf Ahlert, die er gemacht hat, um von sich selbst abzulenken.«

Molly verspürte Mitleid mit diesem Mann. Es tat ihr weh, erneut die Parallele zwischen Martin Theisen und ihrer eigenen Person zu sehen: Beide hegten sie seit zehn Jahren einen Verdacht in derselben Angelegenheit. Es war wohl Ironie des Schicksals, dass Mollys Verdächtiger ein Kunstmaler war und der von Theisen ein Architekt, der Zeichenunterricht erteilte.

»Wo ist Ihr Sohn überhaupt hin?«, fragte Malte. »Vorhin sagten Sie doch, er sei im Haus.«

»War er auch, als ich mit Ihnen telefonierte. Normalerweise sagt er mir Bescheid, wenn er weggeht, und schließt den Keller ab. Es sei denn, er hat es furchtbar eilig.«

Es klang wie Trotz, als Theisen sprach.

In Molly wuchs ein gesundes, berufsbedingtes Misstrauen. »Hat er mitbekommen, dass wir Sie beide aufsuchen wollten?«

»Ja, natürlich. Ich hab es ihm gesagt.« Theisen schien selbst unangenehm berührt. »Heiko ist zwar etwas eigen, schon immer gewesen, aber nicht unhöflich.«

»Haben Sie eine Erklärung dafür, dass er so plötzlich weggegangen ist?«

Martin Theisen verscheuchte eine Fliege vor seinem Gesicht. »Wenn er überstürzt verschwindet, kann der Grund nur ein Kunde sein, der ihn gerufen hat, weil seine Systeme zusammengebrochen sind.«

19

Roluf Ahlert hatte schlecht geschlafen letzte Nacht. Die Lider brannten. Er stierte auf den Monitor. Alles verschwamm vor seinen Augen. Mit beiden Händen rieb er sich das Gesicht. Heute konnte er sich keine Nachlässigkeit erlauben und keine mangelnde Konzentration. Er musste die Statik eines fünfstöckigen Gebäudes berechnen, das er für eine Behörde plante.

Die eine Hand griff wieder nach der Maus, mit der anderen tastete er blind nach dem Kaffeebecher, den er irgendwo auf dem Schreibtisch abgestellt hatte.

Die Haustür wurde aufgeschlossen. Das musste Rosa sein. Ihre Schritte hallten unregelmäßig durch den Flur. Sie schlurfte durch den Raum zu ihrem Schreibtisch.

Roluf führte den Becher zum Mund, trank und stellte ihn ab, ohne hinzusehen und ohne Rosa zu beachten.

»Du sitzt da wie ein Schlafwandler.«

Ihr Ton war schnippisch. Er hatte es nicht anders erwartet.

Sie hievte einen Aktenkoffer auf ihren Tisch, öffnete ihn und holte nacheinander vier schwere Ordner heraus, die sie lautstark auf der Tischplatte deponierte.

Er beäugte sie kurz. Ihrem Gesichtsausdruck nach schien sie genervt zu sein. Auch sie hatte wohl schlecht geschlafen. Seit die Ermittler sie gestern aufgesucht hatten, herrschte dicke Luft im Büro. Er guckte weg.

Rosa baute sich vor ihm auf.

»Setz dich doch, wenn du reden willst«, sagte er.

Tatsächlich schob sie einen der acht Hocker vor seinen Schreibtisch und nahm darauf Platz.

Damit hatte er nicht ernsthaft gerechnet.

Er rückte von seinem Bildschirm weg und guckte ihr ins Gesicht. »Bitte, worum geht es?«

»Im Ort wird getuschelt.«

Er nickte. »Wo wird nicht getuschelt?«

»Sie reden über uns.« Rosa verschränkte die Arme, legte sie auf den Schreibtisch und schob ihren Oberkörper Roluf entgegen. »Es war nicht gerade förderlich für unseren Ruf, dass die Polizei gestern bei uns war.«

Äußerlich blieb Roluf ruhig. »Ich habe sie nicht gebeten, herzukommen.«

Rosa deutete mit dem Kinn auf ihn.

Wie hochnäsig sie dabei aussah.

»Du wirst die Sache mit Hilda niemals los«, sagte sie. »Und jetzt kommt noch die mit dieser Strandblume dazu, die sich beim Konzert am Samstagabend einen Prinzen angeln wollte. Nun sag schon: Warst du der Prinz?«

Roluf beschloss, sich nicht provozieren zu lassen. Nicht von Rosa.

»Was, bitteschön, habe ich mit der jungen Frau zu tun, die kürzlich ums Leben gekommen ist?«

Rosa neigte den Kopf zur Seite und lächelte zuckersüß. »Was hättest du gemacht, wenn ich dir für die Nacht zum Sonntag kein Alibi gegeben hätte?«

Roluf stieß die Maus, auf der seine Hand noch immer lag, mit Schwung von sich weg. Das Gerät rutschte über den Schreibtisch und fiel auf den Boden. Beim Aufprall öffnete sich das Batteriefach, und die Batterie kullerte über den Parkettboden.

»Willst du mir drohen?«, presste Roluf hervor.

Er stand auf, sammelte die Einzelteile ein und schob die Batterie wieder an ihren Platz. Sollte er sich wieder setzen? Zögernd blickte er auf Rosa hinab.

Sie wies mit einer Hand auf seinen Bürostuhl. »Setz dich doch, wenn du reden willst«, flötete sie.

Zornesröte stieg ihm ins Gesicht, die Augen brannten noch mehr als zuvor. Es waren unterdrückte Tränen der Verzweiflung, die sie zum Schmerzen brachten.

Es hatte lange gedauert, bis die tragische Geschichte um Hilda Theisen ihm nicht mehr ständig angehängt wurde. Wenn jetzt der alte Verdacht wieder aufflammte und ein neuer dazukam oder sogar gleich drei weitere auf einmal, konnte er einpacken.

»Ich stell die Mülltonne an den Straßenrand«, sagte er. »Die Müllabfuhr kommt gleich.« Er lief hinaus in den Vorgarten, an dessen einer Seite die Tonnen für Wertstoffe, Altpapier und Restmüll in einem Unterstand verborgen waren. Es war eine Flucht.

Er zog die graue Restmülltonne heraus und schob sie an den Straßenrand, direkt neben Rosas Cabrio. Insgeheim wünschte er sich, ein Fußgänger würde nachher dagegen torkeln und die Tonne gegen den tornadoroten Lack des Sportflitzers drücken.

Rosa stürmte ihm entgegen, als er den Vorgarten wieder betrat. »Wenn du schon draußen bist, kannst du mir auch dabei helfen, den zweiten Aktenkoffer ins Büro zu tragen.«

Sie öffnete den Kofferraum. Demonstrativ hielt sie die Klappe mit einer Hand hoch. Den anderen Arm in die Hüfte gestemmt, wartete sie darauf, dass Roluf den Koffer heraushob.

Wortlos kam er ihrer Aufforderung nach.

»Was ist das denn hier?«, rief Rosa, als er auf das Haus zusteuerte.

»Was denn?« Er drehte sich um.

Rosa fuchtelte mit einem großen braunen Umschlag in der Luft herum. »Hast du den bei mir auf dem Beifahrersitz entsorgt, als du meinem Wagen die Tonne in die Flanke geschoben hast?«

Roluf wurde es zu bunt. Er ließ Rosa mit dem Umschlag stehen, trug den Aktenkoffer ins Haus und knallte die Haustür hinter sich zu.

Den Koffer ließ er im Flur auf den Boden plumpsen. Es waren Rosas Akten, es war ihr Projekt. Sie hatte sich eine Ausschreibung an Land gezogen, ohne ihn mit einzubeziehen. Nun sollte sie sehen, wie sie damit zurechtkam. Spätestens, wenn es darum ging, die Statik zu berechnen, würde sie seine Hilfe brauchen.

Er fragte sich, was aus ihr geworden wäre, wenn er ihr bei den Klausuren während des Studiums nicht geholfen hätte. Im selben Moment verfluchte er, dass er das getan hatte. Hätte er sie doch einfach hängenlassen. Dann hätte sie seine Hilfe nie als Liebesbeweis missverstehen können. Er kehrte an seinen Schreibtisch zurück.

Rosa schloss die Tür auf und knallte das Kuvert auf seinen Tisch. »Was ist da drin?«

Verstört schüttelte Roluf den Kopf. »Was soll das?«

»Was – ist – hier – drin?« Energisch klopfte Rosa mit der Faust auf den Umschlag.

»Guck doch nach«, brüllte er sie an. Er streckte den Arm zur Seite aus und wies dorthin, wo Rosas Schreibtisch stand. »Setz dich an deinen Platz, guck nach, was drin ist, und lass mich meine Arbeit machen.«

Er verschanzte sich hinter seinem Monitor. So musste er wenigstens das zu Tode beleidigte Gesicht nicht sehen, wenn Rosa sich von dannen schlich.

Die Zahlen verschwammen. Er gab es auf. Das Berechnen der Statik konnte er für heute vergessen.

Rosa setzte sich an ihren Tisch und nestelte an dem Umschlag herum. Er war offenbar nicht zugeklebt. Aus dem Augenwinkel sah Roluf, wie sie hineingriff und einen weißen Umschlag von Standardgröße herausholte.

Rolufs Neugier war geweckt. Auch wenn er es nicht wollte, er musste hinsehen.

Rosa wendete den Briefumschlag in ihrer Hand, dann öffnete sie auch ihn. Mit zwei Fingern griff sie hinein.

»Iiiih!« Dem Ausruf folgte ein lauter Fluch. Rosa schob den kleineren Umschlag zurück in das große Kuvert. Dann holte sie ihn erneut heraus. Oder war es ein anderer?

Roluf wandte sich ab.

Rosa schob ihren Stuhl zurück, nahm das große Kuvert in die Hand und ging auf Roluf zu.

Mit spitzen Fingern ließ sie die braune Briefhülle auf seine Tastatur gleiten. »Nur für den Fall, dass es dich interessiert. Ich schätze allerdings, du kennst den Inhalt nur zu gut. Deine Entmüllungsaktion vorhin war wohl größeren Umfangs. Du wolltest nicht nur den Restmüll loswerden, sondern auch ...« Verächtlich zog sie die Nase kraus. »... deine gesammelten Werke.«

»Ich hab keinen Schimmer, was da drin ist«, brüllte Roluf. »Und ich will es auch nicht wissen.«

Er wandte sich ab. Er fühlte sich müde und ausgelaugt. Er wollte nur noch weg von hier. Weg von all den Erinnerungen an die Vergangenheit und an das Jetzt.

»Wirklich originelle Souvenirs.« Rosa stand mit verschränkten Armen vor ihm. »Die brauchtest du wohl.«

Roluf tat ihr den Gefallen, nahm den großen Umschlag und öffnete ihn. Vier längliche, schmale Kuverts steckten darin. Er nahm eines heraus.

›Hilda Theisen‹ stand in Druckbuchstaben darauf geschrieben. Das Kuvert war nicht zugeklebt. Er zog die Lasche heraus und guckte hinein.

Eine rote gelockte Haarsträhne lag darin.

Er zog ein weiteres Kuvert heraus. Der Name ›Annika Ketelsen‹ prangte darauf. In dem Umschlag befand sich rötlichblondes krauses Haar.

»Die anderen brauche ich nicht zu öffnen«, sagte er.

Rosa wurde hektisch. Sie lief auf und ab, drehte sich zweimal um die eigene Achse, fuhr sich wie wild durch die dunkle Mähne.

Wie eine Rakete schoss sie auf den Hocker zu, den sie vor seinen Schreibtisch geschoben hatte, und ließ sich darauf fallen. »Warum in aller Welt warst du an dem Abend, als Hilda Theisen starb, nicht bei ihr? Du hast doch sonst immer wie ein Schoßhündchen an ihren Fersen geklebt. Warum an dem einen Abend nicht?«

Roluf schob seinen Stuhl zurück. Er brauchte größtmögliche Distanz zu Rosa.

»Gestern, als die Kripo bei uns war«, zeterte sie, »hast du dich geschickt ins beste Licht gerückt. Hast dich als Seelentröster aufgespielt, der Hilda all das geben wollte, was sie bei Martin Theisen nicht fand. Hast sie von der Sucht abbringen wollen.« Sie hämmerte sich mit dem Handballen vor die Stirn. »Das weiß doch jedes Kind, dass man einen Suchtkranken nicht einfach an die Hand nehmen und ihm freundlich sagen kann: ›Du, jetzt bin ich bei dir, das Saufen lässt du ab sofort mal schön sein.‹ Glaubst du, die Polizei nimmt dir die Rolle des Retters und Beschützers ab?«

»Rosa, bitte. Es reicht.«

Angewidert sah Rosa ihn an. »Wie du dich bei der Kommissarin eingeschmeichelt hast. ›Sie sind eine gute Psychologin.‹«, imitierte sie Roluf.

Er sprang auf. »Verlass mein Haus.« Hastig lief er zur Tür und riss sie auf.

Die Zeit blieb stehen, während er darauf wartete, was Rosa tun würde.

Sie pflanzte sich vor ihm auf, den Umschlag in der Hand. »Ich gehe davon aus, dass du dieses Kuvert vorhin im Müll entsorgen wolltest und dass du dich kurzfristig umentschieden hast, um mich zu belasten. Wahrscheinlich hättest du nachher heimlich die Polizei angerufen und ihr einen Tipp gegeben.«

Der Boden schwankte. Roluf hielt sich an der Türklinke fest. »Sag mal, hast du sie noch alle beisammen?«

»Ich denke schon«, erwiderte Rosa. »Ich werde jetzt die Kommissare von der Soko anrufen und ihnen diese Sammlung übergeben.«

Roluf schloss die Tür. »Wenn du das tust, ist nicht nur meine Existenz dahin, sondern auch deine.«

Beide standen sich gegenüber wie Kampfhunde, von denen jeder gespannt bis in die letzte Muskelfaser darauf lauerte, wann der andere zubeißen würde.

Aus einer plötzlichen Intuition heraus riss Roluf das Kuvert an sich und stampfte ins Büro zurück. Er warf den Umschlag auf Rosas Schreibtisch. »Er hat in deinem Wagen gelegen. Du hast ihn geöffnet und hineingesehen. Also los, ruf jetzt die Polizei. Ich warte.«

Rosa näherte sich ihm, als traute sie ihm nicht.

Er zog sich an seinen Platz zurück.

Sie nahm die Visitenkarte hervor, die der Kommissar ihnen dagelassen hatte, wählte die Nummer der Soko und schaltete den Lautsprecher ein. Mit einem Auge behielt sie Roluf im Blick.

»Molly Bleck«, meldete sich die Angerufene.

Rosa berichtete von dem Fund in ihrem Cabrio und bat die Kommissarin, in ihr Büro zu kommen.

»Das geht im Moment leider nicht«, erwiderte Molly Bleck. »Mein Kollege und ich sitzen mit unserem Chef in einer Besprechung, die bis weit in den Nachmittag hinein dauern wird. Aber ich werde gleich einen anderen Beamten bitten, den Umschlag bei Ihnen abzuholen. Er wird ihn in die Kriminaltechnik bringen.«

»Okay«, hauchte Rosa, deren Gesicht während des Telefonats aschfahl geworden war.

Sie legte auf und sah stumm und ratlos zu Roluf hinüber.

Er überlegte kurz. Dann sprang er auf. »Ich werde die Angelegenheit jetzt endgültig regeln.«

Er flog förmlich an Rosa vorbei dem Ausgang zu.

»Wo willst du hin?«, rief sie ihm hinterher.

»Zu Martin Theisen. Ich bin es leid.«

20

Wenige Minuten später im Haus von Martin Theisen

Martin Theisen glaubte nicht an Gott. Doch als die netten Kommissare sein Haus verlassen hatten, schickte er ein Dankesgebet zum Himmel.

Er wartete zwei, drei Minuten hinter der geschlossenen Tür, immer in der Erwartung, sie könnten noch einmal anklingeln, weil eine letzte Frage aufgekommen war. Dann ging er wieder in den Garten.

Beruhigt lehnte er sich in seinem Stuhl auf der Terrasse zurück. Das Versprechen, das er Heiko am Sonntag gegeben hatte, hatte er eingelöst. Er hatte alles getan, um die Spur zu Roluf Ahlert sichtbar zu machen. Jetzt waren die Ermittler an der Reihe. Gut, dass sie sich die Frage nach Ahlert und dem Malunterricht stellten.

Die Dinge nahmen ihren Lauf, und das schlechte Gewissen, dass ihn Heiko gegenüber plagte, seit Hilda sich für die Ehe mit ihm entschieden hatte, war in den Tagen seit dem ersten Gespräch mit den Ermittlern um einige Kilo leichter geworden.

Er guckte auf die Uhr. Halb elf. Wo war Heiko abgeblieben? Er musste mit dem Jungen reden.

Anrufen wollte er ihn nicht. Wenn Heiko bei einem Kunden war, wollte er nicht gestört werden. Und wenn er unterwegs war, auch nicht. Autofahren und Telefonieren waren zwei Welten, die nicht zusammengingen.

Martin stand auf, um den Rasenmäher aus dem Schuppen am Ende des Grundstücks zu holen.

Auf dem Weg dorthin hörte er die Türglocke. Schlagartig blieb er stehen, wandte sich um und stolperte ins Haus. Waren das die Kripo-Beamten? Oder hatte Heiko keinen Hausschlüssel dabei?

»Ich komme«, rief er, als er durch den Flur lief und das Klingeln ein zweites Mal ertönte. Er öffnete die Tür, und das Lächeln wich einem Aufschrei. »Sie?«

Er trat einen Schritt zurück.

Roluf Ahlert tobte innerlich. Seine Augen flackerten, das Gesicht war gerötet, und seine Hand stieß die Tür mit einer kraftvollen Bewegung weit auf.

Theisen wich zwei weitere Schritte zurück, und Ahlert kam ungebeten herein.

»Wir sollten es uns in Ihrem Wohnzimmer gemütlich machen«, sagte Ahlert. »Wir haben ein paar wichtige Kleinigkeiten zu besprechen.«

Er schloss die Tür hinter sich. Unerbittlich legte er die Hand auf Theisens Schulter und schob ihn in den Wohnraum.

»Setzen Sie sich«, befahl er und nahm ebenfalls Platz. »Gestern hatte ich ein Gespräch mit den Beamten der neuen Sonderkommission, die sich seltsamerweise auch für den Tod von Hilda interessiert.«

»Was ist daran so seltsam?« Martin gab sich innerlich gefasst. »Wer Hilda umgebracht hat, hat auch die anderen Frauen auf dem Gewissen.«

»Davon sind Sie überzeugt?«

Ahlerts Stimme klang wie eine Drohung. Martin hielt es für ratsam, zu schweigen.

»Ich habe den Ermittlern erzählt, was ich weiß«, fuhr Ahlert fort. »Ich habe ihnen gesagt, wie unglücklich Hilda in der Ehe mit Ihnen war. Dass sie Sie verlassen wollte. Dass Sie Ihre Frau erdrückt haben mit dieser klebrigen, altväterlichen Liebe. Dass Hilda süchtig nach echter Liebe war. Dass ihre Sucht unerfüllt geblieben ist und sie deshalb dem Alkohol und den Tabletten verfallen und letztlich daran krepiert ist.«

Martin sah sich nach einer Waffe um, nach einem Gegenstand, mit dem er sich wehren konnte, wenn es noch schlimmer wurde mit Ahlert.

»Sie und Ihr Sohn waren schnell an Ort und Stelle, als das mit Hilda passiert ist.«

Worauf wollte Ahlert hinaus?

»Haben Sie ihr auf Bornholm die Haarsträhne abgeschnitten, als sie am Strand tot vor Ihnen lag? Welchem Zweck sollte das dienen?«

Martin wollte etwas erwidern, doch er wusste nicht, was. Bevor er Worte fand, redete Ahlert weiter.

»Mir steht es bis obenhin, dass Sie, wo immer Sie gehen und stehen, Ihre Ansicht kundtun, ich hätte Hilda getötet. Aber was Sie sich heute geleistet haben, geht zu weit.« Er guckte auf seine Armbanduhr. »In diesen Minuten dürfte die Kripo bei mir im Haus eintreffen, um den Umschlag entgegenzunehmen, den Sie meiner Geschäftspartnerin ins Cabrio geworfen haben.«

»Was für einen Umschlag?«

Ahlert beantwortete die Frage nicht. Er hatte sich in Rage geredet. »Nur zu Ihrer Information, ich habe eine Überwachungskamera an meinem Haus. Ist Ihnen wohl gar nicht aufgefallen, was? Die Aufnahmen werden wir uns ansehen, Rosa Andersen und ich zusammen mit der Polizei. Dann haben wir den Beweis, wer von Ihnen beiden Rosa das Kuvert mit der Sammlung dieser schönen roten Haare ins Cabrio geworfen hat.«

Ahlerts Worte prasselten auf Martin nieder wie ein Steinschlag an der Bergwand. Krampfhaft überlegte er, wie er sich aus dieser Situation befreien könnte. Doch er kam nur zu einer Erkenntnis: Nie wieder würde er sich von diesem Schlag erholen.

Es war aus. Vorbei.

Er sackte in seinem Sessel zusammen. Er fühlte sich wie ein soeben Verstorbener, der bis unmittelbar vor seinem Tod mit dem Rücken am Rand seines eigenen Grabes gestanden hatte. In dieser Sekunde plumpste er hinein und schlug dumpf in der Tiefe auf.

Ahlert erhob sich. »Bisher haben wir der Polizei nur den Umschlag übergeben. Die Aufnahmen der Videokamera sehen wir uns morgen Nachmittag an. Sie haben damit noch eine Chance, sich vorher zu stellen und ein Geständnis abzulegen. Das gibt bekanntlich einen kleinen Bonus, wenn man vor dem Richter steht. Machen Sie das Beste daraus. Auf Wiedersehen.«

Der Mann drehte sich auf dem Absatz um und stakste mit großen Schritten aus dem Haus.

Martin Theisen blieb noch eine Weile sitzen. Dann hievte er sich aus dem Sessel.

Es gab für ihn nur noch eine Sache zu tun.

21

Der Kriminaldirektor legte einen Arm um Mollys Schultern und einen um die von Malte. »Ich bin mehr als zufrieden. Sie verstehen sich, das merkt man. Sie harmonieren miteinander. Sie sind ein perfektes Team.«

Malte zwinkerte Molly zu. Sie verdrehte die Augen, lächelte ihn dann aber an und erwiderte sein Blinzeln.

»Den Stand der Ermittlungen fasse ich nachher im Büro in Worte. Den Text sende ich Ihnen zur Abstimmung zu, bevor ich ihn dem Pressesprecher weiterleite.« Er löste die Arme von den Schultern seiner Mitarbeiter und klopfte den beiden anerkennend auf den Rücken. »Sie werden sehen, wenn Sie den Fall geklärt haben, wird die Lübecker Bucht Sie feiern wie James Bond.«

Molly lächelte bemüht. Morgen würde sie das Ergebnis des DNA-Vergleichs erhalten, und wenn der so ausfiel, wie sie es in ihren schlimmsten Träumen befürchtete, würde sie nicht gefeiert. Sie würde gefeuert.

»Wie geht es nun mit den Bewerbern weiter?«, fragte sie, um von dem aktuellen Fall abzulenken. »Werden Malte und ich ein Wörtchen mitzureden haben, wenn Sie mit den Damen und Herren gesprochen haben, die in die engere Wahl gekommen sind?«

Wichmann schmunzelte. »Können Sie sich vorstellen, dass ich Sie raushalte, wenn es darum geht, dieses tolle Team zu vervollständigen? Da machen Sie sich mal keine Gedanken. Sie bestimmen mit. Alle beide.«

Wichmann verabschiedete sich überschwänglich von seinen Soko-Mitarbeitern und fuhr nach Lübeck.

Molly zog sich mit Malte in dessen Büro zurück.

»Spendabel ist er ja«, meinte Malte. Er spielte auf die großzügige Einladung zum mehrgängigen Mittagessen in einem der besten Restaurants des Ortes an.

»Er bezahlt die Rechnung ja nicht selbst«, relativierte Molly die Aussage. »Aber du hast schon recht, knauserig ist er nicht. Wenn mein Chef in Hamburg uns für einen tollen Einsatz belohnen wollte, hat er uns zu Currywurst mit Pommes eingeladen. Mehr war nicht drin.«

»Allein aus dem Grund hat sich doch der Wechsel an die Ostsee schon gelohnt, oder?«, feixte Malte.

Wenn er wüsste, welche Gründe Molly tatsächlich dazu bewogen hatten, sich um den Posten in der Soko zu bewerben!

Vielleicht erfuhr er es morgen schon.

»Wie ist das mit den Teilnehmerlisten der Volkshochschule?«, fragte Molly, um auch ihn auf ein anderes Thema zu bringen. »Du hast sie angefordert, hast du gesagt. Weißt du auch, wann wir sie erhalten werden?«

»Sie haben mir versprochen, die Listen heute noch aus dem Archiv zu suchen und sie mir spätestens morgen zuzusenden.«

»Okay, dann sollte ich schnell noch bei dem Verein anrufen. Das habe ich heute Morgen nach dem Gespräch mit Martin Theisen ganz vergessen. Ich war in Gedanken zu sehr bei seinem Sohn.«

»Hmhm«, machte Malte. »Heiko Theisen geht mir auch nicht aus dem Kopf. Ich wollte ihn Wichmann gegenüber nicht erwähnen. Ich sehe bei dem Mann kein Motiv. Aber er ist der Einzige von denen, die zum engeren privaten Umkreis von Hilda Theisen gehören, den wir überhaupt noch nicht gesprochen haben.«

»Nicht mal zu Gesicht bekommen haben wir ihn«, sagte Molly. »Nur einmal zufällig in Jannas Café. Warum war er nicht an der Seite seines Vaters, als der am Montag bei uns auf der Matte stand? War ihm sein Job wichtiger als die Umstände, unter denen die Mutter starb?«

»Und warum ist er abgehauen, nachdem wir uns heute früh bei den Theisens angekündigt hatten?«, überlegte Malte. »Musste er wirklich zu einem Kunden?«

Molly stand auf. »Lass uns abwarten, was die Durchsicht der Teilnehmerlisten ergibt. Wenn uns das nicht weiterbringt, gehen wir noch mal zu den Theisens. Einmal müssen wir den Sohn ja antreffen. Wir wollten ihn ja auch auf den Namen des Malers ansprechen, der Hilda Theisen auf Bornholm Unterricht gegeben hat.«

Malte runzelte die Stirn. »Was den Maler betrifft – falls wir auf den Listen einen Kursleiter finden, der alle drei Opfer aus der Lübecker Bucht unterrichtet hat, sollten wir seinen Namen an die dänischen Kollegen weitergeben, damit sie auf Bornholm nochmal nachhaken.«

»Unbedingt.« Molly seufzte. »Aber ein Schritt nach dem anderen. Erst müssen wir die Listen mal haben. Ich gehe jetzt rauf in mein Büro und rufe den Verein an.«

»Das bedeutet«, sagte Malte, »außen an deiner Zimmertür hängt gleich das Schild ›Bitte nicht stören‹.«

»Du hast es erfasst.« Molly winkte Malte zu und überließ ihn seiner Arbeit.

In ihrem Büro angekommen, rief sie den Vorsitzenden des Vereins an. Sie sandte ihm eine Kopie der richterlichen Genehmigung per Mail zu. Er versicherte ihr, sich heute noch um die Angelegenheit zu kümmern.

Die digitale Uhr am unteren Bildschirmrand zeigte 16.53 an. Ohne die Teilnehmerlisten würden sie nicht weiterkommen mit ihren Recherchen, und Überstunden hatten sie in diesen wenigen Tagen reichlich gemacht.

Molly horchte in sich hinein. Eine Idee hatte sich in ihr eingenistet, die blitzartig ausgebrütet werden wollte. Sie suchte die Nummer der Künstlergemeinschaft auf dem Priwall heraus und rief die Dame an, mit der sie gestern gesprochen hatte.

Die Frau meldete sich nach dem ersten Klingeln.

Molly wagte es nicht, das Gespräch mit einem Small Talk zu beginnen. Sie befürchtete, dann doch den Mut zu verlieren. Ohne Umschweife fragte sie, ob sie heute Abend vorbeikommen dürfe.

»Selbstverständlich, gerne«, sagte die Dame. »Ich bin bis zwanzig Uhr im Haus. Melden Sie sich bei mir. Ich mache Sie dann mit jemandem bekannt, der Sie herumführen kann.«

Molly kündigte sich für ungefähr achtzehn Uhr dreißig an und telefonierte gleich im Anschluss mit Janna, um sie darüber zu informieren, dass sie noch etwas zu erledigen habe und erst später nach Hause käme.

»Soll ich dich irgendwo abholen?«, fragte Janna.

Molly druckste herum. Doch sie wollte kein Geheimnis mehr vor ihrer Freundin haben. »Janna, ich sag dir die Wahrheit: Ich gucke mich nachher auf dem Priwall im Haus einer Künstlergemeinschaft um.«

»Wonach suchst du bei denen?«, fragte Janna, obwohl sie sich die Antwort denken konnte.

»Ich bin rein beruflich da«, erwiderte Molly mit einer betont unschuldigen Stimme. »Malte fährt mich hin.«

»Okay. Melde dich, wenn ich dich abholen soll.«

Molly schluckte vor Rührung. »Janna? Falls ich es dir noch nie gesagt habe: Du bist ein Schatz.«

Schnell legte sie auf. Sie packte ihre Sachen zusammen, ging hinunter und klopfte an Maltes Bürotür.

»Jo«, rief er aufgeräumt. »Komm herein.«

Molly erwischte ihn bei einem Computerspiel.

Er schloss die Anwendung und fuhr seinen Rechner herunter. »Im Moment kann ich nichts weiter tun«, entschuldigte er sich.

»Geht mir genauso«, sagte Molly. »Deshalb stehe ich hier. Kann ich mit dir nach Travemünde fahren?«

Er tat, als überlegte er schwer. »Wenn meine Chefin mir frei gibt, nehme ich dich gerne sofort mit.«

Ihm gegenüber hatte Molly weniger Skrupel als bei Janna, eine Ausrede zu erdichten. Sie erzählte ihm, dass sie für Janna ein Geburtstagsgeschenk in einem der schönen Lädchen auf der Vorderreihe suchen wollte.

Bereitwillig machte Malte einen kleinen Umweg und setzte sie beim Yachthafen am Marktplatz ab.

Molly beeilte sich, die nächste Fähre zu erreichen, die sie vom einen Ufer der Trave zum anderen übersetzte. Vom Fähranleger aus hatte sie einige Minuten zu gehen. Die Künstlergemeinde residierte in einem Haus, das von einem Wald umgeben war.

Den Weg hatte sie sich am Computer auf einer Karte anzeigen lassen, die Beschreibung hatte sie ausgedruckt.

Sie brauchte einige Augenblicke, um sich zu orientieren. In der realen Welt gestalteten sich die Wege und Landschaften oft ganz anders, als sie auf einer Satellitenkarte wirkten. Doch bald fand Molly sich zurecht, und als sie das Künstlerhaus betrat, wurde sie von der Dame begrüßt, mit der sie telefoniert hatte.

Die Frau machte Molly mit einem Maler bekannt, der sich Pedro nannte.

»Ist das Ihr Künstlername?«, fragte Molly.

Der Mann grinste. »Peter wäre zu profan und unpassend für die Kunst, die ich mache. Was darf ich Ihnen denn zeigen? Für welche Kurse interessieren Sie sich?«

Sie trug noch einmal die Geschichte von der Nichte vor, für die sie sich umsah, und bat darum, ein möglichst breites Spektrum der Arbeit der Künstlergemeinschaft kennenlernen zu dürfen.

Pedro führte sie durch verschiedene Ateliers, erklärte ihr die Mal- und Zeichentechniken, den Weg der Entstehung einer Skulptur und bot ihr an, selbst mal einen Pinsel oder einen Stift in die Hand zu nehmen.

Sie lehnte dankend ab. Ihre Hand hätte vor Aufregung viel zu stark gezittert, und sie wollte keine Zeit mit Malen vertrödeln. Sie hatte es darauf angelegt, alle Maler der Gemeinschaft namentlich kennenzulernen.

Wo war der eine, der Ole hieß?

»Das war's«, sagte Pedro am Ende des Rundgangs. »Ich hoffe, für Ihre Nichte war was Interessantes dabei.«

»Bestimmt«, erwiderte Molly. »Aber mir schwirrt der Kopf von all den tollen Kunstwerken, die hier entstehen. Das muss ich erst mal in Ruhe sortieren.«

In Wahrheit musste sie sich Mühe geben, ihre Enttäuschung zu verbergen. Unter den Männern, die sich an diesem Abend in der Gemeinschaft aufhielten, befand sich kein einziger mit dem gesuchten Namen. Gezielt nach einem Ole fragen wollte sie nicht. Wie hätte sie ihre Neugier begründen sollen?

Der Rundgang hatte bis nach zwanzig Uhr gedauert. Es wurde Zeit, nach Hause zurückzukehren.

Molly bedankte sich bei Pedro, ließ der netten Dame aus dem Büro Grüße ausrichten und begab sich auf den Weg zum Fähranleger.

Die Sonne stand tief. Es fiel nur wenig Licht in den Wald ein, den sie wieder durchqueren musste. Auf einmal fühlte Molly sich fremd. Unsicher blickte sie sich um.

Dahinten war jemand. Wie ein Schatten huschte eine dunkle Gestalt hinter einen Baum.

Molly blieb stehen. Wurde sie verfolgt? War das der Schattenmann, der sie am Montagabend von der Strandpromenade aus in Jannas Haus beobachtet hatte?

Der Weg bis zur Straße war rund dreihundert Meter lang. Und kein Spaziergänger war in Sicht.

Molly beschleunigte ihr Tempo.

Da! Ein deutlich vernehmbares Knacken hinter ihr. Wieder blieb sie stehen und drehte sich um.

Weiter hinten lief eine Person in die entgegengesetzte Richtung.

»Ole?«, rief Molly unvermittelt. Ihre Stimme klang kläglich. Furcht und Unsicherheit bremsten ihre Stimmbänder aus.

Sie lief ein paar Schritte zurück. »Ole?«, rief sie lauter.

Die fremde Person war nicht mehr zu sehen.

»Ooole!« Molly schrie sich die Seele aus dem Leib.

Das Phantom blieb unsichtbar.

»Mist«, rief Molly laut und stampfte mit dem Fuß auf. Dann rannte sie auf die Straße zu, die zum Fähranleger führte.

22

Am nächsten Morgen bei Janna am Frühstückstisch

»Bist du wirklich davon überzeugt, dass es Ole war, der dich im Wald beobachtet hat?«, fragte Janna.

Molly zuckte ratlos mit den Schultern. »Ich kann mir nicht erklären, wer es sonst gewesen sein soll.«

Janna hob die Hände zum Himmel. »Meine Liebe, du bist Kriminalkommissarin. Von Berufs wegen warnst du seit einer halben Ewigkeit Frauen davor, im Dunkeln alleine durch einen Wald zu laufen, weil es überall böse Onkels gibt. Jetzt wandelst du selbst abends allein im Wald umher, und ausgerechnet du fragst dich, wer außer deinem seit Jahren verschollenen Ehemann sich an dich heranmachen könnte?«

Molly schwankte zwischen Verlegenheit, Verzweiflung und Enttäuschung. Sollte sie lachen oder weinen oder den Teebecher gegen die Wand werfen?

Das Klingeln an der Haustür lenkte sie ab.

Janna stand auf. »Das wird der Kurier aus dem Labor sein.« Sie hastete zur Tür.

Mollys Herz blieb stehen. Sie vergrub das Gesicht in den Händen.

Janna sprach ein paar Worte mit dem Boten, verabschiedete sich von ihm und kehrte zurück.

»Es war nicht der Kurier für dich, es war ein Paket für mich selbst. Bei all der Aufregung habe ich ganz vergessen, dass ich vorgestern eine Bestellung in einem Online-Shop aufgegeben hatte.«

»Gut«, sagte Molly. »Oder auch nicht. Ich muss jetzt zur Arbeit. Rufst du mich an, wenn die Sendung da ist?«

Janna hatte eine andere Idee. »Ich ruf bei dem Labor an und sag, der Kurier soll die Sendung bei dir als meiner besten Freundin in der Dienstvilla abliefern.«

Molly wurde blass. »Wenn Malte den Umschlag in die Finger bekommt und ihn öffnet?« Sie stand auf.

»Kind, es steht mein Name drauf. Es ist eine private Sendung. Auch für Malte Graf gilt das Postgeheimnis.«

Molly zog einen Schmollmund. »Okay.«

Janna drückte sie an sich. »Egal, was kommt«, sagte sie, »wir beide packen das.«

Molly nickte, nahm ihr Fahrrad und radelte zur Villa.

Kurz nach ihr traf Malte ein. Während sie einen ersten Klönschnack hielten, fuhr er seinen Computer hoch und guckte in die Mailbox. »Noch keine Post da«, sagte er enttäuscht.

»Was für eine Sendung erwartest du?«

»Die Unterlagen von der Volkshochschule natürlich. Hat dein Verein denn schon geliefert?«

»Ich guck gleich nach.« Gedankenversunken schlich Molly die Treppe hinauf. »Ach, Malte?«, sagte sie, als sie oben angekommen war.

Er stellte sich in die Eingangshalle und sah zu ihr hinauf. »Ja?«

»Ich erwarte eine Sendung vom Kurier. Ist privat, es steht Jannas Name drauf. Nur dass du Bescheid weißt.«

Er verharrte im Flur, breitbeinig und den Kopf im Nacken, und fing an zu grinsen. »Ist wohl 'n heimlicher Schwangerschaftstest, was?«

Molly zuckte zurück. »Was du aber auch für Einfälle hast.« Schnell verschwand sie in ihrem Büro.

Sie zögerte, den Computer einzuschalten. Wie sollte man arbeiten, wenn man mit den Gedanken ganz woanders war?

Woanders und doch ganz bei der Sache, redete sie sich selbst zu und schaltete das Gerät endlich ein. Sie setzte sich auf ihren Bürostuhl und beobachtete, wie das Betriebssystem die üblichen Meldungen ausgab, bis am Ende der Windows-Bildschirm zu sehen war.

Wie feige sie doch war und wie inkonsequent! Zehn Jahre hatte sie darauf hingearbeitet, das Rätsel um Ole lösen zu können. Zehn Jahre lang hatte das Schicksal sie darin blockiert. Dann endlich hatte es ihr in die Hände gespielt. Hatte ihr den Job vermittelt, den sie brauchte, um Klarheit zu erlangen. Nun stand sie kurz vorm Ziel. Und was tat sie? Sie überlegte, wie sie kneifen konnte.

»Schluss jetzt!«, sagte sie laut zu sich selbst. Sie war so weit gegangen. Die letzten Schritte würde sie auch noch packen. Wenn alles schiefging, würde sie bei Janna im Lesecafé kellnern. Und Lesungen organisieren, mit Krimiautoren aus der Region.

Molly schmunzelte bei dem Gedanken. Die Idee gefiel ihr gar nicht so schlecht.

Sie öffnete das Mailprogramm und überflog die Eingangspost. Der Vereinsvorsitzende hatte heute früh geliefert. Molly lud die Datei herunter und öffnete sie. Die Veranstaltungen einschließlich der Namen der Kursleiter waren nach Datum sortiert, die Namen der Teilnehmer in alphabetischer Reihenfolge aufgeführt.

Ein Roluf Ahlert fand sich nicht darunter.

Molly leitete die Mail an Malte weiter. ›Fehlanzeige‹ schrieb sie in die Betreffzeile.

An der Tür der Villa klingelte es.

»Dein Kurier«, dröhnte Maltes Stimme herauf.

»Ich komme«, erwiderte sie. Wie das Auge eines Tornados wand sie sich aus dem Bürostuhl, schoss aus der Tür und wirbelte die Treppe hinunter.

Ihr Kollege stand an der geöffneten Haustür.

»Bin schon da«, rief sie vorsichtshalber, damit Malte den Umschlag erst gar nicht in die Hand nahm.

Der Kurier war auf der Schwelle stehengeblieben. Er ließ sich die Übergabe der Sendung quittieren, grüßte freundlich und ging zu seinem Wagen zurück.

Malte schloss die Tür und sah Molly fragend an.

»Ich hab dir eine Mail geschrieben«, warf Molly ihm auf dem Weg zur Treppe zu. Sie nahm immer zwei Stufen auf einmal. »Hat die VHS inzwischen ihre Listen geschickt?«, fragte sie, unmittelbar bevor sie in ihrem Zimmer verschwand.

»Noch nicht«, hörte sie Malte sagen.

Sie riss den Umschlag auf und zog das Papier hervor. Sie überflog es, ohne zu verstehen. Sie las es einmal, ein zweites Mal. Beim dritten Mal begriff sie den Inhalt.

Größtmögliche Übereinstimmung.

Molly lehnte sich mit dem Rücken gegen die Tür und ließ sich Zentimeter für Zentimeter auf den Fußboden gleiten. Sie zog die Knie an, umklammerte sie mit den Armen und vergrub den Kopf darin.

So verharrte sie eine Zeit. Sie hätte später nicht sagen können, ob es dreißig Sekunden waren, dreißig Minuten oder dreißig Stunden. Sie versank in sich selbst und hörte nichts als den Puls, der in ihrem Kopf galoppierte wie Pferdehufe auf Kopfsteinpflaster.

Am Ende passierte, was in solchen Momenten immer geschah: Der Adrenalinspiegel sank von selbst, weil die

Seele sich verausgabt hatte und im Körper nichts von dem Stoff mehr übrig war.

Molly wartete, bis das Pferd so weit davongaloppiert war, dass sie den Hufschlag nur noch schwach vernahm. Sie hob den Kopf, stützte sich vom Boden auf und setzte sich an den Schreibtisch.

Unfähig, zu sprechen, sandte sie Janna eine SMS, bestehend aus drei kurzen Sätzen:

›Er war's. Bitte ruf nicht an. Melde mich später.‹

Sie war raus aus dem Fall. Alle weiteren Ermittlungen würde Malte alleine führen müssen. Wichmann würde ihm eine Kollegin oder einen Kollegen aus dem Kommissariat in Lübeck oder aus dem LKA zur Seite stellen.

Jetzt galt es, eine plausible Erklärung dafür zu finden, warum sie ihren konkreten und – was noch viel schlimmer war – zutreffenden Verdacht erst heute offenbarte, Tage nach dem Fund der Leiche von Annika Ketelsen und zehn Jahre nach dem Tod von Hilda Theisen, der sich nun doch als Mord entpuppen würde. Wenn ihr keine gute Begründung einfiel, war ein Disziplinarverfahren nicht auszuschließen.

Sie suchte nach Argumenten, fand aber keine. Doch länger konnte sie nicht warten.

Sie würde jetzt zu Malte hinuntergehen und ihm den DNA-Vergleich auf den Schreibtisch legen. Wortlos. Die Erklärungen mussten warten, bis sie wieder fähig war, einigermaßen klar zu denken.

Sie schob das Schreiben des Labors in den Umschlag zurück, öffnete die Bürotür und zögerte einen letzten Augenblick. Dann ging sie zur Treppe.

Wieder klingelte es an der Tür. Im ersten Moment hoffte Molly darauf, dass der Kurier zurückgekommen sei, einen anderen Umschlag in der Hand, und sie um Verzeihung bitten würde. Es hätte eine Verwechslung gegeben, und das Kuvert, das er ihr vorhin ausgehändigt hatte, sei das falsche gewesen.

Was für eine abstruse Idee! Solche haltlosen Hoffnungsfetzen brachte das Hirn wohl nur in Momenten höchster Verzweiflung hervor.

Malte öffnete die Tür.

Draußen stand Martin Theisen. Er verharrte da und sagte kein Wort. Blass war er. Er musste geweint haben.

Malte zog die Tür weit auf und ging einen Schritt zur Seite. »Bitte, treten Sie ein.«

Zögerlich kam Theisen der Aufforderung nach.

»Kommen Sie durch.« Malte führte ihn in den Besprechungsraum im Erdgeschoss und bot ihm einen Platz an.

Molly und er setzten sich dazu.

»Ich war's«, sagte Theisen. »Ich habe die Frauen umgebracht.«

23

Im Besprechungsraum der Dienstvilla

Was wurde hier gespielt? Molly verschob den Plan, ihre Beichte abzulegen. Malte würde ihr jetzt sowieso kein Wort glauben. Sie kam sich vor wie eine Statistin in einem Film ohne Drehbuch. Alles basierte auf Improvisation. Niemand kannte den nächsten Schritt.

»Welche Frauen haben Sie ermordet?«, fragte Malte.

Theisen sah ihn unverwandt an. »Diese drei, die mit den roten Haaren.«

»Aha.« Malte nickte.

Auch er schien völlig überrascht von dem Geständnis. Er rührte genauso in einem Brei aus Ungläubigkeit, Zweifeln und nebulösem Aufatmen herum wie Molly.

»Haben Sie auch Ihre Frau umgebracht?«, fragte er.

Theisen sah erschrocken auf und drückte sich gegen die Rückenlehne. »Nein, natürlich nicht.«

Malte verließ den Raum und kehrte mit zwei Schreibblocks und zwei Kugelschreibern zurück. Einen Block und einen Stift legte er vor Molly auf den Tisch. Er schrieb das Datum, die Uhrzeit und die Namen der Anwesenden auf das erste Blatt und kritzelte noch etwas hin, das Molly nicht entziffern konnte.

»Wie haben Sie Ihre Opfer ermordet?«, fragte Malte.

»Mit einer Überdosis Liquid Ecstasy. Das wissen Sie doch. Und Sie wissen selbst nur zu gut, wie leicht man an das Zeug herankommt. Man muss nicht einmal kriminell werden, um es sich zu beschaffen.«

Molly nahm den Kuli in die Hand. Er gab ihr einen Anflug von Stabilität. »Warum haben Sie die Frauen ermordet?«, fragte sie.

Theisen schüttelte den Kopf, als wollte er sein Unverständnis über diese dumme Frage zum Ausdruck bringen. »Weil Hilda mich betrogen hat. Ich habe mich gerächt. An Frauen, die so waren wie sie.«

»Wie waren diese Frauen denn?«, wollte Molly wissen. »Was hatten sie mit Ihrer Frau gemeinsam, und woran haben Sie die Gemeinsamkeiten erkannt?«

Martin Theisen schien an Sicherheit zu gewinnen. Die Farbe kehrte in sein Gesicht zurück, und seine Stimme wurde fester. »Sie hatten rote Haare, so wie Hilda, und sie haben wild drauflos geflirtet, so wie Hilda.«

»Schildern Sie uns bitte ganz genau, wann und wo Sie die Frauen, die Ihre Opfer wurden, kennengelernt haben. Wie haben Sie sie ausgesucht, und wie haben Sie den Kontakt mit ihnen aufgenommen?«

»Das kann ich jetzt nicht«, erwiderte Theisen spontan. »Das ist jetzt zu viel. Die Erinnerung daran habe ich ausgelöscht. Ich hab das alles verdrängt, wollte nie mehr daran denken. Aber – dann kam Roluf Ahlert.«

Malte blinzelte nervös mit den Lidern und knipste an seinem Kugelschreiber herum. »Herr Theisen, was hat Herr Ahlert damit zu tun, dass Sie heute bei uns ein Geständnis ablegen?«

»Er hat mich erpresst, mich und meinen Sohn.« Er schmunzelte höhnisch. »Sie haben den Mann wohl so in die Enge getrieben, dass er keinen anderen Weg mehr sah. Geschieht ihm ganz recht.«

»Entschuldigung«, sagte Molly. »Sie selbst haben Ahlert des Mordes an Ihrer Frau bezichtigt. Sie selbst haben ihn in den Verdacht gerückt, auch die anderen Frauen ermordet zu haben.«

Theisen nickte verständig. »Ja, ich weiß. Ich bin nach wie vor überzeugt, dass er Hilda ermordet hat. Sie war mir nicht treu, aber sie wusste, wo sie zu Hause war. Ich bin sicher, sie hat Roluf auf Bornholm klargemacht, dass sie Heiko und mich niemals verlassen würde. Das konnte Roluf nicht hinnehmen. Für meinen Sohn und mich war es unerträglich, dass dieser Mann für seine Tat nicht zur Rechenschaft gezogen wurde. Deshalb habe ich mir Frauen ausgesucht, die Hilda ähnlich waren, und habe sie ... Ich habe sie ermordet. Ja, das habe ich getan. Ich habe es getan, um den Verdacht auf ihn zu lenken. Roluf Ahlert, Architekt und Frauenmörder.«

Wie zur Bekräftigung seiner Worte donnerte Theisen die verschränkten Hände auf den Tisch.

»Gerade sagten Sie aber doch«, wandte Molly ein, »Sie hätten sich an den drei Frauen gerächt, weil Ihre eigene Frau Sie betrogen hat.«

Theisen war sichtlich verwirrt. Er brauchte einen Moment, um seine Gedanken zu ordnen. »Ja, das auch«, sagte er. »Beides habe ich gemacht. Mich an den Frauen für Hildas Verhalten gerächt und an Ahlert dafür, dass er Hilda umgebracht hat.«

»Sie hatten also zwei Motive für die Morde«, stellte Malte fest. »Oder kommt etwa noch ein drittes dazu?«

Molly betrachtete ihren Kollegen aus dem Augenwinkel. Sein skeptischer Blick verriet ihr, dass er Theisen genauso wenig glaubte, wie sie selbst es tat.

Martin Theisen legte ein Geständnis ab für die Tat, die ein anderer begangen hatte. Man brauchte nicht lange nachzudenken, für wen er die Schuld auf sich nahm.

Sie stand auf. »Ich bin gleich wieder zurück, Herr Theisen.«

Sie lief hinauf in ihr Büro, holte die Akte zum Fall Annika Ketelsen hervor und suchte das Blatt mit dem Gedicht heraus. Schnell tippte sie die vier Zeilen ab, allerdings in abgewandelter Form. Sie druckte den Text aus, schob das Blatt in eine Klarsichthülle und kehrte damit in den Besprechungsraum zurück.

Malte und Theisen saßen sich schweigend gegenüber.

»Sie haben Ihren Opfern ein Herz aus Muscheln um den Kopf gelegt«, begann sie.

Theisen nickte. »So, wie Roluf Ahlert es bei Hilda gemacht hat.«

»War das alles, was Sie ihnen hinterlassen haben?«

Theisen zog die Stirn in Falten. »Wie meinen Sie das?«

»Haben Sie noch etwas bei Ihren Opfern zurückgelassen. Etwas, das von Ihnen persönlich stammte?«

»Ich habe meinen Opfern Haarsträhnen abgeschnitten. Darüber hat Ahlert Sie doch gestern informiert.«

Malte verlor die Geduld. »Herr Theisen!« Er sprang auf und lief schnaufend im Raum hin und her.

Molly machte eine Geste, die ihn zum Stillhalten aufforderte. »Langsam, Malte«, sagte sie. »Lass mich das mit Herrn Theisen klären.« Sie wandte sich wieder dem Geständigen zu. »Ich rede nicht über das, was Sie Ihren Opfern genommen haben, Herr Theisen. Ich rede über das, was Sie ihnen geschenkt haben.«

Theisens Miene drückte unmissverständlich aus, dass er nicht wusste, wovon die Rede war.

»Das Gedicht, Herr Theisen. Ich rede von dem Gedicht, das Sie für Ihre Opfer geschrieben haben.«

Theisen fasste sich an die Stirn. »Ach, das meinen Sie. Ja, das Gedicht, das musste sein.«

Malte glitt auf seinen Stuhl zurück und beugte sich vor. »Ach ja? Dann sagen Sie es uns doch mal auf.«

Sein Gegenüber hob die Hände. »Nicht jetzt. Ich sagte bereits, ich habe die Erinnerung verdrängt. Mein Gedächtnis streikt. Ich kann das jetzt nicht.«

Molly legte die Folie mit dem ausgedruckten Gedicht vor sich auf den Tisch. »Die Augen so blau, die Haare so rot, und heute Abend bist du tot«, rezitierte sie. »Ist das Ihr Gedicht?«

Theisen senkte beschämt den Blick und nickte. »Ja. Ja, das war mein Gedicht für die Frauen.«

Ein zweites Mal las Molly den Reim vor und betonte die zweite Zeile, die sie abgeändert hatte. Dann legte sie dem Geständigen das Blatt vor. »Lesen Sie es sich selbst noch einmal durch.«

Theisens Blicke wanderten über die Zeilen. Dann sah er auf.

»Was wollten Sie mit diesem Gedicht zum Ausdruck bringen?«, fragte Molly.

Martin Theisen schüttelte den Kopf und gab unwillige Laute von sich. »Darüber will ich jetzt nicht reden. Ich will mich erst mit einem Anwalt besprechen. Und – bitte nehmen Sie mich endlich fest.«

»Gleich, Herr Theisen«, sagte Malte. »Erzählen Sie uns erst noch, wie Roluf Ahlert Sie dazu gebracht hat, sich zu stellen.«

Theisen schlug wütend die Hand auf den Tisch. »Er hat mich unter Druck gesetzt. Er hat gesagt, er gibt mir die Chance, mich zu stellen, damit ich später vor dem Richter einen Pluspunkt habe. Wenn ich nicht bis heute

Nachmittag zu Ihnen gehen würde, hat er gesagt, dann würde er Ihnen die Aufnahmen seiner Überwachungskamera zeigen.«

»Was ist darauf zu sehen?«, fragte Molly.

Theisen strich über die Tischplatte, als wollte er sie nach dem Schlag, den er ihr zuvor versetzt hatte, besänftigen. »Mein Sohn wollte mich schützen. Er hat im Haus einen Umschlag gefunden, in dem ich die Haarsträhnen aufbewahrt habe, die ich den Frauen abgeschnitten hatte. Als Sie sich gestern Morgen angekündigt haben, hat er Panik bekommen, ist abgehauen und hat den Umschlag bei Ahlerts Partnerin im offen Wagen abgelegt. Er wollte, dass er da gefunden wird, Ahlert in Verdacht gerät und Sie ihn festnehmen und anklagen. Aufgrund der Indizien«, fügte er trotzig hinzu.

»Was wäre gewesen, wenn Frau Andersen den Umschlag einfach vernichtet hätte?«, fragte Molly.

Theisen überlegte kurz. »Darüber hat Heiko sicher nicht nachgedacht. Es war wohl eine Kurzschlussreaktion, eine völlig unüberlegte Sache. Ich sagte ja: Panik.«

»Das Unterfangen ist aber gründlich schiefgegangen«, sagte Malte.

Molly beäugte Theisen. Der Mann konnte nicht ahnen, dass ihr Kollege und sie sehr genau erkannt hatten, wie schief es gegangen war.

»Hat Ihr Sohn Ihnen bei den Taten geholfen?«, fragte sie.

»Nein.« Erneut riss Theisen die Augen erschrocken auf. »Heiko hat nichts damit zu tun.«

»Aber irgendwann hat er von den Taten erfahren. Sonst hätte er den Umschlag mit den Beweisen nicht vor unserem Eintreffen beiseitegeschafft.«

Theisen nickte.

»Seit wann weiß er, dass Sie die Morde begangen haben?«, fragte Malte den vermeintlich Geständigen.

»Seit Dienstag«, sagte Theisen leise. »Er hat den Umschlag bei mir entdeckt und hineingesehen. Er konnte sich denken, was die Namen auf den kleineren Briefumschlägen zu bedeuten hatten. Als er dann die Haare darin fand, gab es für mich keine Ausrede mehr.«

Molly spielte das Spiel notgedrungen mit. »Wo haben Sie den Umschlag all die Zeit über aufbewahrt?«

Theisens Blicke schweiften umher, als suchte er gerade in seinem Haus nach einem passenden Versteck. »In meinem Schlafzimmer, im Kleiderschrank, ganz unten.«

»Da hat Ihr Sohn den Umschlag entdeckt?«

»Hmhm. Ja.« Theisen nickte übertrieben.

»Wo ist Heiko jetzt?«, wollte Molly wissen.

»Er macht einen strammen Spaziergang am Strand. Er muss sich abreagieren. Das alles war zu viel für ihn.«

Molly stand auf. »Herr Theisen, wir lassen Sie jetzt einen Augenblick allein. Bitte bleiben Sie solang hier sitzen.« Sie gab Malte einen Wink, ihr zu folgen, und verzog sich mit ihm in dessen Büro.

Malte schloss die Tür. »Jetzt wissen wir«, sagte er leise, »warum der Sohn gestern nicht im Haus war, als wir kamen. Was machen wir nun mit Martin Theisen?«

»Ganz einfach«, erwiderte Molly. »Wir machen das, wozu er uns aufgefordert hat. Wir nehmen ihn fest.«

»Aber er ist nicht der Mörder. Wir können ihn nicht anklagen.«

»Solange er hinter Schloss und Riegel sitzt«, erklärte Molly ihren Plan, »kann er niemanden vorwarnen und keine Spuren oder Beweise beseitigen.«

»So gesehen hast du recht.«

»Wir lassen das Haus unauffällig beobachten, und wir lassen sofort nach Heiko fahnden«, fuhr Molly fort. »Er darf uns jetzt nicht entwischen.«

Malte setzte sich seitlich auf seinen Schreibtisch und ließ ein Bein vor- und zurückbaumeln. »Ob Heiko weiß, dass sein Vater ein Geständnis abgelegt hat?«

»Keine Ahnung. Im Moment ist mir die ganze Familie suspekt, einschließlich Hilda, auch wenn ich sie nie kennengelernt habe.«

Malte nickte. »Ich würde mich nicht wundern, wenn der Sohn suizidgefährdet wäre.«

»Die Befürchtung habe ich auch«, sagte Molly. »Umso dringlicher müssen wir ihn im Auge behalten, bis wir Beweise gegen ihn in der Hand haben.«

Sie griff zum Telefon und rief Wichmann an, damit er die Überwachung des Hauses und die Fahndung nach Heiko Theisen auslöste. Dann wandte sie sich wieder an Malte. »Die Fragen, die wir klären müssen, sind erstens: Hat Heiko Theisen auch seine Mutter umgebracht? Und zweitens: Was war überhaupt sein Motiv?«

»Wenn er seine Mutter umgebracht hat, dürfte der Tat ein anderes Motiv zugrunde liegen als dem Mord an den anderen drei Frauen«, überlegte Malte.

»Vermutlich ist das so«, sagte Molly. »Aber jetzt müssen wir erst mal herausfinden, welche Beweise wir gegen ihn vorbringen können.«

Maltes Unruhe wuchs. »Da wären zum Beispiel die Videoaufnahmen von Ahlert. Die könnten unser wichtigstes Beweisstück werden.«

Molly guckte aus dem Fenster und nagte an ihrer Unterlippe.

»Worüber denkst du gerade nach?«, fragte Malte.

»Wir sollten einen Durchsuchungsbeschluss für das Haus der Theisens beantragen. In Heikos Räumen oder woanders im Haus dürften wir Beweise für die Planung der Taten finden. Auch Heikos Computer müssen wir durchforsten. Möglicherweise hat er sein Gedicht für die Opfer darauf gespeichert, bevor er es mit der Hand abgeschrieben hat.«

Malte hob entsetzt die Hände. »Den Computer? Hast du gesehen, wie viele Rechner er bei sich stehen hat? Da suchen wir wochenlang.«

»Erst mal reicht der eine, den Heiko üblicherweise für seine Arbeit nutzt«, erwiderte Molly ruhig.

Malte dachte nach. »Okay«, sagte er. »Schritt eins: Wir nehmen Martin Theisen fest und lassen ihn nach Lübeck ins Untersuchungsgefängnis bringen. Schritt zwei: Wir durchsuchen das Haus der Theisens nach Beweisen. Schritt drei: Wir fahren zu Roluf Ahlert und lassen uns die Aufnahmen der Überwachungskamera aushändigen.« Er öffnete die Tür zum Flur.

»Wenn Ahlert sich aus irgendwelchen Gründen nicht darauf einlassen sollte«, sagte Molly, »müssen wir auch dafür einen Gerichtsbeschluss anfordern. Das machen wir am besten gleich zusammen mit dem Antrag auf den Durchsuchungsbeschluss für das Haus der Familie Theisen. Wir haben keine Zeit zu verlieren. Unter den gegebenen Umständen können wir Martin Theisen nicht länger als vierundzwanzig Stunden festhalten, auch wenn er noch so sehr darum fleht.«

Sie gingen zurück in den Besprechungsraum. Theisen schien die ganze Zeit reglos am Tisch verharrt zu haben. Als sie eintraten, schenkte er ihnen keinen Blick.

Molly stellte sich vor ihn hin. »Herr Theisen, wir nehmen Sie vorläufig fest wegen des dringenden Verdachts des Mordes an Katja Born, Paulina Kröger und Annika Ketelsen.«

Sie klärte ihn über seine Rechte auf und blieb bei Theisen sitzen, während Malte noch einmal in sein Büro zurückkehrte, um die Kollegen auf der Polizeistation zu benachrichtigen, dass ein Festgenommener in die Untersuchungshaftanstalt gebracht werden musste.

Vor ihrem geistigen Auge sah Molly nicht Theisen am Tisch im Besprechungsraum sitzen. Sie blickte in das Gesicht von Ole Bleck.

Der Mord an den Frauen aus der Lübecker Bucht schien so gut wie aufgeklärt. Aber was war mit Hilda Theisen? Wie war ein Haar von Ole auf das T-Shirt dieser Frau gelangt?

24

Nach dem Eintreffen der Polizeikollegen

Theisen machte einen seltsam erleichterten Eindruck, als Beamte ihn abholten und er den Weg in die Untersuchungshaft antrat. Molly und Malte beobachteten seinen stillen Abgang. Dann warteten sie in Maltes Büro auf die Übermittlung der beantragten gerichtlichen Beschlüsse.

»Die KTU hat uns gerade Fotos der Haarsträhnen geschickt«, sagte Malte beim Blick in seine Mailbox.

»Die interessieren mich im Moment nicht so doll«, erwiderte Molly.

»Aber das hier.« Malte drehte den Bildschirm so weit um, dass Molly die Datei sehen konnte, die er geöffnet hatte. »Die Listen von der Volkshochschule.«

Molly rückte mit ihrem Stuhl an seine Seite. »Lass uns mal die Namen durchsehen.«

Sie suchten nach den Kursen, die Paulina Kröger und Annika Ketelsen besucht hatten, und stellten die Namen der Kursleiter zusammen.

Molly war nicht bei der Sache. Sie versuchte, die Irritation zu verbergen, die seit Martin Theisens Geständnis Besitz von ihr ergriffen hatte. Es fiel ihr schwer, die Hundertachtzig-Grad-Wende von Ole Bleck zu Martin Theisen und damit zu seinem Sohn Heiko als mutmaßlichem Täter zu vollziehen. Realisieren würde sie die Ereignisse erst, wenn ihr Beweise vorlagen. Und nach wie vor schwebte dieses bedrohliche Fragezeichen über ihr.

Wie war Hilda Theisen ums Leben gekommen?

Hoch konzentriert durchstöberte Malte die Teilnehmerlisten. Er stellte fest, dass Annika Ketelsen tatsächlich nur den einen Zeichenkurs belegt hatte, von dem ihre Eltern berichtet hatten. Zu einem Kurs in Skulpturengestaltung, der in einigen Wochen bei einer Bildhauerin stattfinden sollte, hatte sie sich kürzlich angemeldet.

Paulina Kröger hatte ebenfalls an Zeichenkursen teilgenommen. Angeboten wurden sie von einer Frau. Ansonsten hatte sie Malunterricht bei einem Künstler genommen, dessen Name in den Ermittlungen bisher nicht aufgetaucht war.

»Dass auf den Listen des Vereins der Mal- und Zeichenfreunde kein Roluf Ahlert vorkommt, wissen wir ja schon«, rief Malte sich in Erinnerung. »Damit ist unsere anfängliche Annahme, Ahlert könnte die Frauen in seinen Kursen kennengelernt haben, definitiv hinfällig.«

Molly nahm alle Konzentration zusammen. »Trotzdem bin ich davon überzeugt, dass es einen Zusammenhang zwischen den Todesfällen und dem gemeinsamen Hobby der Frauen geben muss. Alles andere wäre unlogisch. Überleg doch mal: Wie viele Menschen, die solche Kurse besuchen oder anbieten, werden Opfer eines Mörders, noch dazu ein und desselben Serientäters?«

Das Fax-Gerät, das in Maltes Raum stand, signalisierte den Eingang einer Sendung. Malte stellte sich vor das Gerät. »Die Absendernummer kommt aus Lübeck«, rief er. Stolz drehte er sich zu Molly um und grinste. Kurz darauf hielt er die Gerichtsbeschlüsse in die Luft.

Molly sprang auf. »Dann nichts wie los, wir haben ein volles Programm. Ich rufe den Schlüsseldienst, damit er uns das Haus der Theisens öffnet, und schicke die Spurensicherung auf den Weg.«

Sie lief in ihr Büro, führte die Telefonate, nahm ihre Tasche und kehrte wieder zu Malte zurück.

»Nach der Durchsuchung von Theisens Haus«, sagte sie atemlos, »fahren wir zu Roluf Ahlert, und wenn wir von dem Gespräch mit ihm zurückkommen, gleichen wir die Listen daraufhin ab, ob es einen Teilnehmer gibt, der mit jedem unserer drei Opfer in mindestens einem Kurs zusammen war.«

Malte schüttelte den Kopf. »So lange warten können wir damit nicht. Wir bitten die Kollegen in Lübeck oder Kiel, das für uns zu übernehmen.«

Hastig tippte er eine Nachricht an Wichmann ein, hängte die Teilnehmerlisten an, sandte die Mail ab und verließ an Mollys Seite die Dienstvilla.

Zeitgleich mit dem Schlüsseldienst trafen sie vor dem Haus der Theisens ein.

»Moment«, sagte Molly, »wir klingeln erst.«

Sie drückte mehrmals auf den Klingelknopf, ohne dass jemand reagierte. Gemeinsam mit Malte lief sie um das Haus herum in den Garten. Auch hier hielt sich niemand auf. Die Terrassentür war verschlossen.

»Okay, dann müssen wir die Haustür öffnen lassen.« Molly bat den Schlüsseldienst, sich ans Werk zu begeben.

»Ist natürlich ein Sicherheitsschloss, wie erwartet«, sagte der Chef des Dienstes. »Den Profilzylinder müssen wir aufbohren.«

Nach wenigen Minuten war die Tür geöffnet. Molly bat die Männer vom Schlüsseldienst, sich in Deckung zu begeben und zu warten. Malte und sie traten ein und riefen nach Heiko. Eine Antwort kam nicht. Vorsichtig schlichen sie sich im Erdgeschoss von Raum zu Raum.

Sie gingen in den ersten Stock und auf den Dachboden hinauf. Keine Spur von Heiko.

»Bleibt nur noch der Keller«, raunte Malte. Gefolgt von Molly stieg er hinab.

Die Stahltür war geschlossen.

Zuerst suchten die Ermittler in den drei anderen Räumen, die sich im Untergeschoss befanden, vergeblich nach Heiko. Dann probierte Molly, ob sich die Stahltür zum Büro öffnen ließ.

Sie schüttelte den Kopf.

Malte lief nach oben, bat den Schlüsseldienst darum, auch diese Tür zu öffnen, und rief die Beamten der Spurensicherung dazu, die gerade eingetroffen waren.

»Dies ist der Raum, in dem wir das meiste Beweismaterial vermuten«, erklärte er den Kollegen. »Fangt am besten hier an.«

Molly deutete auf den Computer, der unter Heikos Schreibtisch stand. »Den nehmt bitte mit. Wir vermuten eine Datei darauf, die das Gedicht enthält, das wir bei jedem der Opfer gefunden haben.«

Einer der Beamten löste den Computer von den Kabeln und brachte ihn in den Transporter vorm Haus.

Die Kriminaltechniker ließen die verschlossenen Metallschränke, die an den Wänden standen, vom Schlüsseldienst öffnen und untersuchten sie.

Die ersten Schränke enthielten Ordner, Speichermedien und Stapel von bedrucktem wie auch von unbeschriebenem Papier.

Auf dem Boden eines der weiteren Schränke befanden sich zwei Plastiktüten. Sie weckten Mollys Interesse. »Was ist da drin?«, fragte sie.

Ein Kollege nahm sie heraus und öffnete sie.

»Muscheln«, rief Molly aus. »Zwei Tüten randvoll gefüllt mit Herzmuscheln.«

»Und was ist in der Tasche?« Malte hatte sich zu den Kriminaltechnikern gestellt und deutete auf eine schwarze Stofftasche, die im Regalfach über den Tüten stand.

Der Beamte nahm auch diese Tasche heraus und stellte sie auf den Schreibtisch. Mit seinen behandschuhten Fingern zog er den Reißverschluss auf und holte den Inhalt hervor. »Perücken«, sagte er. »Drei Herrenperücken. Zweimal dunkelbraun, einmal blond.«

»Jetzt brauchen wir nur noch den Mann, der die Muscheln gesammelt und sich mit den Perücken getarnt hat«, sagte Molly.

Malte und sie sahen den Kriminaltechnikern dabei zu, wie sie den Inhalt der weiteren Schränke und den der Schreibtischschubladen inspizierten und in Kisten umfüllten. Beide halfen den Kollegen, die Kartons in den Transporter zu tragen.

Auf dem Weg von der Straße zurück ins Haus erhielt Molly einen Anruf der Polizisten, die seit Martin Theisens Verhaftung nach Heiko fahndeten.

»Wir haben den Mann gefunden«, sagte der Beamte. »Er saß bewusstlos in einem Strandkorb bei der Seebrücke am Maritim Seehotel, gut getarnt als schlafender Urlauber.«

»Was heißt ›bewusstlos‹?«, fragte Molly. »Schläft er, oder hat er was eingenommen?«

»Bewusstlos heißt bewusstlos«, erwiderte der Beamte. »Er ist nicht ansprechbar. Sieht so aus, als hätte er das Zeug genommen, das er seinen Opfern verabreicht hat. Er hatte eine Flasche mit dem Stoff dabei. Jetzt ist er auf dem Weg in die Klinik. Näheres erfahrt ihr später.«

»Wird er überleben?«, fragte Molly.

»Davon ist auszugehen.«

Der Kollege informierte die Kommissarin darüber, in welches Krankenhaus Heiko gebracht wurde, und nannte ihr die Telefonnummer der Klinik.

Molly brachte Malte auf den aktuellen Stand. »Martin Theisen wäre damit raus. Ich sage den Kollegen in Lübeck, dass sie ihn zu uns in die Villa zurückbringen sollen. Ein paar Fragen habe ich schon noch an ihn.«

Einer der Kriminaltechniker stellte sich zu ihnen. Er hielt ein Heft in der Hand. »Einige eurer Fragen lassen sich bestimmt hiermit beantworten. Der Mann war ordentlich, das muss man ihm lassen.«

»Was ist das?«, fragte Molly.

»Heiko Theisen hat Buch geführt. Er hat aufgeschrieben, welche Frauen er wann und wo kennengelernt und welche er in die engere Wahl genommen hat. Er hat fein säuberlich notiert, zu welchen Veranstaltungen die Frauen gehen wollten, und er hat einen Bericht über jedes ›zufällige‹ Treffen mit ihnen und über jede Tat verfasst.«

»Wo habt ihr das gefunden?«, fragte Malte.

Der Kriminaltechniker zeigte auf einen der Metallschränke. »Da drin verbirgt sich ein Fach mit Datenträgern. Darunter lag das Heft.«

»Mit anderen Worten«, sagte Molly, »er hat ungewollt nach jeder Tat ein schriftliches Geständnis abgelegt.«

25

Nach Abschluss der Hausdurchsuchung

Molly und Malte kehrten in die Dienstvilla zurück, um erneut mit Martin Theisen zu sprechen.

»Guck an«, sagte Malte, »der Bericht der Kollegen, die die Teilnehmerlisten durchforstet haben, ist da. Es gab einen Mann, der sich zu einer Reihe von Seminaren angemeldet hat, darunter zu jeweils einem der Kurse, die auch unsere drei Opfer besucht haben. Bei der VHS ist er dadurch aufgefallen, dass er als Einziger die Teilnahmegebühr nicht überwiesen, sondern bar bezahlt hat.«

»Woher weißt du das?« Molly beugte sich über Maltes Bildschirm, auf dem der Bericht geöffnet war.

Malte deutete auf den Monitor. »In der Spalte neben den Namen steht überall ›Gebühr überwiesen‹. Nur bei diesem einen ist immer ›Barzahler‹ vermerkt. Was auch auffällig ist: Der Mann hat jedes Mal eine andere Adresse angegeben.«

»Vielleicht ist er einer von denen, die nirgendwo sesshaft werden.«

Malte lachte laut. »Der war gut. Die Adressen existieren nämlich alle nicht. Es gibt in Lübeck keine Straßen mit den angegebenen Namen, oder es gibt die Straße, aber die Hausnummer, die er genannt hat, gibt es nicht.«

»Wie heißt der Typ?« Molly rückte näher an den Bildschirm heran. »Wilko Matthiesen«, las sie laut.

»Die Kollegen schreiben«, sagte Malte, »dass sie gerade prüfen, ob ein Mann dieses Namens überhaupt in unserer Region gemeldet ist.« Er wandte sich Molly zu. »Wenn du mich fragst: Ich halte ›Wilko Matthiesen‹ für ein Pseudonym.«

»Klar«, sagte Molly, »der Name steht sicher für Heiko Theisen. Es ist der Aliasname eines Serienmörders.«

Sie stand auf. »Ich brauch jetzt einen Tee. Du auch?«

»Kaffee bitte.«

Molly ging in die Küche. »Dann lass uns mal darüber nachdenken, was Heiko Theisen dazu gebracht haben könnte, ein dreifacher Mörder zu werden.«

»Wieso dreifach? Als Ursache für Hilda Theisens Tod nimmst du keinen Mord mehr an?«

Molly biss sich auf die Zunge. Jetzt bloß nicht Ole erwähnen! »Möglicherweise haben die dänischen Kollegen recht und die Frau ist an ihrer Sucht gestorben.«

Geräuschvoll hantierte sie in der Küche herum, bediente die Kaffeemaschine und den Wasserkocher.

»D'accord«, rief Malte ihr zu. »Dass Heiko Theisen seine Mutter ermordet haben könnte, hatten die dänischen Kollegen ja schon ausgeschlossen.«

»Aber ihr Tod steht mit den Morden an unseren drei Opfern in Verbindung«, fuhr Molly lautstark fort. »Daran besteht für mich kein Zweifel, auch wenn wir davon ausgehen müssen, dass die Person, die das Muschelherz um Hilda Theisens Kopf gelegt hat, nicht mit unserem Herzmuschelmörder identisch ist.«

»Es sei denn, Roluf Ahlert ist doch der Mörder.«

»Oh nein. Malte! Das hab ich jetzt nicht gehört.«

Mit einem Tee und einem Kaffee kehrte Molly zurück. Sie setzte sich hin und guckte Malte an, als wollte sie ihn hypnotisieren. »Ich bin überzeugt, dass das Gedicht uns Aufschluss über Heikos Motiv geben kann.«

»Erzähl.« Malte nahm seinen Becher entgegen, trank einen Schluck und verzog das Gesicht. »Verdammt heiß.«

Molly verdrehte die Augen. »Muss man dich noch darauf aufmerksam machen, dass eine Kaffeemaschine heißes Wasser produziert? Also, pass auf.«

Sie zog das Blatt mit dem Gedicht zu sich heran, das seit dem Geständnis von Martin Theisen noch in Maltes Büro lag. »Ich kann mir jetzt erklären, warum er von roten Lippen sprach und nicht von roten Haaren.«

»Da bin ich gespannt.« Malte pustete über den Kaffee und schlürfte einen weiteren Schluck.

»Ich glaube, dass es mit dem auffälligen Flirtverhalten seiner Mutter zu tun hatte. Er hat sich Frauen ausgesucht, die seiner Mutter äußerlich ähnlich waren. Er hat sie beobachtet und sich die ausgeguckt, die schnell zu einem Flirt bereit waren. Die mussten dann mit ihrem Leben für ihre Unbeschwertheit büßen.«

Malte beobachtete die Möwen, die auf dem Brunnen saßen und auf Futter hofften. »Wäre eine Erklärung.«

Den Geräuschen nach hielt vor dem Haus ein Wagen an. Molly stand auf und guckte hinaus. »Sie bringen Martin Theisen«, rief sie Malte zu und öffnete die Tür.

Sie bedankte sich bei den Kollegen, die Theisen hierher gebracht hatten, und verabschiedete sie. »Kommen Sie rein, Herr Theisen«, sagte sie. »Dass wir uns so bald wiedersehen würden, hätten Sie sicher nicht gedacht.«

Theisen erwiderte nichts. Er ließ sich in den Besprechungsraum führen, in dem Malte ihn bereits erwartete.

»Wir haben Ihren Sohn gefunden«, sagte Malte.

Theisen legte seine Lethargie ab. »Was heißt ›gefunden‹? Ist er am Strand verunglückt? Wo ist er jetzt?«

»Er ist außer Gefahr«, sagte Molly. »Wussten Sie nicht, dass er vorhatte, sich das Leben zu nehmen?«

»Nein!« Theisen sah sie entgeistert an. Dann wich er ihrem Blick aus. »Ich hatte alles mit ihm abgesprochen«, sagte er leise. »Er brauchte keine Angst zu haben.«

»Das denken Sie. Wenn er auch nur halbwegs intelligent ist, und ich unterstelle, dass er das ist, musste ihm klargewesen sein, dass sich spätestens, wirklich allerspätestens bei der Gerichtsverhandlung Ihre Unschuld erweisen würde. Wenn er sich auf eine Absprache mit Ihnen eingelassen hat, dann vermutlich nur, um für ein paar Stunden Ruhe vor Ihnen und uns zu haben und seinem Leben ein Ende setzen zu können.«

Martin Theisen fiel in seinen alten Trotz zurück. Er hob den Kopf. »Ich verstehe nicht, wovon Sie reden. Ich bin der Täter. Beweisen Sie mir das Gegenteil.«

»Gerne.« Molly sah ihm lange in die Augen. »Sie hatten eine verräterische Gedächtnislücke, als es um das Gedicht ging, das wir bei den Opfern gefunden haben. Die Zeilen, die wir Ihnen vorgelegt haben, waren nicht die, die Heiko geschrieben hat. Wir hatten ein entscheidendes Wort geändert. Das ist Ihnen nicht aufgefallen.«

Malte guckte interessiert auf sein Smartphone, das den Eingang einer Nachricht gemeldet hatte. Er stand auf und bat Molly, ihm in sein Büro zu folgen.

»Was ist?«, fragte sie.

Er zeigte ihr die Nachricht auf dem Mobilgerät. »Die DNA jeder der Haarsträhnen stimmt mit der der Frau überein, deren Name auf dem Umschlag steht.«

»Das überrascht mich nicht.«

»Moment, es gibt eine zweite Nachricht, und die wird dein Kriminalistinnenherz höherschlagen lassen. An all den Kuverts wurde die DNA einer weiteren Person gefunden. Sie werden sie mit der von Heiko abgleichen.«

Molly hob die Augenbrauen. »Das ist eine spannende Nachricht.«

Die Ermittler kehrten in den Besprechungsraum zurück. Molly berichtete Martin Theisen von dem bevorstehenden DNA-Abgleich. »Das wäre ein Beweis mehr«, sagte sie. »Es ist völlig zwecklos, die Täterschaft Ihres Sohnes zu leugnen.«

»Haben Sie eigentlich einen Schlüssel zu den Schränken im Büro Ihres Sohnes?«, fragte Malte.

»Wo denken Sie hin?«, erwiderte Theisen. »Ich habe Ihnen doch gesagt, dass Heiko hochgeheime Geschäftsunterlagen in seinem Raum aufbewahrt.«

»Dann ist Ihnen nicht bekannt«, fuhr Malte fort, »dass er in dem Schrank Tüten mit Muscheln versteckt hielt. Herzmuscheln. Und ein Heft mit den detaillierten Aufzeichnungen seiner Taten. Notfalls gleichen wir die Handschriften ab.«

Martin Theisens Blicke wurden stumpf, seine Schultern fielen herab.

»Wie und wann«, fragte Molly, »sind Sie dahintergekommen, dass Ihr Sohn der Täter ist?«

Theisen starrte vor sich auf den Tisch. »Das war gestern Morgen, als Sie zu mir gekommen sind. Sie erinnern sich, ich bin in den Keller gegangen, um Heiko zu suchen. Als ich vor seinem Schreibtisch stand, habe ich Haare auf der schwarzen Schreibunterlage gesehen. Rote Haare. Manche waren lockig, andere ganz kraus. Sie stammten unverkennbar von verschiedenen Frauen. Da wusste ich Bescheid. Als er zurückkam, habe ich ihn zur Rede gestellt.«

»Haben Sie denn vorher überhaupt nichts geahnt?«, fragte Molly ungläubig.

»Geahnt schon«, flüsterte Theisen.

»Sie haben es verdrängt?«

Er nickte. »Er ist doch mein Sohn.«

Molly schloss für einen Moment die Augen. Mindestens der letzte Mord wäre vermeidbar gewesen, hätte Theisen sich früher mit seinem Verdacht an die Polizei gewandt. »Wie kamen die Haare auf den Schreibtisch?«

Theisen erwiderte ihren Blick. »Heiko glaubte, dass Sie kommen, weil Sie ihn als Täter identifiziert haben. Er hat gesagt, ihm war klar, dass man ihm eines Tages auf die Schliche kommen würde. Er wollte die Haare aus dem Haus schaffen, aber nicht, ohne wenigstens ein paar davon zu behalten. Er hat aus jedem der Umschläge einige herausgenommen und sie in einem kleinen Kuvert in einem geheimen Schreibtischfach versteckt.«

Molly stand auf, lehnte sich mit dem Rücken gegen das Fenster und verschränkte die Arme. »Warum hat Ihr Sohn den Umschlag im Wagen von Rosa Andersen deponiert? Und warum hat er auch die Haare seiner Mutter in dem Umschlag gelassen?«

Theisen verzog das Gesicht zu einer gequälten Grimasse. »Das war eine unsäglich dumme Kurzschlusshandlung. Heiko war in Panik. Aber so klar war er doch, dass er sich dachte, wenn auch Hildas Haare dabei sind, schließt die Kripo daraus, dass Roluf Ahlert Hilda und die drei jungen Frauen umgebracht hat.«

»Herr Theisen«, sagte Malte betont ruhig. »Warum hat Ihr Sohn die Frauen umgebracht? Hat er Ihnen das erzählt? Und warum hat er ihnen die Haarsträhnen abgeschnitten?«

Theisen wandte sich ihm zu. »Er hat unter Hildas unberechenbarem Wesen gelitten, aber er hat seine Mutter auch über alles geliebt. Besonders vernarrt war er in ihre Haare. Die waren so schön.« Er sah nun auch Molly an und fuhr fort. »Auch wenn man Heiko kaum eine künstlerische Ader zutraut, er hat Hildas Liebe zum Zeichnen und Malen geerbt. Er hat viele Kurse besucht und sich da nach Frauen umgesehen, die seiner Mutter ähnelten. Die wenigen, die er fand, hat er nach Unternehmungen ausgehorcht, die sie planten. Er ist zu den Veranstaltungen gegangen, um sie dort ›zufällig‹ zu treffen, hat sie angesprochen, und wenn sie sich auf ihn einließen, hat er sie auf eine Weise sterben lassen, die dem Sterben seiner Mutter ähnlich war.«

»Warum?«, fragte Molly. »Warum brauchte er das?«

Theisen wiegte den Kopf hin und her. »Um das zu verstehen, müssten sie seine familiäre Vergangenheit kennen. Er hat seinem Vater kurz vor dessen Tod versprochen, immer auf Hilda aufzupassen. Dann hat Hilda sich auf alle möglichen Männer eingelassen. Nie war sie glücklich. Schließlich hat sie angefangen, zu trinken und Tabletten zu nehmen – Schmerzmittel, Schlafmittel. Heiko hat sich ewig Vorwürfe gemacht, dass er ihr nicht helfen konnte. Als sie auf Bornholm ums Leben kam, hat er sich selbst die Schuld daran gegeben. Er glaubte, dass Hilda starb, weil er sie allein gelassen hat.«

»Damit hatte es also zu tun«, sagte Malte. »Nach dem Tod des Vaters hat er sich für seine Mutter verantwortlich gefühlt. Und bei den Frauen, die seine Opfer wurden, hat er das Sterben der Mutter nachvollzogen.«

Theisen nickte. »Als wir Hilda auf Bornholm identifiziert haben, hat Heiko ihr eine Haarsträhne abgeschnitten, um eine greifbare Erinnerung an sie zu haben. Ein Ritual, das er an den anderen Frauen wiederholt hat.«

Bei seinen Worten fühlte Molly sich an das Medaillon mit Oles Haaren erinnert.

Sie setzte sich wieder an den Tisch. »Aber warum, Herr Theisen, warum hat er die Frauen sterben lassen? Warum hat er sie nicht einfach nur betäubt, um sie dann retten zu lassen, so wie er sich sicher gewünscht hätte, dass seine Mutter gerettet worden wäre?«

Theisen zögerte mit der Antwort, gab sie dann aber doch. »Ein bisschen«, sagte er und seufzte tief, »ein bisschen hat er die Frauen wohl auch dafür bestraft, dass sie sich genauso leichtfertig auf Flirts eingelassen haben wie seine Mutter.«

»Er hat die Flirts aber selbst provoziert.«

Theisen nickte. »Heiko hat immer darunter gelitten, dass seine Mutter nach dem Tod des Vaters so unstet geworden war. Das war sie, bis sie Roluf Ahlert kennenlernte. Und den hat er überhaupt nicht leiden mögen, auch wenn Ahlert das Gegenteil behauptet. Er hat ihn als Konkurrenz zu seinem leiblichen Vater betrachtet.«

»Und Sie selbst«, sagte Molly, »warum wollten Sie Ihren Sohn, der nicht ihr leibliches Kind ist, so sehr in Schutz nehmen? Warum waren Sie bereit, für ihn den Rest Ihres Lebens im Gefängnis zu verbringen?«

»Weil ich mich ihm gegenüber schuldig fühle. Ich konnte ihm nie der Vater sein, den er sich gewünscht hätte. Ich war sicher, dass er jetzt, wo ich für ihn eine lebenslange Haftstrafe auf mich nehme, aufhören würde mit dem Morden, und ich wollte ihm die Chance geben, endlich seinen Frieden zu finden und neu anzufangen.«

26

»Eine echte Familientragödie«, sagte Malte, nachdem sie das größte Stück des Weges zum Haus von Ahlert und Andersen schweigend zurückgelegt hatten.

Molly guckte stur geradeaus und biss sich auf die Lippen. Noch immer schwebte die Frage über ihr, wie Hilda Theisen ums Leben gekommen war. Ole war kein Vierfachmörder, so viel stand fest. Doch wie war sein Haar auf das T-Shirt von Hilda Theisen gekommen?

Malte parkte vor Ahlerts Haus. Noch bevor die Ermittler an der Tür klingelten, öffnete der Architekt.

»Auf Sie habe ich gewartet. Hat er sich gestellt? Dieser Kleinkrieg war ja nicht mehr auszuhalten.«

Molly fackelte nicht lange. Sie hatte die Nase gestrichen voll von den gegenseitigen Anschuldigungen, den Heimlichkeiten und Vertuschungen. »Wir würden gern die Bilder Ihrer Überwachungskamera sehen.«

Ahlert lachte überheblich. »Das glaube ich. Aber das wird nicht gehen.«

Mollys Adrenalinspiegel stieg sprunghaft an. Sie zog den richterlichen Beschluss hervor und hielt ihn Ahlert vor das überraschte Gesicht.

Der Mann hob das Kinn. »Und wenn Sie mir einen Beschluss des Generalbundesanwalts vorlegen, die Bilder werden Sie nicht zu Gesicht bekommen. Die gibt es nämlich gar nicht. Die Überwachungskamera habe ich frei erfunden, damit Theisen sich endlich stellt.«

Malte straffte die Schultern. »Wir würden trotzdem gern einen Moment reinkommen, wenn es passt.« Seine Tonlage ließ unmissverständlich darauf schließen, dass er ein Nein nicht dulden würde.

»Das trifft sich gut«, erwiderte Ahlert. »Mein Anwalt ist gerade bei mir. Er wird sich freuen, Sie kennenzulernen.« Er ließ die Ermittler eintreten. »Gerade durch. Den Weg kennen Sie ja.« Er zeigte in den Raum, in dem sie sich auch beim ersten Besuch mit ihm und Rosa Andersen unterhalten hatten.

Der Schreibtisch seiner Kollegin war leergeräumt.

»Wo ist Frau Andersen?«, fragte Molly.

»Wir haben uns getrennt. Gestern Abend, im Streit.« Ahlert grinste amüsiert. Er neigte den Kopf zur Seite. »Es kann durchaus passieren, dass sie in den nächsten Stunden bei Ihnen aufschlägt und mich beschuldigt, Hilda Theisen ermordet zu haben.«

»Herr Ahlert«, beschied Molly ihn, »unsere Dienstvilla ist kein Kasperletheater, und eine Beschäftigungstherapeutin brauchen wir nicht. Wenn Frau Andersen keine harten Beweise gegen Sie vorbringen kann, würde ich Sie bitten, ihr rechtzeitig zu verklickern, dass sie ihr Vorhaben überdenken sollte.«

Ahlert wurde ernst. »Aus eben diesem Grund ist mein Anwalt hier. Glauben Sie mir, auch mir steht es bis obenhin. Seit zehn Jahren habe ich nichts als Stress mit den Theisens, und das nur wegen Hilda, die selbst auch nicht ganz pflegeleicht war. Inzwischen bereue ich, mich überhaupt auf sie eingelassen zu haben.«

»Das klang aber bisher anders«, warf Molly nicht ohne einen Anflug von Zynismus ein. »Waren Sie nicht so etwas wie ein Fels in der Brandung für Frau Theisen?«

»Das war mein Mandant sicherlich.« Der Mann, der seit dem Eintreten der Ermittler still an dem Tisch gesessen hatte, an dem Molly und Malte das erste Gespräch mit Ahlert und seiner Geschäftspartnerin geführt hatten, erhob sich. Er streckte Molly die Hand entgegen. »Hinrich Buer, Rechtsanwalt.« Er begrüßte auch Malte.

Ahlert bat seine Gäste, sich zu ihnen zu setzen.

Anwalt Buer nahm seine Lesebrille ab. »Um ein für alle Mal Klarheit in die Sache zu bringen: Mein Mandant hat Hilda Theisen geliebt. Dass sie in Roluf Ahlert ihren Ruhepol gefunden hatte, mag Martin Theisen bestreiten und Rosa Andersen bis heute missfallen. Es ändert aber nichts an den Tatsachen.«

Ahlert meldete sich zu Wort. »Hilda wollte mit mir zusammenziehen, das kann ich beweisen.«

Sein Anwalt legte den Ermittlern den Ausdruck einer Mail vor, die Hilda Theisen wenige Wochen vor ihrem Tod an Ahlert gesandt hatte.

Molly überflog das Schreiben. Die Aussage war eindeutig. Hilda wollte zusammen mit Heiko in das Haus von Ahlert ziehen. Sie hatte Pläne für die Gestaltung des Gartens gemacht. Sie hatte sich darüber ausgelassen, wie sie sich die Einrichtung des Hauses vorstellte. Und sie hatte vorgeschlagen, für Heiko eine kleine Wohnung im Souterrain einzurichten, bis er alt genug war, auszuziehen. Ahlert war in seiner Antwortmail auf all ihre Vorschläge und Wünsche eingegangen.

»Mein Mandant hatte schlicht keinen Grund, Frau Theisen umzubringen«, stellte der Anwalt fest.

Molly schwieg dazu. Das Schreiben und die Erläuterungen von Ahlert und seinem Anwalt ließen keine Fragen offen.

Was sie jetzt noch brennend interessierte, war Hilda Theisens Hobby, die Malerei. Genauer gesagt: Der Maler, bei dem sie auf Bornholm Unterricht genommen hatte. Und die Beziehung, die sie zu ihm gepflegt hatte.

»Herr Ahlert, Sie sind nicht nur Architekt«, begann sie umständlich, »Sie geben auch Zeichenunterricht.«

»Ach Gott«, rief Ahlert aus. »Jetzt kommt diese Nummer wieder.«

Molly ließ sich davon nicht bremsen. »Wenn Sie Zeichenunterricht erteilen, beschäftigen Sie sich wahrscheinlich auch mit der Malerei. Sie sagten uns kürzlich, Sie wissen den Namen des Malers nicht, bei dem Frau Theisen auf Bornholm Unterricht genommen hat. Haben Sie den Mann denn nie kennengelernt?«

»Nein«, erwiderte Roluf entschieden. »Hilda hat von ihm geschwärmt, sie hat mich eingeladen, mich bei ihren Malstunden dazusetzen. Aber das wollte ich nicht. Der Mann war kein Kunstpädagoge, er war Künstler durch und durch. Ich hätte diesem ...« Er legte die Hand an die Schläfe. »Wie hieß er noch – Uwe? Ove?«

»Ole?«, rief Molly spontan dazwischen.

»Ja, richtig, Ole, so hieß er wohl.« Erstaunt guckte er Molly an. »Kannten Sie den Mann, oder wie kommen Sie darauf?«

Auch Malte sah sie fragend an, und Molly hätte den Film am liebsten zurückgespult und neu gedreht.

»Nein«, sagte sie. »Der Name fiel mir nur gerade so ein, als Sie herumgerätselt haben. Dem Klang nach passte er so gut in die Reihe.«

»Na, jedenfalls – wenn ich beim Unterricht dabei gewesen wäre, hätte ich ihm vermutlich in seine Art, die Malerei zu vermitteln, gnadenlos hineingeredet, und das wollte ich nicht. Das hätte den Kursteilnehmern den Spaß an der Sache verdorben und dem Maler auch.«

Molly unterdrückte die Frage an Ahlert, ob er sich als Architekt und Zeichner, der vermutlich alles hundertprozentig genau nahm, für so einen Alleskönner hielt, dass er einem hochtalentierten Künstler hätte hineinreden mögen. Stattdessen stellte sie eine andere Frage. »Könnte sich zwischen Hilda Theisen und diesem Maler eine engere Beziehung entwickelt haben?«

»Eine Affäre?« Ahlert schmunzelte. »Nein, das kann ich mit Sicherheit ausschließen. Der Malunterricht fand immer in Sichtweite zu mir statt. Soll heißen: Die Teilnehmerinnen und der Maler haben sich am Strand getroffen, sie haben Seelandschaften gemalt, und ich war immer in der Nähe. Hilda ist während dieses Urlaubs nirgendwohin gegangen, wo sie außerhalb meines Blickfeldes war. Wir waren ungewöhnlich eng zusammen in der Zeit und haben unsere gemeinsame Zukunft geplant.«

Erleichtert nahm Molly seine Worte zur Kenntnis. Sie machte sich Notizen, um den Anschein zu wecken, dass es sich um eine Befragung handelte, die sie im Rahmen der aktuellen Ermittlungen protokollierte.

»Was mich noch interessieren würde, auch wenn wir zum Tod von Hilda Theisen nicht ermitteln ...« Unsicher blickte sie zu Malte hinüber. Doch der ließ sie arglos gewähren, wenn auch mit unbeteiligtem Gesicht.

»Fragen Sie nur«, sagte Ahlert, der mit einem Mal erstaunlich versöhnlich geworden war.

»Wie hat Hilda ihre letzten Stunden verbracht?«

»Hilda wurde nicht ermordet, wenn es das ist, was Sie wissen wollten«, sagte Ahlert mit fester Stimme. »Ich hatte sie den ganzen Abend im Blick, auch wenn ich nicht jede Sekunde bei ihr war. Nach dem Abendessen hat sie sich noch einmal an den Strand gesetzt. Sie liebte die Stimmung bei Sonnenuntergang.«

»Sie konnten sie vom Haus aus beobachten, als sie am Strand war?«, vergewisserte Molly sich.

»Ja, vom Balkon aus konnte ich sie sehen. Leider habe ich zu weit entfernt gesessen, um zu erkennen, was sie schluckte und in sich hineinschüttete. Aber ich kann mit Sicherheit sagen, dass zu keinem Zeitpunkt eine andere Person in ihrer Nähe war. Als es dunkel wurde, wollte ich sie bitten, ins Haus zu kommen. Sie lag im Sand auf ihrem Badetuch und schlief. Ich wollte sie wecken. Da sah ich, dass kein Leben mehr in ihr war.«

»Was haben Sie daraufhin gemacht?«, fragte Molly.

Ahlert tat die Erinnerung sichtlich weh. Leise redete er weiter. »Ich bin eine Weile bei ihr sitzen geblieben und habe um sie geweint. Mir war, als hätte ich gewusst, dass es eines Tages so kommen würde. Irgendwann bin ich aufgestanden, habe Muscheln gesammelt und sie in Form eines Herzens um ihren Kopf gelegt. Es war meine Art, von ihr Abschied zu nehmen und ihr ein letztes Mal meine Gefühle zu zeigen. Am nächsten Morgen habe ich die Polizei angerufen und behauptet, ich hätte Hilda gerade erst gefunden.«

»Warum haben Sie nicht sofort die Polizei geholt?«

Ahlert guckte sie unsicher an. »Weil Hilda den Strand so geliebt hat. Er war für sie der schönste Ort der Welt. Da ist sie gestorben, und da wollte ich sie in aller Ruhe von ihrem irdischen Leben Abschied nehmen lassen.«

Rechtsanwalt Buer erhob die Stimme. »Meine Herrschaften, wenn Sie noch Zweifel an der Unschuld meines Mandanten haben, dann wäre jetzt der passende Augenblick, sie zu äußern. Wenn das nicht der Fall ist, bitte ich Sie, Herrn Ahlert dieses tragische Kapitel endlich abschließen zu lassen.«

»Keine Zweifel meinerseits«, sagte Molly.

Ihr lag noch die Frage auf der Zunge, ob Hilda in dem T-Shirt gestorben war, das sie bei ihrer letzten Malstunde getragen hatte. Sie schluckte die Worte hinunter, um ein späteres Nachhaken von Malte zu vermeiden.

Die Ermittler verabschiedeten sich von Ahlert und seinem Anwalt. Roluf Ahlert brachte sie zur Tür.

Seite an Seite gingen Molly und Malte auf den Wagen zu, der vorm Grundstück stand.

Molly warf einen Blick über die Schulter. Ahlert stand noch immer in der Tür. Was der stilsichere Architekt mit dem Faible für Weiß beim Anblick der Rührschüssel wohl dachte?

»Ist das Ihr Dienstwagen?«, hörte sie seine ungläubige Stimme, als Malte die Türen entriegelte.

Malte drehte sich zu ihm um. »Nein, der Schlitten gehört mir.«

Sie stiegen in den Wagen und fuhren erschöpft und stumm nach Timmendorfer Strand zurück.

»Dass dich der Tod von Hilda Theisen nicht loslässt«, sagte Malte kurz vor Erreichen der Dienstvilla. »Und die Beziehung, die sie zu dem Maler auf Bornholm hatte.«

Molly schwieg beharrlich.

Malte schaltete den Motor ab. »Was ist der Grund? Verrätst du es mir irgendwann?«

»Mal sehen.«

Malte lächelte sie an. »Molly Mysterious.«

27

Am Samstagabend auf Jannas Terrasse

Nach dem Abendessen wischte Molly den Gartentisch sauber. Janna sortierte das Geschirr in die Spülmaschine ein und kehrte auf die Terrasse zurück.

»Was für eine Woche!« Molly warf ihrer Freundin das feuchte Tuch zu und rieb sich mit dem Handrücken über die Stirn.

Janna fing das Tuch auf. »So viel Aufregung, und dann krieg ich dich auch noch ans Arbeiten.« Sie lächelte Molly mitfühlend an. »Was hältst du von einem Sundowner zur Entspannung? Ich mach uns einen schönen Longdrink, bisschen Prosecco, bisschen was Fruchtiges, eine Scheibe Zitrone an den Rand. Dann lassen wir den Tag gemütlich ausklingen.«

Molly blinzelte in den Himmel. Noch ging die Sonne nicht unter. »Für den Drink ist es mir etwas zu früh, und wenn ich ehrlich sein soll, im Moment bin ich zu kribbelig, um auf Ruhe zu machen. Gegenvorschlag: Lass uns einen kleinen, strammen Spaziergang zur Seebrücke machen, um den Adrenalinspiegel runterzudimmen. Danach genießen wir den Sundowner auf der Terrasse.«

»Okay. Ich ziehe mir nur andere Schuhe an.«

Janna verschwand im Haus, Molly folgte ihr. Sie gingen durch die Haustür hinaus, schlossen ab und spazierten durch den Garten zur Strandpromenade.

Schweigend marschierten sie am Maritim Seehotel vorbei und steuerten auf die Seebrücke zu.

»Lass uns bis ganz ans Ende gehen, auf einer Bank Platz nehmen und die Stille genießen«, sagte Molly.

»Vorher noch ein Eis?«, fragte Janna. »Ich geb eins aus.«

»Ein Eis ist okay, aber nur, wenn ich dich dazu einladen darf. Ich weiß gar nicht, wie ich dir danken soll.«

»Wofür?« Janna tat erstaunt. »Dafür, dass ich die Aktion mit dem DNA-Vergleich für dich übernommen und dich damit noch tiefer in deinen Irrglauben gestürzt habe?«

Molly verdeckte ihr Gesicht mit einer Hand. »Erinnere mich nicht daran. Mein Leben lang werde ich mir Vorwürfe machen, dass ich so weit gegangen bin. Dass ich überhaupt glauben konnte, dass Ole ein Serienmörder ist. Ein Glück, dass er nichts davon weiß.«

Sie durchquerten den Kurpark mit der alten Trinkhalle, die heute zeitweise für Kunstausstellungen genutzt wurde, und steuerten auf das italienische Eiscafé an der Kurpromenade zu. Wie gewohnt mussten sie vor der Theke Schlange stehen, bis sie an die Reihe kamen.

»Für mich bitte Tartufo und Vanille«, sagte Janna.

Molly bestellte zwei Eis, bezahlte und marschierte an Jannas Seite zur Strandpromenade zurück. Sie betraten die Seebrücke, gingen bis zu der Plattform an deren Ende und setzten sich auf eine der Bänke.

Jedes Mal, wenn Molly sich hier draußen aufhielt, entspannte sich ihre Seele. Sie fühlte sich frei und gleichzeitig geborgen. Wie auf einem Präsentierteller und dennoch geschützt. Vielleicht lag es daran, dass die Lübecker Bucht ihr von diesem Standort aus wie ein freundliches, warmherziges Wesen erschien, das sie mit beiden Armen umfing.

Anders als Molly wurde Janna plötzlich unruhig. Sie rutschte herum, bis sie ihre Sitzposition gefunden hatte, schlug ein Bein über das andere, wippte mit dem Fuß, faltete die Hände energisch im Schoß zusammen und rieb die Handteller so fest aneinander, dass Molly befürchtete, sie könnte sich die Finger brechen.

»Janna, was ist los?«

Ihre Freundin seufzte. »Soll ich es wirklich aussprechen?« Sie zögerte, dann redete sie weiter. »Ich denke an Ole. Jetzt, wo er aus dem Verdacht raus ist, ein Mörder zu sein, frage ich mich einmal mehr: Warum ist er vor zehn Jahren verschwunden?«

Molly lehnte sich zurück und seufzte tief. »Das kann eine ganze Reihe von Gründen haben.«

»Und welche, bitteschön? Meinst du, du klärst das jemals auf?« Janna legte ihre Hand auf Mollys Bein. »Entschuldige bitte, ich will dir nicht zu nahetreten.«

Molly tätschelte ihre Hand. »Das tust du nicht, keine Sorge. Es ist auch für mich selbst gut, einmal laut darüber nachzudenken.« Sie rückte auf die Kante der Bank vor und wandte sich Janna zu. »Dass er von mir die Nase voll hatte und ganz von vorne anfangen wollte, daran glaube ich nicht mehr. Wäre das sein Wunsch gewesen, hätte er sich scheiden lassen.«

»Das denke ich auch«, antwortete Janna. »Eine Scheidung wäre für ihn viel einfacher gewesen als eine Flucht. Was ist das für ein Umstand, abzutauchen und sich ewig verstecken zu müssen!«

Mollys Blicke schweiften nach Niendorf und zum Brodtener Ufer hinüber. »Als Kriminalistin sehe ich drei Gründe, weshalb er verschwunden sein kann.«

»Na, dann zähl sie bitte mal auf.«

»Grund Nummer eins«, begann Molly. »Er hat eine Möglichkeit gesehen, auf illegale Weise das große Geld zu verdienen, und hat sich im Ausland einer kriminellen Organisation angeschlossen.«

»Das glaubst du wohl selbst nicht«, erwiderte Janna spontan. »Doch nicht Ole, der Künstler.«

»Nicht wirklich«, sagte Molly. »Aber wissen kann man das nie. Grund Nummer zwei wäre«, ihre Stimme wurde brüchig, als sie weitersprach, »dass er selbst Opfer eines Verbrechens geworden ist.«

Janna guckte sie erschrocken an. »Ernsthaft? Denkst du, dass er tot ist?«

Molly schüttelte langsam den Kopf. »Nein, das glaube ich nicht. Theoretisch wäre es möglich, aber ich bin sicher, dass er lebt.«

»Okay.« Janna bemühte sich, einen zuversichtlichen Eindruck zu machen. »Was ist Grund Nummer drei?«

Jetzt wurde Molly selbst unruhig. »Grund Nummer drei lautet: Er ist auf Bornholm in irgendeine Sache hineingeschliddert und war genötigt, sich in ein Zeugenschutzprogramm aufnehmen zu lassen.«

»Ein Zeugenschutzprogramm?« Janna schluckte. »Ist das nicht diese Sache, bei der die Leute einen neuen Namen und eine neue Lebensgeschichte verpasst bekommen und an einem Ort, an dem sie niemand kennt, ein ganz neues Leben anfangen müssen?«

»Genau das ist es«, antwortete Molly tonlos.

»Wie kommst du denn darauf? Du bist Polizistin. Zumindest dir hätten sie doch sagen können, was mit Ole geschehen ist.«

Molly schüttelte den Kopf. »Nein. Das ist es ja. Selbst als Ehefrau und Polizistin in Personalunion erfahre in so einem Fall nicht unbedingt, wo mein Mann sich aufhält und was überhaupt geschehen ist.«

Janna schwieg eine Weile. Anscheinend musste sie Mollys Worte erst einmal verdauen. Hilflos drehte sie sich nach allen Seiten um, als könnte die Antwort auf ihre Fragen aus den Wellen der Ostsee auftauchen.

»Wie kommst du auf Grund Nummer drei?«, fragte sie schließlich.

Molly druckste herum. »Ich hatte in diesen Tagen ein Telefonat mit einem Kollegen auf Bornholm, der vor zehn Jahren in Sachen Hilda Theisen ermittelt hat. Den habe ich kackfrech gefragt, ob ihm bei seinen Recherchen ein Maler namens Ole Bleck untergekommen ist.«

»Und? Was hat er gesagt?«

»Nichts. Und die Art, wie er nichts gesagt hat, die war für mich verräterisch.«

»Verstehe«, sagte Janna leise, um dann restlos zu verstummen. Sie verschränkte die Arme und guckte düster auf die See.

»Was glaubst du, Molly«, fing sie einige Augenblicke später wieder an, zu reden, »was wird Martin Theisen jetzt machen? Bleibt er hier wohnen?«

»Ich denke, er wird dahin gehen, wo Heiko untergebracht wird. Er fühlt sich für die Taten seines Sohnes verantwortlich und wird in seiner Nähe bleiben wollen.«

»Du meinst, wo Martin Theisen seinen Lebensabend verbringen wird, das hängt davon ab, in welcher Stadt Heiko seine Strafe absitzen wird?«

»Ich bin mir nicht sicher«, sagte Molly nachdenklich, »ob er überhaupt verurteilt wird.«

»Ich bitte dich«, entrüstete Janna sich. »Er hat drei Frauen ermordet. Welcher Richter spricht ihn frei?«

»Dass er die Morde begangen hat, daran besteht kein Zweifel«, erklärte Molly. »Aber sein Anwalt wird bestimmt auf verminderte Schuldfähigkeit plädieren. Auf eine psychische Erkrankung, eine posttraumatische Belastungsstörung oder etwas in der Art.«

Janna zog die Stirn in Falten. »Fändest du das denn in Ordnung?«

Ein Motorboot näherte sich der Seebrücke von Niendorf kommend mit dröhnendem Motor. Molly und Janna sahen sich danach um, ließen sich aber durch den Lärm nicht in ihrer Unterhaltung stören.

»Ob ich das in Ordnung fände?«, sagte Molly. »Ehrlich gesagt, ich weiß es nicht. Heiko Theisen hat als Jugendlicher und junger Erwachsener viel durchgemacht. Den Vater verloren, als er ein Teenager war. Dem sterbenden Mann ein Versprechen gegeben, das er nicht halten konnte. Die Mutter mit einer Reihe von Männern flirten sehen und sie durch tragische Umstände verloren. Er wird sein Leben lang daran zu tragen haben. Das rechtfertigt natürlich die Morde nicht.«

Der Mann am Steuer des Bootes schaltete den Motor aus. Das kleine Schiff schaukelte auf den Wellen dahin. Es befand sich keine hundert Meter mehr von der Brücke entfernt. Die Strömung trieb es immer näher heran.

Irritiert guckte Molly zu dem Boot hinüber. Dann wandte sie sich wieder Janna zu. »Zum Glück bin ich Kriminalkommissarin und keine Richterin.«

Eine Frau mit zwei kleinen Kindern lief die Seebrücke entlang. Sie winkte ihnen zu.

»Moment mal eben«, sagte Janna. »Das ist eine ganz liebe Kundin von mir.« Sie stand auf, ging der Frau entgegen und plauderte mit ihr.

Molly blickte auf die See. Das Boot hatte sich der Brücke auf vielleicht fünfzig Meter genähert. Der Mann am Steuer guckte unentwegt zu ihr herüber.

Sie stand auf, lehnte sich auf die hölzerne Brüstung und versuchte, sein Gesicht zu erkennen.

Die Kinder der Kundin quengelten. Janna verabschiedet sich von der Frau und kehrte zu Molly zurück.

Molly registrierte das nur am Rande. Sie stand wie erstarrt auf der Plattform und dachte daran, ins Wasser zu springen und zu dem Boot hinüberzuschwimmen.

Janna sprach sie an.

Unfähig, zu reagieren, schüttelte Molly den Kopf.

Janna griff mit einer Hand nach ihrem Arm, legte ihr die andere Hand auf die Schulter und rüttelte sie sanft. »Molly, was ist mit dir?«

Molly deutete mit dem Kinn zu dem Boot hinüber. »Siehst du den Mann da drüben, der am Steuer des Bootes steht?«

Der Mann hielt einen Arm in die Höhe, als hätte er winken wollen, wäre mitten in der Bewegung von einem Feuer speienden Vulkan überrascht worden und mit der Lava versteinert.

Molly hielt nichts mehr zurück. »Ich muss da hin.« Sie zog ihren Pulli aus und warf ihn auf den Boden.

»Bist du verrückt?«, rief Janna und hinderte sie daran, den Reißverschluss ihrer Hose zu öffnen. »Du kannst dich hier nicht ausziehen und ins Wasser springen.«

Ruckartig ließ der Mann den Arm sinken. Der Motor des Bootes sprang wieder an. Das Boot drehte ab und düste mit hohem Tempo in Richtung Brodtener Ufer.

»Was ist los?«, fragte Janna. »Was ist mit dem Kerl? Warum guckst du dem Boot so entgeistert hinterher?«

»Hast du den Mann nicht erkannt?«

»Den auf dem Boot?« Janna schlug sich die Hand vor den Mund. »Sag bloß ...«

Endlich schien sie zu verstehen.

Molly stierte weiter aufs Meer und nickte. Sie öffnete die Lippen und etwas in ihr sprach die Worte aus, die sie selbst kaum zu denken vermochte.

»Das – war – Ole.«

Bücher der Autorin

Reihe ›Ein Fall für Molly Bleck‹
1. Der Herzmuschelmörder
2. Der Strandhexenmord
3. Das Todesboot

Reihe ›Kripo Wattenmeer ermittelt‹
1. Flaschenpost vom Mörder
2. Mord auf der Hallig
3. Countdown in Westerland
4. Die Tote im Dünenhaus
5. Der Stalker von List
6. Der Seenebelmord

Reihe ›Ein Fall für die Kripo Wattenmeer‹
1. Der Pfauenfedernmord
2. Jaspers letzter Flirt

Reihe ›Anders und Stern ermitteln‹
1. Mordsrevanche
2. Mordsverrat
3. Mordsherz
4. Mordsblues
5. Mordssand

Reihe ›Kripo Greetsiel ermittelt‹
1. Tod am Deich
2. Mordskuss
3. Mordsleben
4. Mordsschwestern
5. Mordsfinale

Weitere Bücher
- Himmelhochjauchzendhellblau
- Leichte Mädchen haben's schwer
- Der Blaue Stern
- Tod auf Juist

Nachwort der Autorin

Liebe Leserin, lieber Leser,

schön, dass Sie mir bis hierhin gefolgt sind! Wenn Sie über meine Neuerscheinungen informiert werden möchten, bestellen Sie doch meinen Newsletter. Die Anmeldung dazu finden Sie auf meiner Website:

https://ulrike-busch.de/

Sobald ein neuer Titel erschienen ist, erhalten Sie eine Mail mit Informationen dazu.

Auf meiner Website finden Sie zudem Informationen über mich und meine bisher erschienenen Titel.

Gerne lade ich Sie auch auf meine Seiten bei Facebook und Instagram ein:

https://www.facebook.com/Autorin.Busch

https://www.instagram.com/ulrikebuschautorin/

Und wer weiß: Vielleicht begegnen wir uns einmal an einem meiner Lieblingsorte an der Nord- oder Ostsee?

Bis dahin, Ihre
Ulrike Busch